绿地文学丛书

和孔乙己在一起

纳莺萍 著

黄河出版传媒集团

阳光出版社

图书在版编目（CIP）数据

和孔乙己在一起 / 纳莺萍著. -- 银川：阳光出版社，
2013.8
　（绿地文学丛书 / 高耀山主编）
　ISBN 978-7-5525-1007-2

　Ⅰ. ①和… Ⅱ. ①纳… Ⅲ. ①散文集－中国－当代
Ⅳ. ①I267

中国版本图书馆CIP数据核字(2013)第203277号

绿地文学丛书　　　　　　　　　　　　高耀山 主编
和孔乙己在一起　　　　　　　　　　　纳莺萍　著

责任编辑 冯中鹏
封面设计 邱雁华
责任印制 郭迅生

黄河出版传媒集团
阳 光 出 版 社　出版发行

地　　址	银川市北京东路139号出版大厦 （750001）
网　　址	http://www.yrpubm.com
网上书店	http://www.hh-book.com
电子信箱	yangguang@yrpubm.com
邮购电话	0951-5044614
经　　销	全国新华书店
印刷装订	银川市开创广告印刷有限公司
印刷委托书号	（宁）0015449
开　　本	880mm×1230mm　1/32
印　　张	11.5
字　　数	260千
版　　次	2013年8月第1版
印　　次	2013年8月第1次印刷
书　　号	ISBN 978-7-5525-1007-2/I·356
定　　价	298.00元（全十册）

只为梦中与你相见（代为序）

选自《回族文学通史·当代卷》

　　纳莺萍曾任银川市检察院高级检察官，回族，自 1980 年在宁夏日报发表诗歌散文，1981 年在民间文学发表回族民谣以后，她重复着机械般的工作与生活，一直没有涉足文学。1986 年自中学语文教师转入检察官角色后，1988 年陆续在报刊发表法制通讯，直到 1997 年才开始文学之旅的继续游走。这时，她似乎走进了文学的殿堂，内心充满文学的冲动，先继在报刊发表散文、小小说、杂文等一百余篇，2000 年在佛山文艺发表短篇小说《情殇》、散文《两千年第一天》，2002 年后在《黄河文学》、《朔方》、《检察文学》、《作家文苑》发表小说散文作品。

　　关于写作，纳莺萍说：无论当工人、当教师、当干部，她始终不曾忘记文学，将文学视为心中最高的圣地，把写作视为最高的精神享受。她在检察机关履行国家法律监督职责 25 年，在多个部门履职，角色不断变化，但对文学的痴迷始终不变。几十年来，她阅读了大量的文学书籍，结交了不少文朋诗友。也许是工作的环境太郁闷太压抑，1998 年至 2009 年，她连篇

累牍为报刊写散文、小说。在作家文苑发表小说《祸兮福兮》、《领导风度》、《女友》、《阴差阳错》；法制日报副刊发表《自谋生路》、《老公务员》、《无奈的献媚》、《局长的书法》；宁夏日报副刊发表《围城》、《无名花》、《选择》、《美丽的谎言》；银川晚报副刊发表短篇小说《吻火》；宁夏政法文苑杂志发表短篇小说《黑夜里的玫瑰》；古峡文学杂志发表短篇小说《爱在尽头》；贺兰山杂志发表短篇小说《寻找失落的月亮》等四十余篇小说作品。期间，在中国检察报副刊发表报告文学《寻找生命的光辉》、《女检察官的故事》、《钱祸》等。十年间，纳莺萍不知疲倦的写作、写作。

除了创作小说，她还涉足创作散文、杂文、论文，发表大量法制文学作品。1990 年后，先后在《检察文学》、《新中国少数民族作品集》、《朔方》、《黄河文学》、《民族文学》、《遥远的蓝作品集》、《宁夏春潮笔会 2008 文学作品集》、《中国女检察官协会成立十周年作品集》、党委宣传部、纪检委主办的刊物上发表散文、随笔等。迄今为止，在报刊发表文章近千篇，并通过网络发表了百余篇散文随笔。

值得提起的是她的报告文学曾获全国检察机关"金鼎奖"二等奖、散文获全国青年奖，法律论文 1997 年获最高人民检察院颁发的三等奖；其他法律论文 2000 年先后获回族自治区政法委及银川市政法委一等奖及回族自治区检察院、银川市检察院一、二等奖等。

纳莺萍之所以取得了如此不错的成绩，除了酷爱文字、生活的阅历和大量读书积累外，还有不甘平庸的孜孜追求，寂寞书房的思考，浩瀚书海的寻觅，相生相随的多虑，寻找梦想的冲动，她必须通过文学之路得以诠释。她通过阅读古典名著和现代名著，从名家处获得文学营养指引，深化由阅读引发的思考，寻找刻骨铭心的记忆，感悟生命的真正意义，像酿酒一样发酵、升华，流淌出清泉般的纯净文字。

最能体现这段时期作品风格的是 2002 年发表在黄河文学的短篇小说《吻火》，讲述了香港回归之前发生在西北银城的一个家庭故事。小说以南方一名优秀男子与北方两位美丽的姐妹的恋爱过程，叙述了在当今喧嚣的社会中，充满无奇不有的诱惑，充斥各式各样的陷阱。小说用感人的情节，细腻的语言，精巧的构思，讲述了不同的道德观与价值观，面临的思想矛盾，对物质利益和精神境界的追求，以及人生轨迹与命运遭际，产生的欢乐与苦恼。它让读者喜欢这样的叙述方式，引起了宁夏电视台与广大读者的关注，唤起了心灵美丽的追求。

2003 年，纳莺萍在黄河文学第一期发表散文《蒙集的呼唤》，以文质之美描述了扶贫队员眼中的，宁夏西吉县苏堡乡贫困山区蒙集村贫穷乐观的人。"蒙集村的女人生活的贫穷而封闭，不知道山外的世界，更不知道城里的女人如何生活？她们一生一世所生存的环境便是连绵起伏的群山包围，随着家中的男劳力在承包的山坡地里从春到秋的耕作与收获着。山里女人受恶劣的生存环境影响，不生儿子不罢休，有的女人竟然生了九胎。更不敢相信她们全是自己接生，坐月子不过是一只鸡或几十个鸡蛋。即使是这样的生活磨难，山里的女人依然嬉笑着下田，出一元钱参加邻里的婚丧活动，或在夜色中翻山越沟的去邻村看露天电影。就是下山挑水上山耕田能和乡亲们唠家常，也被她们视为一种娱乐，她们的快乐是和劳动紧密相连的。劳苦的女人回家时，不忘顺路捡起生畜的粪便带回家储存起来做为冬天取暖的燃料，有时她们为挖到一堆干草根高兴，因为可以用

来烧两天的饭菜了。遇着空闲，山里女人便端出绣活儿围坐一起，一边说话儿，一边儿牵扯着鲜亮的丝线，绣鞋垫绣饰物。"她描写了蒙集村天真聪明的娃娃："在扶贫的第二个月，我们带来了五十套课桌、三千元的图书及三千元现金捐助给这所小学。当汽车抵达蒙集，正好是"六一"儿童节，山区的寒风刺骨，进山前我们已将扶贫的旧毛衣套在身上御寒。在距学校五里路之外，忽然发现灰蒙蒙的山村变的色彩斑斓，视野里流动着十分生动的线条，原来满山坡都站着孩子们，他们穿着红红绿绿的新衣服，很多孩子带来了他们没有入学的弟弟妹妹，手里挥动着五颜六色的纸旗，像是迎接国家元首一样夹道迎接我们，孩子们中间站着西装革履的村长。得知为了迎接这一天，村长带着所有的孩子已经操练了一星期，此刻，他们为了等我们，已在寒风中冻了两个小时。"

　　作为城里人，纳莺萍第一次来山区，第一次目睹山里人的生活，她感到心灵的震撼与精神的洗礼，看见"绝大部分村民穿的破破烂烂，比较隆重的服装是大人小孩一律穿四个兜的军绿装，肩上压个黄杠杠，衣服由自己裁剪缝制，质感显得粗糙；吃碜牙的糜面馍馍或煮土豆，大米细粮是奢侈品，冬天烧不起煤，全家人挤在牲畜粪便烧热的炕上取暖；吃水困难，取水要翻山越岭到山下一个泉眼处，因此被褥衣物脏兮兮硬撅撅的。他们生活环境的艰难恶劣，使城市人无法想象，但蒙集人敦厚坦诚乐观，与生活的细微处洋溢着人性的光辉，走在他们中间，一种纯净美丽的感觉遍布全身，真希望在这圣洁的人群中久住不回。"她讴歌了蒙集村农民在党的改革开放政策惠及下，勇敢探索，走出大山，活跃了山里山外的经济与文化。该文用当时文联主席高耀山的评述："纳莺萍以城市女人的目光，描述出另种贫困，与贫困山村走出来的作家描述的贫困角度不同，她表现了贫困环境中的人是明丽、积极、豁达、充满希望的。"

如果说上述两篇作品以女人梦幻般的想象，舒缓有节制的描述，冷静而深刻的思考引起社会关注，那么她 2005 年发表于朔方第六期的两篇散文又给人以无尽的遐思，在《得与失的轮转》中她写道："幸福是人生最后的目的与至善的总和，它赋予生命真正的意义，幸福从哪里来？我以为幸福是心灵活动。人的一生可能会遭遇挫折、磨难，但这不等于心灵不幸福，因为幸福是需要比较的，它没有止境，没有标准，取决于你怎样认识它、诠释它。生与死、得与失、贫与富，均在变幻莫测中，失去孕育着拥有，拥有意味着失去！"在《女人的发式与心绪》中写道："男人在实现个人价值中拥有比女人更加广阔的空间，女人呢？与须眉男子平分世界的女人毕竟是少数，更多的女人将以家为主，在相对狭小的天地中一页页翻过自己的人生日历。岁月悠悠，心中的希望、欢乐、热忱、勇气逐渐被平庸单调的生活覆盖时，失落、烦忧、卑微、惶恐便如杂草丛生。此刻，从心态讲，女人喜欢变换发式，其实是希望生活绚丽多姿，是想让自己变得与众不同或超乎寻常。"作为城市的回族女人，她在文中坦言："女人更应该注重精神生活的丰富，而不是仪表。让虔诚、恬静、赞美代替空虚、浮躁、埋怨，把心当成一盏明灯，点在繁星闪闪的中央，漂浮在无边无际的光辉里，心里便会常常出现暖意融融的春天。"

2009 年，民族文学八期刊登了她的散文《生命的礼赞》，2010 年朔方第三期女作家专刊登载她的《和孔乙己在一起》，新中国成立六十周年全国少数民族作品集选载她的《寻找生命的飞翔》，建国六十周年全国优秀文学作品珍藏版选载她的《沙

枣花开红寺堡》。

著名评论家白崇人在《精彩的亮相》中评论："没有刻意渲染'民族性'，仅从细琐生活情事下笔，深入到人事、情事、人与人关系和人物内心的节骨眼处，所展现的却是少数民族地区和社会的本真面貌及变化，少数民族人民的独特性格和命运，他们的爱与恨、欢乐与忧愁，理想与希冀尽在其中。"

《过年的主题》、《曾经沧海难为水》、《天堂的请柬》、《我和草原有个约会》等散文发表在不同的刊物上，均称得上是散文的佳作。纳莺萍说现实中不敢闲适，将自己的笔在思考后落入纸上，尽力追求真率飘逸，抒情思辨，对哲理思考，对文体思考，在散文中融进古代散文的表述，以优雅的文字，追求散文的最高境界。

纳莺萍作为检察官，为什么写作？2001年3月8日，诗人李劲松在西部风景线"女儿亦自强"的评论中这样写道："蜂蜜的甘甜，让我时常想到蜜蜂在百花丛中采撷的辛苦，读纳莺萍的散文、小说等作品，情理与心血的融汇，精巧的构思，细腻的语言，给我一种特有的清新感。她的文章涉猎范围较广，透过墨香，你可以看见一个女检察官执著奋进的身影。身为女人，纳莺萍有着自己的追求与自信，他用手中的笔不断充实着工作和生活，让自己的精神世界变得五彩缤纷。"追溯写作动机，纳莺萍的工作是执行法律政策、履行法律职责，从第一次提审被告，第一次出庭担任国家公诉人，第一次执行死刑临场监督、第一次南上北下调查犯罪证据，第一次针锋相对上司的腐败导致自己跌落人生低谷。那么多的第一次既是冷酷又是理性的，与黑暗打交道而偏偏是浪漫的追梦人，现实与梦想的差距，巨大的生存压力，伤痛似乎总是溢满心头。纳莺萍在散文《如歌的岁月》对自己做检察官坚持写作心理历程有过倾诉："让生命自暴自弃么？游戏人生么？茫茫宇宙芸芸众生中，个人是多么的渺小与苍白，个人的兴衰荣辱又是何等的不足挂齿？凡一个有良知的人，她可以痛恨腐败堕落，可以厌恶丑恶昏聩，可以不与之同流合污，但又岂能活的庸庸碌碌？检察官的职业要求既要守住正直又要无私奉献，但法制的源头往往充斥着丑恶与权钱交易，潜意识要逃离现实，藏身在文学的花园里做一名园丁，滋养精神的奇葩。"正是这种精神的鞭策鼓舞，她心里激荡起一股豪情，为了改变心灵世界的单调色彩，她拿起笔，坚持笔耕不辍，从挖掘个人潜能做为原动力对生命负责起始，在一方素笺上描绘新人生，耕朝耘暮，在文字里培育日月，建设精神家园，让自己变成一泓流动的活水，让生命的朝阳冉冉升起。于是，生活有了前所未有的健康、快乐、丰沛，人生再次流逸着生动的线条与光彩，这一切的感觉均来自写作，感谢写作，让一位置身理性职业却投心文学的女人，活的快乐而大气盈胸。

目 录

绿地文学丛书

1

辑二　随想追忆

辑三　山水之间

绿地文学丛书

辑一　怀旧怀人

生命的礼赞

这年冬天,连续几场雪使天气骤然变冷,俗语说:小寒大寒,冷成一团。一月中旬,在普降小到中雪后,气温创下入冬新低。"大寒"那天,银川的雪又洋洋洒洒飘起来,寒风夹着雪花飞舞,天和地很快变得浑浊了。

清晨,窗外已是银装素裹,永宁纳家户堂姐忽然打来电话,告知她母亲马清花无常了。

出了银川市往南的永宁县城,西去不远,是闻名遐迩的回庄纳家户。纳家户有座古色古香的建筑物,即我国西北地区著名的纳家户清真大寺。堂姐父亲曾经七年担任过这座清真大寺的管委会主任,由于多次修缮大寺邦克楼以及对清真寺做出的贡献,马清花作为他的妻子极为有名。

当然,马清花的出名不完全因为丈夫,她从外形到内心都是位独特的女人,脊柱弯曲人称弯腰女人,内心坚强善良出了名的能干。如今,八十高寿的她,离开人世亦是迟早的事,但听到这个信息,我依然觉得难过与欣慰的情绪交织心头。难过的是一位好女人永远走了!欣慰的是她苦难的一生终于了结了。

让人难以相信的是,就在马清花辞世的一个月前,我带朋友到其家中,她还亲手擀了一张面,切细后在沸腾的水中稍煮捞起,配上浓香的羊肉臊子,抓把香菜葱花儿扔进碗里,浇勺

红红的油泼辣子醋，把色香味呈现给客人。至今，我的朋友提起那碗面还赞不绝口地说，那顿美食享受之后，似乎吃遍天下各类面食，都再找不到那份感觉了。

马清花嫁人时芳年十六岁，据说是个很漂亮的女孩。在那个男尊女卑的年代，她嫁入婆家后便隐匿真名字，被叫做马氏。作为农村女人，出嫁意味着为男家繁衍后代，可马清花生第二个孩子时子宫下垂，婆家穷困治不起她的病，她时常抱着肚子下地干重活，背着柴火回家生火做饭，撑着虚弱的身子整天忍痛干活，因为劳累过度，她年纪小身体弱，生过孩子没有基本的营养供给，生生把小病拖成大病。几个月后落下"月子"病，慢慢脊柱变形，再也直不起腰了。从此她不但永远失去了生育能力，还变成了一个身材畸形的女人。好在她的男人是位谨守拜功，完纳天课，心地善良忠厚的人，始终没有遗弃她，夫妻俩相濡以沫度日，漫长的岁月里，不但乡邻忘记了马清花的真姓名，连她自己都忘记叫什么名字了，远近相识的人都叫她"老弯腰"。

"老弯腰"在万分艰苦的环境中如何生存下来的？竟然还活到八十岁？说到这一点，我与堂姐都承认，她是顽强乐观聪明的人。

从小到大，我断断续续听过马清花过去的事。农村大集体时期，队里根据她的身体状况，分派她赶马车往地里送粪或送公粮。她窝在车辕前，吆喝着牲口穿村过路，活跃在田间地头，行走在村邻之间。她那个精明强干的"车把式"美誉一直被人传颂着。从小媳妇到中年女人，谁都不知道她如何克服了女人的软弱羞怯，习惯了劳动群体的嬉笑怒骂，忘记了自己的女子形象，像个男人一样春夏秋冬驾辕赶车搞运输。我猜，她首先是位聪明贤惠的女人，在饥馑遍地的生存环境里，能不顾一切帮丈夫承担起养家糊口的重任；其次她是个泼辣、适应能力很强的女人。在粗野的男人中间，一个年轻女人单独赶着马车，空旷之处是否也像男人一样哼着乡间野曲打着口哨解闷？不得而知！但确切地说，那时她每天挣的工分不比其他男人少。工分就是粮食就是活命，她把粮食挣回家养活了公婆小叔小姑子及自己的一大家子。在那样艰苦的荒年里，马清花借着赶车四处挖野菜，再把野菜和粗面混到一起包菜团子，全家人至少吃得上粗糙的饭食果腹，躲过了被饿死的厄运。

改革开放后，在党的好政策引导下，马清花一家勤奋劳作，发家致富。九十年代前后，她带着儿子、孙子栽果园、养奶牛、开油坊、办公司，日子越变越红火。马清花年纪稍大时，生活的热情更加高涨，她在宅院养鸡栽花种些青菜，还服侍着四代人，过着四世同堂的生活，她的儿孙们忙在外面，她忙在家里。她通常早晨五点起床，揉面烙饼，烧水泡茶，家人吃过早点各自忙生计去了，她喂过鸡羊，将水从井里一桶桶提上来，灌满家里的水缸，然后打扫庭院清理卫生，下地摘菜准备午餐。一大家子的午餐一般煮一大锅米饭，夏天她炒几样新鲜蔬菜，冬天炒羊肉粉条酸白菜，那是她自己腌的菜，味道醇厚。马清花每天要做十几口人的饭，难于想象她弯着腰围着火炉转锅的样子，不厌其烦的让那一锅米饭在炭火熏烤下一点点煮一点点蒸，直至米香味溢满屋里屋外，吃到嘴里香甜糯软。

马清花热情、和善、坚韧，无论白天还是深夜，一家老小从外面忙碌归来，她都会捧茶送饭，嘘寒问暖，邻居啥时求她帮助，她都义无反顾地尽自己所能伸出援手。每一次见面，她一双纯净慈祥的大眼睛总迎着你，总会把笑容写在脸上，一副

诚恳善解人意的样子。她不好修饰，常常是一身黑布衣裤，头发裹在黑色的绒帽里，一双布满老茧粗糙的手忙碌不停。几十年来她与家人与邻居和睦相处，被传为一段佳话，她的家成为纳家户远近闻名的模范家庭。

马清花似土地似空气一般平常，谁也不会感觉到她的重要。忽然一天夜里，她睡去再无醒来，家人感觉天塌地陷般的哀痛，这才意识到，她患小疾不肯进医院瞧病，说扛扛就痊愈了，可她没有扛过去。

她悄悄走了！留给别人太多的思念，她一辈子，去过最远的地方仅仅是去了几趟县城。她没吃过山珍海味，没穿过华裳霓服，没挂过金银玉佩，仅仅靠着品高行端赢得了乡邻亲人的爱戴。

她归真那天清晨，按习俗，回族无常当天需要入土。马清花全身被清洗干净穿起白色的"克凡"（层层包裹的棉布）后，由四名亲人托着她的身体，把她放进了一个长两米，宽三尺的塔目匣子里。匣子的盖是拱圆形，颜色为深绿，绿色托着金黄色雕刻的古兰经文字。肃穆雅致，宗教气息浓厚。

尔后，四名穿孝服的子孙抬着塔目匣子，脚步沉重而庄严地走到了有着三百余年历史的纳家户清真大寺门前，二百余名穆斯林已等在那里参加她的"者那孜"，即回族的殡礼。

这个场面令人感动。寒冷中，清真寺教长靠埋体站立，二百余名穆斯林随后排队脱鞋肃立，在教长主持下颂《古兰经》片断。从宗教意义来说，这是生者代死者向安拉做最后一次礼拜，举意祈求真主饶恕活着的和已经逝去的人们，减轻他们的罪过，赐予他们平安。

殡礼结束后，马清花的子孙抬举着塔目匣子，向公墓地区送灵。那里早已挖开一个长形坟坑，上面是弓形下面是平底，子孙四人打开塔目匣子，一人先钻进坑内，其余三人在外，将埋体缓缓接入坑内，头北脚南而卧，脸侧西方（圣地麦加的方位）。之后，子孙用土坯堵好洞口。下葬过程中，众多阿訇满拉大声诵经，公墓四周，在一片白雪皑皑中，坡上坡下跪满了为她送葬祈祷的人。

人们的虔诚以及对谢世的马清花的崇敬，让在场的亲友震撼难忘。我想，已经归真的马清花是头一次也是最后一次领受这隆重的场面，头一次也是最后一次被众人视为核心人物。那一刻，漫天飞舞的雪花就像从天而降的哀思，我仿佛清晰地看见她笑容可掬地向人们挥手作别。

和孔乙己在一起

　　一直想去趟绍兴，想写写去绍兴的见闻。一是缘于在中文系学习时读过鲁迅先生的著名小说《孔乙己》，孔乙己留给我最深的印象是：在绍兴咸亨酒店唯一穿长衫站着喝酒的人。鲁迅对酒店形象生动的描述，当街曲尺形的大柜台，古朴的陶制酒坛、醇香的加饭酒、入味的盐煮笋、茴香豆……这样的描述很多年来，使我止不住的去想象鲁迅笔下的孔乙己时代，有一种非去看看不可的愿望。另一个原因，缘于我先生拉西的大学师弟银山，祖籍绍兴人，从上海师大毕业后，随着恋人一起来银川工作、生活了七年，期间与拉西成为挚友，两人性格都是豪爽健谈，常在我家喝酒聊天，除过讲上海师大的老师同学，最多的话题就是讲绍兴，银山把他的家乡讲述的像是仙境，一个无限魅力的绍兴便时时吸引着我。

　　终于可以去绍兴了，那是五年前，拉西上海师大中文系同学要举办校庆，拉西和银山联系去他的家乡绍兴，然后一起去上海参加校庆，邀我同行。那时，银山已经携妻女调回绍兴工作，听此信，毕竟分别已久的师兄见面，两边都兴奋，我因为去绍兴的梦想终于实现，更是别样的兴奋。

　　到了绍兴，果真眼前一亮。绍兴的建筑大抵上是黑瓦白墙，建筑风格更是精雕细琢，布局巧妙，配以小桥流水，素雅的令人惊叹！我们坐在银山的奥迪车上向外观望，黑瓦白墙翘起的四角式房檐与乌篷船相呼应，仿佛是画中的美景一般，古朴雅致的水乡风情呼之欲出。绍兴作为江南水乡建筑风格的代表，呈现出江南特色，同时也呈现着自身的特色。"八百里湖光此地收，长桥水接鉴湖流""古城小桥多，人家尽枕河"形成了一河一街，一河两街，有河无街和街随河走、桥连街路的独特景观，于是，绍兴赢得了水乡、桥乡的美称。

进入商业区后，建筑风格陡然一变，因为绍兴毕竟是发展迅速的现代化城市，城市的高楼大厦鳞次栉比，但这些高楼并不是完全欧化或是美式的建筑风格，而是处处透露出东方古民居的神韵。据说绍兴处处显露越国时期的文化特色，尤其在鲁迅故居附近的民居最具代表性。大文豪鲁迅先生小时候便在绍兴生活，他笔下的百草园、三味书屋和咸亨酒店，都可以在这里欣赏到，它们已成为绍兴的文化名片，不断吸引着一批又一批的游客前来参观。

鲁迅故居早已经成为一条独具江南风情的历史街区，成为一个原汁原味解读鲁迅作品，品味鲁迅笔下风物，感受鲁迅当年生活情境的真实场所。它坐落在鲁迅路中段，和鲁迅纪念馆同在一条街上。一条窄窄的青石板路两边，一溜白墙黑瓦，竹丝台门，鲁迅祖居，鲁迅故居，百草园，三味书屋，咸亨酒店穿插其间。一条小河从鲁迅故居门前流过，乌篷船在河上晃晃悠悠，此情此景不能不让人想起鲁迅作品中的一些场景。精心保护和恢复后的鲁迅故里已成为立体解读中国近代大文豪鲁迅的场所，成为浙江绍兴的"镇城之宝"。

我翻过资料，鲁迅笔下的《孔乙己》，是 1919 年 4 月以咸亨酒店为原型写成的。咸亨酒店在清朝光绪年间，是绍兴一

家很普通的不被关注的小酒店。自鲁迅笔下的《孔乙己》问世以后，咸亨酒店也随之闻名于世。现在的咸亨酒店是1981年为纪念鲁迅先生一百周年诞辰而重新修建的。虽然酒店论面积、气派都比不上那些建筑华丽、灯红酒绿的酒楼饭庄，但它所特有的古朴雅致却是其他建筑所不及的。

我和先生拉西在鲁迅路中段大致参观了鲁迅故居，百草园和三味书屋，其他时间主要用来观赏咸亨酒店，在此拍照留念并用餐。

咸亨酒店坐北朝南，三间瓦房，顾客盈门，中间门楣上方悬挂着一块白底黑字长匾，上面书写的是"咸亨酒店"四个遒劲有力的大字，廊檐下挂着四只大红灯笼。当街一个曲尺形的大柜台，里面货架上摆放的全是酒，有坛装的、也有花雕瓷装的、瓶装的。什么加饭、香雪、元红等白酒、红酒、黄酒应有尽有。还未进店便闻到一股诱人的酒香，真可谓开坛十里香了。酒店里面摆放着许多四方形的木桌和木制的条凳，墙壁上挂着若干副引人注目的对联。店门左侧有个紫铜雕塑，身穿灰色长衫、站着喝酒的男人，吸引了许多观光者。那是孔乙己，左臂倚靠在柜台上，右手指捏着一粒茴香豆，瘦长的体形，青白的脸上夹着一些伤痕，嘴唇上留着乱蓬蓬的花白胡子。这个活灵活现的雕塑孔乙己，是封建社会科举制度的受害者，他满口之乎者也，却不会生存，活的麻木不仁，他穿长衫强调自己是知识分子，爱喝酒又付不起钱。坐着喝酒是要点菜多花钱的，孔乙己穷，只能喝杯简单的酒吃碟茴香豆过过瘾了事，但能很客气的赊账也还守信誉的还账。鲁迅的小说尖锐地揭露了制造孔乙己这个畸形人物的封建社会。而今，任何一名普通人都能面对孔乙己坐着点菜喝酒，我点了绍兴黄酒和乌干菜。乌干菜被称为绍兴的"八大贡品"之一，其制作与烹饪技艺极为讲究，选料十分精良，而作为传统绍式名菜干菜焖肉，更是被誉为绍兴"第一菜"，先后载入《中国菜谱》、《中国烹饪百科全书》浙江条目、《中国菜谱浙江卷》等书籍，我因为不食猪肉，点的是干菜焖牛肉，可能稍逊色些。

绍兴乌干菜制作与烹饪技艺是绍兴先民古老的生活习俗与其独特的自然条件和地理环境相结合的产物。其色褐里透红，香味浓郁，经久耐藏，蒸煮后油光乌黑，别具风味，是绍兴有名的地方特产，也是"绍兴三乌文化"的重要内容之一。闻霉臭，食而香醇，让人欲罢不能；我又点了最为著名的，在传统制作技艺上崧厦霉千张和谢塘五香豆腐干，尽兴地品尝，同时回味着鲁迅笔下的食品，看着门口孔乙己的塑像与拉西频频碰杯，想象着与孔乙己一起喝酒的情景，如果时光回放，我和拉西一定抢着为孔乙己付账，请他共进美餐，共同享受绍兴的美食。

离开绍兴，我和拉西又继续向杭州进发。那是我们结婚时旅游的美景，还未进入城区，路边油菜花丛中掩映的欧式小楼就已夺人眼球，我们还在那里感叹时，大巴就已驶入杭州城内了。首先看到的便是一排排极富现代感的新型建筑，是与绍兴不同的风格。如果说绍兴的建筑格局是只用浓淡不一的墨色渲染的中国画的话，那么杭州的建筑就好比用画笔细细勾勒并施以浓墨重彩的工笔画（当然工笔画也是国画之一）。随着大巴逐渐驶入西湖景区，建筑风格又变得清新秀丽了，飞檐碧瓦的仿古建筑不同于绍兴的民居风格，而更像是古时大户人家精巧雅致的别院。西湖岸边的"楼外楼"宾馆更是这种风格的集中体现，错落有致的亭台楼阁与远处的青山、近处碧水交相辉映，给人如梦如幻的感觉。

　　我和拉西结婚时乘船在西湖上游赏，在"楼外楼"吃过鱼，这次故地重游，大概是刚下过雨的关系，湖面上笼罩着簿簿得烟雾，听导游说，晴湖不如雨湖，在雨中虽然不能将西湖的美景全部看清，却添了一份朦胧感。远处的苏堤就像一条长长的玉带，而两岸的垂柳就像镶嵌其中的一块翡翠。苏堤为唐代大诗人白居易治理西湖时所造，虽然是作为一项水利工程流传下来，却有相当程度的建筑美感，凝聚了古代工匠们的智慧与辛劳，即使今天看来在建造结构方面也有很多值得借鉴的地方。

　　这次的绍兴、杭州之旅，给我留下了许多难忘的记忆，其中印象最深的莫过于鲁迅故居和咸亨酒店。究其原因，是出于对鲁迅先生的敬仰。有一点很震撼，那就是这两座城市间，建筑物周围的绿化设施做得特别好，感觉有种化不开的浓翠，人文景观或景区及周边种植了大量的绿色植物，尤其是兰亭和西湖的垂柳、兰亭的翠竹形成的景色深深印在我生命之中，挥之不去。

鞋的事

　　休息天家里停水，我便到一家公用澡堂洗澡。两元钱租把柜子钥匙，将所有衣物统统锁好，唯独脚上的皮鞋被我搁在约两米高的柜顶。浴室里加我共四个人。其中一个站在水龙头下唱洗衣歌。在热气蒸腾和歌声缭绕中，我第一个洗完去穿衣。穿鞋时发现那双放在高处的鞋找不见了，服务员闻声过来帮我找，最后才说经常有人丢鞋或丢内衣呢，你为什么不锁起来？我无语。一双二百余元的皮鞋丢了，我有些郁闷，光脚走回家吗？那个偷鞋之人很穷么？

　　大冬天的，只好穿着拖鞋回家。一路想着那个偷鞋的女人究竟是怎样的处境？穷的滋味我尝过，十四岁时，父亲腿病严重转院至兰州骨科医院，母亲派我护送。临行，脚上那双母亲亲手缝制的棉鞋，鞋底后跟已磨出一个小洞，母亲剪块旧毡垫子往鞋内一塞要我继续穿。我穿起这双破棉鞋扶着父亲上路了，把父亲送到兰州的医院时，我鞋底那个洞磨得更大了，雪水不停地的往进渗，脚冰冰的。当着父亲的面，我把它脱下来狠狠扔在路边，坐着不走，要求父亲为我买双新棉鞋。那时，我看见商店里摆的系鞋带的花棉鞋不到五元钱，我向父亲乞求着。终了，父亲没有满足我的要求，他拄着双拐，吃力地弯腰拾起那双鞋，把它套在我的脚上，又使劲摸摸我的头，把我送上火车。

千里之途，我穿着那双又破又烂的棉鞋，拿着父亲给的五角零钱饿着肚子回到银川。后来，我才知道父亲为治病已借了许多债，他实在掏不出为女儿买鞋的钱。

那么，那个偷鞋的女人，是否也面临如此困境？她或许失去工作没了收入？不然怎么会屈尊穿别人的鞋？她或许很无奈很需要？这个城市中，如此艰难的女人越少越好。

羊肉街口当年事

那一年春节我十三岁。过年前两天的大清早，父亲叫醒了熟睡的我。我赶紧起床把自己裹严实，跟着父亲出了家门。头天晚上父亲已告诉过我要赶早去羊肉街口排队买肉，因为这次不要供应票，仅凭排队就可以买到一份额外的羊肉。

顶着大雪穿过南门广场，步行赶到羊肉街口一家肉铺门前时，天还黑乎乎的，买肉的队伍已排了老长。那些年每人每月仅凭票供应一斤肉，年前排队能多买到几斤肉，多一个人排队可以多买一份，对很多人来说属于意外之喜，半夜排队算不了什么。我和父亲站在队尾，不一会儿我被冻得直跺脚。父亲虽然就在我身后，但为了不让别人知道我们想多买一份肉，我和父亲就装作不相识的样子。父亲看我被冻的蜷缩着，便用眼睛示意我到队伍不远处的火堆处烤一烤。那儿有人拾来些柴火点燃，欢腾的火苗跳跃着鸣叫着，在寒冷的清晨格外招人。我正烤得暖和舍不得离开时，忽听有人喊："开门啦！"我掉头跑过去挤进我的位置。这时有人喊我加塞儿，出去！马上有维持秩序的人把我从队伍中扯出来。也许有父亲在场，我胆壮的不顾一切和大人们争吵起来，奋力推开拉我的人往队伍里钻。父亲此时也向旁边的人群证实这小姑娘排队比他还早，一直站在他的前面，刚才去烤火了，孩子冻得守不住了。听到父亲的 解

释，大家默认了，允许我站在队伍里。就这样，我和父亲终于如愿以偿地买到了两份羊肉，也就十二斤。

回家时已近中午，阳光融化着路上的白雪，我虽被冻得两脚发木，心里却比过年还兴奋。

这件事虽然早已化作记忆，现在日子好了，父母讲得最多的话是少吃肉多吃菜身体好。但每逢过年过节，我还是会记起这段往事。

家长会

从儿子念小学至初中，无数次地去开家长会，每次接到通知，都很慎重地准时到达，坐在儿子的座位上，身下是又硬又矮的椅子，面前是低低的课桌。

左右环顾，座无虚席。家长们坐得笔直，目光聚焦于讲台，那精神远比听单位领导作报告要严肃认真得多。老师往往千篇一律地宣布教育目标、本学期各位孩子德智体成绩状况，然后各科老师轮番亮相，各自强调本科目的重要性。接着家长发言，无非是家长如何配合老师教育孩子等等，当然也还有向班主任献媚的，极尽夸赞之能事，这当然是为了孩子。

开过许多家长会，印象最深的要算去年。四百余名同年级学生家长座谈，一个小会议室里黑压压挤满了家长。当校方领导老师发言完毕，轮到家长发言时，一位英文老师的不称职，被众多家长毫不留情地点了名，家长们甚至详细地举出此英文老师常常发音出错，黑板上英文词句字母颠倒位置，不批改学生的作业等，强烈请求撤换老师。

像这样尖锐地批评老师，使家长的意志和愿望得到充分确切表达的家长会实属罕见。在白浪滔天般的家长会后，那位英文老师依然固守"阵地"，我们的孩子依然在听她灌输错误的东西。可能校长认为，学英语不过是应景的事情，出了校门，

英语哪里用得上？再说学校不是真空地带，半路出身的英文教师占着编制，校长也不敢拿她怎样，靠着家长们的呼吁又如何解决问题？

因此，每次家长会的效果也只是记住了孩子的名次，其余一概不知。家长会结束时，总是成绩好的家长们围绕住老师问长问短，而真正需要询问的我等大多数，却灰溜溜拥出教室，心里只盘算着回家后如何狠狠教训自己的孩子。

叶与根的深情

我相信灵魂的存在，在我生命的旅程中，我知道，天空那片祥和的云光里，始终有着外祖母对我的原谅与牵念。

我现在已经成熟了，对于人世间的荣华富贵能够看的漠然，自以为看破红尘了。这个样子，不知外祖母是否喜欢？因为外祖母不喜欢让年轻人过于老成，她说老成了衰老就开始了。

某次，一位七十多岁的老人到单位找我，竟然是我少年时的老师，她虽衰老却依然睿智亲切，我一下认出她，她说闲来无事想证实文学杂志上发小说的那个名字是否是她的学生？老师记忆力真好！很久以前爱作文的学生，她还记得清楚？她忽然给我一种信念，坚持写作！见到她，亲切快乐流遍我全身，那一刻，我激动万分，少时的往事瞬间浮现眼前。读书时那所小学、那个班，老师的女儿何婷与我同桌，为抢着谁先站起来背书而当堂争吵，何婷依仗母亲在场，霸气的撕扯我的头发，老师毫不客气地将何婷拎出去罚站，下课后把我俩叫到办公室，批评了何婷还让她给我道歉，老师在我心里多高尚啊？后来我搬家了，与老师天各一方，也自然失去联系。没想到，她还记得我，和她仿佛有说不完的话，当我凝视她的背影时，泪水忽然夺眶而出，外祖母恍然站在眼前，露出熟悉的微笑。

外祖母解放前随着丈夫从青海逃荒到银川，男人早逝，她

四十出头守寡直到终年，期间辛辛苦苦养大七个儿女，一个个帮他们成家，然后，再从大舅到老姨挨家带孩子做家务，她生命的蜡烛始终燃烧在每一个孩子家。

六十年代后期，外祖母住在鼓楼附近的四舅家忙碌着全家五口人的家务事。赶上"文革"停课，我带着弟弟妹妹穿街过巷去四舅家找外祖母。六旬的外祖母身板硬朗，是位漂亮亲切的女人。每次去，都见她挽着衣袖，忙着烙饼或是擀一大张面张罗全家的饭。见孙儿们来了，她急忙切开一张饼递到孩子们手中，饼是发面结碱烤烙的，卷着香豆草，皮酥里软，那个香呀！我们捧在手里专注地吃着乐着，怕噎着我们，外祖母取出茶盅沏茶，或者切块萝卜分给我们吃，她从来不糊弄孩子，像招呼客人一般款待不谙世事的我们。那个年代没什么零食，仅此，足以让我们吃惯了嘴跑惯了腿，隔天便往四舅家跑，围到外祖母身边感觉非常踏实非常温暖。

之前，父母在外地工作，我和弟弟妹妹也是外祖母带大。赶上"低标准"，外祖母就熬白菜汤打面疙瘩给我们吃，想方设法熬过饥馑的几年。我和弟弟妹妹上学了，外祖母又换了一家带孩子操持家务，几十年间，经她手带大的孙儿达十几个。时光荏苒，几十岁的孙儿站在她面前，她也能熟稔的叫出他们每个人的小名儿。

人有时很容易健忘，从参加工作，第一次看见外面精彩的世界，便忽略了外祖母，恋爱结婚离开家，忙工作忙孩子，更顾不得外祖母了。要知道，从小跟着外祖母长大，这样的举止，不知牵扯了她老人家多少的眼泪。

外祖母最担心女孩儿能否扮演好人妇与人母的角色，见我便叮咛："做好针线做好饭，和小姑子婆婆搞好关系，遇事要忍让，吃亏是便宜。"

七十年代后期，外祖母的三个儿子相继离她而去，大舅与老姨不在身边，至今，让我后悔的是没有送外祖母回一次青海她的老家，她其实很希望回去看看的，而我总有忙不完的事，以为还有其他人能满足她的愿望，直到听她亲口吐露心底的牵挂，才意识到她浓烈的思乡之情。忽然明白，她乡音不曾改变，难道不是对家乡的惦念？在各自天空里忙碌的儿孙，只顾着关照自己的事业家庭，把外祖母独自丢在一套带院子的空房子里，她老人家八十几岁了，还生火做饭取暖烧水，独自吃饭，跟自己说话，她又是极其自尊要强的人，不愿意给人添麻烦，八十年代中期，家里还没有电视电话，难以想象，漫长的白天黑夜，外祖母是怎样熬过来的？

晚年的外祖母见着来看望她的子孙，大概是她最开心的时刻，她笑得用手抹着眼泪，可内心，被人遗忘的委屈以及孤寂，思念亲人的心绪谁能体察关怀呢？儿孙们像流星般远去了！而她老人家时常拄着拐杖站在高处依恋的目送子孙离去，念叨着：热乎乎的一家人，怎么都走光了？

她默默走到了生命的尽头。

直到她不在了，才明白失去了一份亲情，一个温暖的归宿，一个祥和的天空。她的坚韧、忍耐、善良随着岁月变迁已然在心里生根开花，每次过年，多想与她团聚，来好好孝敬她，可惜时光不能重来。于是，便相信灵魂的存在，相信天空那片祥和的云光里，始终有着外祖母对她子孙的原谅与牵念。

千年第一天

世人同庆 2000 年来临之际，银川也举办了一次特别的庆典。晚上十点，我与母亲小妹等家人踏着夜色来到宁夏首府银川市玉皇阁广场，翘首企盼新世纪脚步的来临。

此时的银川玉皇阁广场，灯火通明，广场北侧东西两头的焰火灯柱，放射着艳丽而耀眼的光芒。广场东西南北的空地上，千余名群众载歌载舞。

玉皇阁这座有着三百多年的明代建筑，在今夜显得分外典雅喜庆。各界群众冒着零下十一度的严寒，汇集于玉皇阁南侧新建成的世纪广场上。因为要跨越千年，心情格外兴奋。

夜十一时五十三分，银川市市长郝林海宣布新千年庆典仪式开始。即刻，激动人心的二十一响礼炮隆隆响起，人群雀跃欢呼。接着，银川市委书记陈育宁热情洋溢地说：这是一次千年大跨越。千年之前，祖国西部曾经作为中华文明的发祥地而展示过灿烂和繁荣。但千年以来它衰落了，贫困了。今天，江泽民同志发出的"西部大开发"的伟大号召，将使西部再创历史的辉煌。夜十一时五十八分，宁夏回族自治区政府主席马启智，自治区政协主席马思忠走到世纪广场中央，拉动线绳，揭去了罩在宁夏世纪钟身上的锦丝红绒。顷刻间，一口高两千毫米，底长五百三十毫米的青铜大钟呈现在人们眼前。这口钟是银川市政府献给千年的一份珍贵礼品，上面铸刻了银川市的世纪沧桑和古城巨变。象征了宁夏回汉各族人民同心同德，对未来的向往和追求。

夜十一时五十九分，自治区党委书记毛如柏牵着两名优秀的男女青少年走向世纪钟，人们伴着激越的鼓点，齐声高呼倒计时："十、九、八、七……三、二、一！"毛如柏和两名青少年敲响了世纪钟。钟声宏亮久远，余音绕梁。

突然，绚丽的礼花腾空而起，人们沸腾起来了。巨龙雄狮翻飞跳跃，篝火熊熊燃烧。深冬的寒夜，我和在场所有的人送走二十世纪，看见了二十一世纪的曙光。

二十一世纪国家会变得比现在更加强大富强，母亲高兴地说，你们这一代是幸运而幸福的一代，以后国家富了，你们的日子也会一天比一天好。

好日子比预想的要快，2000年元旦早晨，先生拉西从银川虹桥邮电营业厅排了三小时队，购回一个刚在银川市上市的PHS便携式无线电话，俗称"小灵通"。把它作为新世纪礼物送给我。尽管家里已经有一部固定电话和手机了，先生说"小灵通"还是很需要的。可以随身携带，随时随地拨打或接收市内、国内外电话，带电时间半个月，实惠着呢，计费每三分钟一角八分人民币，很方便很合算。

接过拉西支付一千三百九十八元买来的"小灵通"，那深灰色的机身就像微小遥控器，喜爱的不得了，一边说"谢老公厚爱！"一边拨了一串数字。立马儿大洋彼岸纽约妹妹家的电话被接通，柔美的"哈喽"传过来，同祝千年之喜。关掉电话，吻了"小灵通"，好惬意！随即振臂，我穿越千年了。

元旦后上班，拿着"小灵通"收打电话，同事们也围过来观赏，方知，我是单位第一位拥有"小灵通"之人。

清明难忘的那个人

定格的记忆，如此深刻的安放在一个人的心底，伤心也罢，悲凉也罢，快乐也罢，黯然也罢，都已沉淀在那里，世界另一端的那个人，早已是一缕青烟，不能感知温暖的念想，但对于留在烟尘里的人，却无法忘记，这个日子，就变成了疼痛的回忆。清明前夕，周边的人都忙着去给亲人扫墓，而我铭记于心的事，是用文字悼念新疆乌鲁木齐的朋友，著名编剧李世勋。

怎么也无法接受他逝去的现实，他的音容笑貌始终活在我的眼前。总觉得，他还那么的年壮气盛，死亡怎会轮到他呢？一段日子，曾经与世勋同窗的上海新疆同学先继打来电话，报告世勋的噩耗，感叹生命的脆弱，悼念他的辞世。真的，在为他惋惜的同时，我的心绪久久不能平静，虎年跨入五十六岁的世勋因心梗而去，突来的噩耗任人无法相信。据说，上午他还在单位开会，有说有笑滔滔不绝，中午回到家，感觉难受，便对当军医的妻子说，"胃难受得很厉害"，妻子对平日里身体壮如牛的丈夫说："不要紧，睡一会，下午去医院检查！"中午他睡了一下，症状仿佛严重了，他给单位打电话请了假，便由妻子陪伴着在家附近的车站上了公交，到中心医院也就十几分钟的时间，索命鬼却已追到眼前，十几分钟都不肯给他，魁梧的他站在车上非常衰弱，一句话都来不及说，晕倒在人群中。

乘客们噪乱地呼喊着，公交车霎时变成了救护车，一路疾速开往医院，他被推到急诊室的床上时，停止了呼吸。

就这么快！生与死仿佛是一墙之隔。几小时前，他还兴致勃勃，许多奋斗的梦想和辉煌的前景在激励鼓舞着他，他哪里想到眼睛一闭，阴阳两隔！所有的一切已是身外之物，真可谓黄泉路上无老少啊！他长的浓眉大眼，虎背熊腰，见人嘻嘻哈哈开玩笑，嗓音高昂，底气十足，谁能相信，看起来能活八九十岁高寿的人，五十几岁匆匆走到了生命的终点。

生命的确很神秘，来和去似乎都是神圣的秘密，当你奋不顾身，想方设法争名夺利，活蹦乱跳地享受和体验这个色彩斑斓的世界时，却不知道哪一刻是生命的尽头。

世勋与我是间隔的朋友，他是我先生拉西上海师大的大学同学，关系紧密。七十年代末，两人在班里是西北人又是党员，与上海同学的性格形成极大反差，他们性格爽直粗犷，上海同学性格委婉绵软，聚在一起时，西北人大块吃肉大碗喝酒，不醉不归；上海同学爱吃青菜不喝白酒，斯斯文文讲话吞吞吐吐，于是在气势上，两个自称西北狼的汉子占了上风，凡同学大小的事，什么入党啊、当学校的某某委员啊、上台演讲，甚至毕业留上海这类事情，仿佛均由西北狼说了算。准是他们同意了才会抵达校方决策层，涉及每位上海同学的切身利益的事情才会顺利展开。他们班有位上海男同学，曾经在下乡插队时，与青梅竹马的恋人偷生了一个小孩养着，大学期间被校方发现了，准备把这个男同学从大学清除出去，被拉西和世勋知道，他们以班干部身份在学生会和校领导办公室周旋，说服校方理解了这个男同学并取消了那个决定。之后，男同学补办了结婚，与他的发小结成夫妻，一辈子恩爱至今，亦成为两个西北狼的铁

朋友，友情持续三十余年。

关于世勋，我听过许多他的趣事，记得世勋是新疆某部队司令员的儿子，高干子弟，见多识广通情达理，与各种脾性的大学男女同学都交的来，口碑较好。毕业后，世勋回到乌鲁木齐，陆续有他创作的小说文稿寄来征求我们的意见。他酷爱文学，辛勤耕耘，创作丰厚。后来获悉世勋创作编剧，中央电视三台播放过他创作的新疆某部队收编改造民族军的电视剧《苍茫天山》及其他反映新疆改革开放后，维吾尔族生活发生巨大变化的那类内容的电视剧。我们每次仔细观看，及时向他传递观后感和建议。

近十年来，他在创作和拍摄景地忙碌着，同为文学热衷者，我非常敬重他，却无缘相见。上海师大校庆纪念日那年，上海同学邀请外地同学参加。我跟着拉西见到了世勋及他的师职军人妻子，真是郎才女貌，与想象的一样，世勋风趣横生，妙语连珠，忽而新疆话、忽而上海话，忽而普通话夹带上海话，逗得现场几十位同学前仰后合，气氛热烈活跃，他留给我太深刻的印象。

2005 年的九月，我随拉西去新疆出差，世勋正在北京拍他创作的另一部电视剧，仅见到了他的妻子和朋友。当我们去天山和吐鲁番景点以及伊犁那拉提草原、纳木错湖，霍尔果斯口岸这些著名景点时，全部是我们在游览，世勋在北京电话遥控他的朋友安排行程，迎来送往，可见他重义气重朋友的秉性。

他走的突然，不知道一个人的生命牵着太多人的心，生前，他在天津购置了两套房子，准备儿子大学毕业后全家离开乌鲁木齐搬到天津居住，那是他全家人的梦想，决心在儿子这辈从长城以外换到长城以内居住，即新疆人叫做口内的地方生活。

为了实现这个目标，世勋作为壮年男人，需要赚到百万元才可实现他的梦想，过程过于艰难。他豁出去了，痴迷写作，写小说出书均不赚钱，改行做编剧出电视剧才能赚到钱，他还在某机关任着职务，业余小说家变成编剧？由此想象，他是欠了太多的债务，耗尽了生命的所有精华啊。如果甘于现状在机关当个稳妥的处长，月月领薪水，过着没有变化的温饱日子不是很舒服么？他不甘心庸俗的活着，他的梦想催促着他。于是，他去打拼去奋斗，还算顺利，前几部电视剧赚钱了，实现了在天津买房的梦，看见了胜利的曙光！生命对他再宽容点，他就可以大步往前走，做名编剧名导演了。

天堂不远，也许只是一个转身的时间，但却无法触及指尖的温暖。他走了，让活着的亲友痛苦的思念着。清明时分，潮湿的空气弥漫着忧伤的味道，远离尘世的人，还会看见世间一双双带泪的眼睛么？隔着阳光，看不见往事，唯有在梦中，才会尽拥盛开的思念，一点点，一段段，全是记忆中美丽而柔软的怀恋。

再次清明节，遥远的寄托哀思，不再追寻世勋离去的缘由，谁都有过不去的时候，在或不在，其实都是人生的一种状态，不必探寻究竟。

天堂的请柬

按阳历计算，进入斋月的头一周，是伊斯玛尔来的忌日。

伊斯玛尔来是我父亲的经名字，每次的斋月，回族都视为最珍贵、最吉庆、最快乐的日子。父亲于 2008 年九月斋月无常，适逢星期五，按照伊斯兰教的说法，老人在这个日子无常为大喜，据说这个日子的亡人是去天堂的，很多信伊斯兰教的耄耋老人都羡慕父亲离世的日子，说他是大福之人。

那么，在天堂的父亲好么？

这天，按照习俗，阿訇要来家里念经，姊妹们齐聚母亲家。之前，母亲已经忙了几天，为祭祀父亲而宰生、炸油香，干"尔麦里"，做"杜娃"向真主祈祷。如果平时，阿訇来家念《古兰经》，主家不但散乜帖（施舍现金），还要隆重的招待阿訇用餐。此时，因为是斋月，六名阿訇不能吃喝，母亲把买好的六十个馒头，炸的二十个油香，制熟的鸡肉和炒菜等打成包散给阿訇，请他们返回清真寺晚上开斋时食用。

近中午的时候，当了哈吉的母亲留在家里做乃麻孜，姊妹四人上山给父亲走坟。父亲长眠在贺兰山回民公墓穆兴苑，汽车上高速行驶，四十多分钟便到达了目的地。

抬眼望去，蓝天白云，公墓似一个偌大的植物园，亭台小桥，花草溪水，一条条柏油路和石子路，曲径通幽，大片大片的碑林被分成各式各样的名称小区，就像城里人住着的某某小区。

把车停在寺院门前，弟弟下车去请阿訇到坟上念经，每一次来都专请的，母亲说在墓地陪伴亡人的阿訇叫莱苏里，（即真主的使者或钦差）阿訇在坟上念经以表示活着人的心意，祈祷亲人安息，祝愿活着的人平安。

对着父亲的墓碑我们跪拜着，阿訇跪在墓碑一侧面向我们，念经大约十分钟，我们各自散乜贴给阿訇。乜贴按来人计算每人十元或二十元不等，整个悼念仪式结束。离去时，不远处的西夏王陵与近处的百姓碑石相互映照，不由得让我感叹，一代伟人与普通的人都一样睡于地下，此刻，荣华富贵似过眼烟云，人在逝去时已经没有高低贵贱。

因为回族的缘由，很多次参加这样的祭祀活动。这次，是为父亲伊斯玛尔来的日子，所以，无论家里，还是父亲的碑前，都清晰地感觉阿訇的诵经声已经穿越长空，在另一个世界的父亲耳旁萦绕，他老人家俯瞰着跪在他墓碑前的儿女，露出欣慰的笑靥。

毕竟是血浓于水啊！无论听哪个阿訇念讨白（忏悔），何时何地，那优美而抑扬顿挫的音调总会落入我的心中，激起无限的遐思，霎时，父亲的音容笑貌便呈现于眼前，一份忏悔之意也会进入脑海，一幕幕被父亲扶持鼓励成长的细节，便清晰闪现。

父亲是个严格认真的人，无论对事业还是子女的教育，他是从不懈怠的，从小到大，如何生活做人？一路上父亲的呵护管教，我们工作不顺，心里郁闷时，就去找父亲，寻找心理支撑，他总能从儿女的表情眼神发现问题，总能让孩子们释然而归。恍若小时候，与父亲乘公交车，父亲总是从拥挤的人群中用有

力的大掌把女儿从背后推上车，然后再用身体挤出一个狭小的空间，把女儿护在他的双臂下。他鼓励子女多读书勤思考，他说人生好比逆水行舟，不进则退！我们在他的全力支持下，各个不服输，高考制度恢复后，先后通过自学参加高考，从底层奋斗到国家机关，勤恳工作认真做人。之后在人生的各个关口，父亲以他的经验指导孩子们勇敢度过，好比头雁领着群雁穿越暴风雨，一直到达安全的港湾。

真是人生苦短，我们健壮成长之时，父亲却老了，人的一辈子就是这样的薪火相传么？当我们学着父亲耗费全部精力时间抚育自己的后代时，年老的父亲却被忽视了，我们过年过节才记起买一堆东西看望他老人家，与父亲在一起，他快乐地笑着，露出满嘴的龅牙，混浊的眼神凝视每位儿女，是那样的贪婪和慈祥。过了节日，子女们纷纷离去，把他丢在精神的空旷里，任凭他老人家独自打发晚年时光。直到他病重，需要女儿搀扶着他羸弱的身子回家，他还是为子女考虑，倔强的摆手要依靠自己照顾自己。

父亲敏感多虑，舐犊之情总是体现在生活的细微处，他表示极想去新疆或西安见见他的同学，儿女有出差这些地方的机会，他却因为身体原因不麻烦我们。08年7月，骄阳似火，他坚持去甘肃，去曾经帮助过他的人家答谢，他是去辞路么？谁也挡不住他，又不能请假陪他去，千里迢迢，七小时的车程，已经病入膏肓的父亲坚持上了长途大巴。虽然保持着电话联系，他也安然到达那个小山村，又安全地回来。来回三天，回来一个月后辞世了，想想真的后怕，假如他在陌生的地方倒下不再醒来，我们有何颜面解释？忙碌的子女总以自己的家庭事业为重，很难用心体察他的心境，连他微小的要求也不能满足，他仅仅希望儿女常去看他，或被他使唤着跑趟腿，只要满足他一次，他都高兴异常。现在想来，晚年时他时常抱个棉垫子，坐在大街的石阶上，看着车流人群，原来是用眼睛在追逐生龙活虎的人间，排遣他内心的寂寞。

在我的心里，以为父亲永远结实不老，如钢铁一样坚硬，不生病，不倒下。直到他身不由己，一次次住进医院。他说手麻嘴麻时，其实是脑梗的前期表现，儿女们却因为无休止的忙没有意识到父亲已经走到了生命的终点。如今，回忆这些细节，悔青了肠子也于事无补呀！父亲真的走了么？总觉得他在家里，或在医院里，或独自歇在什么地方？父亲洪亮的嗓音恍若昨天，晚年的多病多忧及顽强挣扎，时时浮现于女儿的心上，临终前父亲因失语不能说话，眼泪却在流淌，女儿握住父亲的手说找最好的医生来抢救，父亲艰难的摇头，他心里定然是千言万语对女儿交代，却说不出，他费尽心血培育的儿女，此刻，全部束手无策，不能从死亡线上把父亲救回来！

总结父亲的青年、中年、甚至七十岁之前，都是生气勃勃，从来不曾放弃自己，从来没有减少对生活的热情和激情。退休后，用他的技术和高工身份继续贡献社会，没有时间旅游，更不屑费时间与朋友打牌遁闲。忙碌到身体不支持，已经没有时间享受成功的果实，身体的痛苦折磨着他。父亲一辈子要强，要美，要面子，不麻烦别人，即使病入膏肓的时候，也挣扎着自己去医院治疗，他身体已经很难受了，见到熟人时一定会努力微笑着招呼着，把光彩的一面留给别人。他总抱怨失去的机遇太多，哪里想到透支健康却无法弥补。

离世的头一天晚上，还给自己热了一碗鸡汤喝下，他躺到床上，以为美美睡一觉清晨起来便会神清气爽。他万万没想到，

死神悄悄来了，他再也不能够站起来了。

脑中风让他失去语言能力，失去右半边身体的活动功能，其实，昏迷中的他拼命挣扎着想醒来的，想最后交代点什么，医院里他蹬着左脚流着泪水却无法表达他心中的意思。他最惦记的是什么？是满满的遗憾么？他悄悄走了，再也找不到了，从这个世界永远消失了。回忆他的一路走来，感慨诸多，他严厉的教诲，深藏的慈爱历历在目，滴滴在心啊！

父亲自小失去父母，靠哥嫂养大。十六岁被抓兵到甘肃初尝人间甘苦，二十岁逃回家乡赶上新中国，几番赶考，读中专上大学当干部建企业，绽放生命的光辉，寻找人生的坐标。他摆不脱北方男人的秉直性格，甩不掉一个知识分子的起码良心，路见不平拍胸而起，不会恭维权势，不会低眉顺眼，不做卑躬屈膝的事，因此，职业生涯没有平步青云之喜，他说良心无愧即可。

退休时他是企业高级工程师、专家，被选为政协委员，六十岁还被人聘，七十岁还在料理生意，七十三岁得心脏病，接着是肺气肿、胃病，身体急速报警，住院、再住院。六年时间，病魔紧紧追赶他、折磨他。多少次，他喝水胃都痛，活的非常艰难了，还在鼓励儿女专心工作，珍惜岁月，注意健康。他嘱咐："为人活着要有奉献精神，对社会、对父母、对亲友使用这种精神，这才是一种硕大的幸福，受人尊敬的精神。如果处处都为个人利益着想，算计陷害他人，狭隘自私，何能幸福呢？如果不关心他人，不互助他人，不友爱他人，活的意义何在？所以，做人要会做，不会学着做，做不好改良做。这样做人，能得来幸福，活的才有价值。人生短暂做好人艰难，创业艰难，做有用之人更难，这就需要努力奋斗，自强不息"。

　　父亲啊！尊敬的伊斯玛尔来，永远离去了，在父亲四周年祭祀的时候，念知感，天堂的父亲与他的亲人定然同时向真主祈祷素欧德（好运）。儿女的怀念愈加深刻，祈福到了天堂的父亲，不再劳碌，享受生活，轻松快乐！

大红灯笼高高挂

2009年初五清晨六点，被一阵爆竹声吵醒，起身到窗前向楼四周望去，一股扑鼻的烟味儿从窗缝钻进屋子，单元楼有人将一串串鞭炮点燃，噼里啪啦的，声音真大，纸屑像花一样绽放着，仿佛提醒千家万户，年要走了！

忽的，一丝不舍涌进心间，年来也匆匆去也匆匆啊！似乎刚刚感受中国人最看重最讲究的"大年"，在热烈喧闹中雍容华贵的走来，家家喜气洋洋，户户大红灯笼高高挂，每道门上贴着红红的春联，人们忙忙碌碌过春节。这才几天？大年便款款而去。按习俗，商人开店，裁缝开剪，工人上班，赶路的人该起程返回了，新一年的一切将转入正常。

难道准备了那么久，兴奋地等待了那么久的年，说走就走了？似乎是昙花一现。

关键是心情，如样的感觉，是对远路赶回家过年的游子而生，其实，是对他即将离去的那份强烈的不舍。

除夕晚上，大学毕业刚刚参加工作的儿子易斯玛仪订好一家清真餐馆，从福建飞回邀请全家老小过年。他没有忘记成长的二十几年里，姥姥、舅舅、姨姨、姑姑等亲人对他的呵护与扶持，他要用第一笔薪水答谢培养支持他成长的亲人。之前，易斯玛仪为亲人选择了礼物，隆重的送到他们手上，他虽然绽着稚嫩的笑容，却像个男人一般行事，是真的长大了。

回家过年的易斯玛仪，讲起一路看见的景象，感慨不已，他用了空前绝后的词，说春节前的客流出行高潮像是海浪一般的汹涌澎湃。农民工、大学生、离家的人、展翅远飞的儿女……归心似箭回家过年的数千上万的异乡客。归途中，人们或翘首以盼或枕戈待旦或整装行进，尤其沿途骑摩托车回家过年的十万农民工，深深震撼了他，感动了他。他说，像他一样奔波在路上回家过年的人，像是年年发生在中国土地上的人口大迁徙，壮观的场景简直是空前绝后。

易斯玛仪是从福建到陕西咸阳转道的，一场波及甚广的雨雪天气给急切回家的人带来了沉重的阻碍，气象部门报告，甘蒙宁陕晋豫鲁皖数省区遭遇空前大雪甚至暴雪。交通运输部信息显示：冀晋鲁豫地区已有二十余条高速公路局部路段封闭。陕西一些高速路段也因雪大而封闭。即使这样，都没有阻断成千上万回乡回家团圆过春节的游子。冰天寒地，易斯玛仪很辛苦的赶在除夕前进了家门。究竟是什么动力催他往家赶？除过浓浓的精神诉求与回家团圆的文化认可缘由，还能有什么？我们祖祖辈辈，不同民族的人，把如此的诉求与缘由看得那么重要，仅仅是为了团聚这么简单的道理么？准确地说应该是让我们在追寻团圆的过程中来完成一种文化仪式，让每一个人去释放对亲人的牵挂、对血缘的认同、对家族的尊重，这是春节教育我们如何过年的道理。

这天，三代人齐聚异常兴奋，恰逢天水的姨表妹一家也回银川过年，年的气氛便显得格外热烈喜庆。两桌二十三人，老少穿戴光鲜，欢声笑语飘荡在佳酿美食之间，亲人个个喜形于色，心里锣鼓喧天，聊家常、说变化，几小时过去了难舍难分！

国家强了，日子富了，盼着家人一年多有几回团聚。

这就是典型的年味儿。如今，国内国外追捧过春节已成风潮，老百姓过年的花样不断翻新，年味儿也越来越浓，抛开出国游，景点游，最喜欢的形式还是团聚。春节图什么？寻根、感恩、团聚、欢乐而已！一家人难得悠闲而隆重的坐在一起品酒聚餐谝闲，接着进入元宵节，圆圆美美，享受富有人情味的生活。

这些年，无论城市还是农村，春节喜欢团聚已成习俗，也成了多年不变的过年内容。从小年开始，屋宅、街道、商店、广场、餐馆、车站、衣服，视觉的喜庆从四面八方铺天盖地迎面袭来。眼前，瞬间变成火红的颜色，红灯笼、红对联、红窗花、红鞭炮，红旗袍。当脆亮的鞭炮噼啪响起来，亲朋好友的祝福涌来，团聚桌前洋溢着喜庆的欢笑，远道而来的亲友真情的拥抱，孩子们喜笑颜开捧住手中的红包，便把心境渲染的红彤彤的，亮堂堂的，所有一切都让人觉得，过年真好，没有什么日子可以比过年更好的。

易斯玛仪是在这种文化渗透中长大的青年，他焉然不循前辈的习俗？无论走得多远，他一定会千里迢迢赶回家来，与众生一样，他的根他的牵挂催动着他，指引着他，传统文化在他的心里已然扎根，他自觉自愿融进万千游子中追捧亘古不变的大年已是无可改变。

伊人在远方

　　每当朋友的信息从异国他乡飘来，心情便难以平静，那个"为赋新词强说愁"的青春时代已似落花流水般难寻踪迹，唯有梦中的她们，宁儿、露儿、云儿，我少时的闺蜜，于八十年代后期跨洋过海便与我天涯两茫茫。

　　不知谁说过，伟大的行动来自于光荣的梦想，梦想是牵动人们走向成功殿堂的纽带。七十年代后期，三位美貌温婉的闺蜜二十出头，不过是企业的小丫头片子。云儿在国企财务当会计，宁儿是百人小厂的车工，露儿是公司的业务员。这么普通的三个黄毛丫头，可别小看了她们，聚在一起时，谈的不是霓裳梳妆，不是如何嫁得好，乃是"红与黑""红楼梦""红色政权的诞生"。她们讨论着于连索菲尔、薛宝钗、探春、分析着走进延安卧薪尝胆走出延安掌握政权的革命者。她们的话题离不开书，有时围绕一个人或一件事各抒己见，有时从现实找到某个人物，为那个人物的命运杞人忧天。八十年代初期，文化还很匮乏，读过不少中外名著的她们，书里的故事久沉于心，终成励志的动力，揣着梦想，日子便不乏味，梦想的神奇力量推动她们跨越任何一个平庸的事件。同龄的姑娘结婚了、生子了、过上有爱的生活了，她们认为这样的天空太小，装不下她们，相信自己必定有不同的人生！

因此，最生机勃发光彩动人的年纪不愿意取悦男人，喜欢穿着朴素的衣裤，长辫子盘于头顶，脚蹬一双灯心绒黑布鞋，目光穿越人群若有所思，坚守天生我才必有用的信条！努力着、等待着。竟然等到了高考制恢复！凭借平日读书的积累，她们与应届高中生一起走进考场，相继考入大学，实现了当大学生的梦想。改革开放第一个十年，不甘沉寂，她们纷纷出国，而且直接到了世界经济最发达的美国。

跨出国门，八十年代中期尚属十分流行和时髦的事情，某某出国了，好似一道黑夜的闪电，发出耀眼的震撼。宁儿此前已脱离小工厂的环境进入大学做教师，不到三十岁的她，曾招引了多少优秀男子的爱慕？在许多人看来，她好好的大学教师不做，该嫁人不嫁人，难道出国拣金子嫁洋鬼子不成？宁儿的父母是大学教授，把宁儿的出国归结于她父母的望女成凤，尚可以解释，但宁儿确信美国一定能够帮助她实现所有人生梦想。真是那样么？交代完下面两位，一并说说她们在美国的艰辛与不如意。

露儿大学毕业后受到领导的栽培重用，出国前进入公司高管层，她的热恋男友考入芝加哥大学读硕士，事业与恋爱一帆风顺，曾经让她无比春风得意，也招致闺蜜们不尽的羡慕与妒忌。男友第一次假期回国便与她举办了一场别开生面的婚礼，一年后，露儿辞职以陪读夫人身份进入美国。

云儿大学毕业换了一家大型企业工作，凭借娴熟的业务和机敏的头脑，深得同事领导赞许，同事都说她前程无量，可她将心思和眼光飞向更遥远的目标，工作之余总在追逐学习班，潜心钻研英语，若论她的稳定薪水，远远超过同龄人，她依然放弃了优厚待遇的职位继而出国。

　　起初，她们刷盘子扫垃圾当缝纫工，这类又累又脏的杂活儿，仿佛不断嘲讽刺激着她们的神经，从国内白领落入国外受人差遣的打工者，曾经都挣扎纠结过，屈辱过绝望过。她们以为自己了不起！而看看来美国的中国人，哪个又是一般的中国人？公派美国工作和学习的，都经过层层选拔，反复考察，才得以成行；自费到美国留学的，都是国内名校的尖子，同样被美国的高校和美国签证官层层把关，优中选优；财富精英科技能手来美国经商投资创办企业的，更是人精了；即便是偷渡到美国来的，没有超人的胆魄是不可能到来的；就是派驻美国的大使，也比其他驻外大使级别高。

　　三位年轻女子漂洋过海到美国，有什么呢？两手空空，不懂语言，她们曾经发誓到美国洗盘子月赚一千美元也值得！真的到了美国，好奇心过去，尊严扫地的时候，没有祖宗的遗产，没有家族的地盘，没有人脉资源，在地大物博、富饶美丽的九百多万平方千米的私有制合众国，没有她们的一砖一瓦，一针一线，几乎没有她们的立锥之地的时候，真要一辈子低贱的出卖劳力么？来美国前带着一腔热血，怀着天堂的梦想，以为可以闯荡出一片天地，活得更加荣耀，此刻才明白，这里是金钱社会，是资本社会，她们不得不放下幻想身段，面对现实，勤工俭学，付出更多方能踩出一条路来。

　　十几年过去了，她们用辛勤和汗水，拿到了美国学位，找到了工作，买了车子，买了房子，在美国地盘上安营扎寨，立稳了脚跟，经过血与火的洗礼，刚刚开始自己的事业，身份和绿卡问题又接踵而来，无论是转换身份还是申请绿卡，美国的移民政策总是有许多不确定的因素，不同的移民官员也会有不同的考量。遇到刁钻的老板不配合，黑心的律师只赚钱，移民

的路更难走。多少个假日，她们无心休息，多少个夜晚，她们辗转难眠。为了身份，父母重病不能回国探望，辞世不能回国奔丧，今天要补件，明天要补钱，在法制的美国社会，签证和身份是政府官员的人治天下。来美国的第十二个年头，好不容易身份有了，绿卡有了，成了美国人了，房子越住越大了，车子越开越高级了，薪水也有所提高了，职位也朝上挪动了，个人有钱投资了，保险也买了多年了，存款也持有不少了，两鬓却逐渐斑白了，已经是知天命的年纪了。

此时，才看清楚来美国的许多中国人混得并不如意，无权无势无地位，进入参众两院的几乎没有，在政府部门担当重任的屈指可数，在大公司任要职的也寥寥无几，即便找份稍微好一点的工作，在政府部门谋个普通职员的位置，都不是一件容易的事情，不少人也就是美国的"农民工"，还有一些人连"暂住证"都办不下来，经常东躲西藏像贼一样生活。远远比不得国内的同龄人，他们在改革开放的几十年，混得那么出彩，从局长到小科长，从大老板到小职员，从人大委员到政协官员，有钱了有权了，有房了有车了，中国女人尤其扬眉吐气，专嫁"高富帅"。

当她们发现中国富裕了强大了，却回不去了。在美国耗尽了青春，人到中年回国重新开始谈何容易？时光揉进太多的艰难痛苦，如何轻松开始？云儿三十岁结婚，小夫妻无钱无房凭借年轻拼命赚钱养家，三十三岁才顾得生育孩子，四十五岁买了别墅宝马稳定了经济地位。宁儿与美国人、英国人、日本人、台湾人都谈过恋爱，其中任何男人都未娶她。似乎男人的心都一样，不喜欢干大事的女人，喜欢操持油盐酱醋茶的小女人。尽管宁儿凭借才华被聘到美国加州一所大学任教，职位有了，赚钱多了，人却嫁不出去了。露儿陪丈夫在美国读完博士后，如"北京人在纽约"那部电视剧的王启明郭燕一般，在异国分道扬镳。她四十多岁身心疲惫地带着儿子嫁了美国农场主，图有个衣食无忧的依靠而已。期间，她们回国探亲，话题早已经变得云罩雾遮，脸色眼神流露着不尽的沧桑与失落，她们反复说，强手如云的环境竞争万分激烈，生存的每一个过程，都是反复煎熬身心的过程，几十年下来，打拼出个人的生活天地，有房有车依然有不如意的光阴，回首来路，遗憾多多！唯独可以慰藉的是：为梦拼搏过。

人生苦短！知足为乐！翻出当年照片，痛感浮光如梦，花样年华的少女仿佛转眼变为中年人，似乎刚刚悟透生存的玄机，却失去再选择的资格。如今的几位缄口不讲关于前程的空话，有过通往梦想的独木桥上人挤人、人踩人的经历之后，雄心壮志已难寻踪迹，阅尽无数沧桑的她们言语间均是锥心的思念。而今韶华已去，时间不能驻步，潮涨潮退，冷眼旁观，究竟谁得意谁失意？一切也只随缘，这个年纪，彼此想的是，远方的伊人何时聚首，重叙旧日情呢？

麦加朝觐的女人

朝觐被定为主命，是由《古兰经》圣训和穆斯林学者公议确定的。

两个女人的心愿

2002 年开斋节后，节日的气息仿佛还驻留在空气里，一年一度的朝觐季节又悄悄来临了。这天，即将朝觐的人兴高采烈彼此道贺，此番情景把寡居在家的玉凤搅乱了，她神情失落的站在一旁观看，朝觐的行列中又增添了不少熟面孔，她心里问道：为什么总做旁观者？

这一年，玉凤生活的村子，大片土地逐渐被城市吞噬，梦魇一般，几十年看惯了一望无际绿油油的菜地，眼前正被一幢幢高楼代替，乡亲们都被安置到新建的小区楼房里像城市人一样圈禁起来。真没想到发展变化这么快！玉凤不止一次感慨着。土地刚被占时，她和乡亲们都很担心，没了田地，靠什么生活？没想到，开发区一年一个样，几年间便繁华起来。利用这里旺盛的人气，村里精明的人把家里多余的房子出租出卖，然后做起了小生意。前几年，玉凤把儿子开的餐厅装修一新，家常菜招引得八方客人络绎不绝。自此，日子越过越红火，玉凤觉得一辈子的甜蜜幸福都挤到这一刻了。

不过，许多庄稼人不这么想问题，忽然没地方耕播撒种了，揣着政府给的征地补贴款，茫然的不知所措。生意不会做，投资没方向，找不到出路的人闲的心慌，不少青壮年参与赌博打发日子，很快赌光了家底，输急眼的人去偷去抢进了监狱。一霎间，鸡飞狗跳，夫妻反目，闹得村里人心惶惶。

玉凤居住的村子本是回民村，此时，德高望重的回族长辈站出来说，如此下去很危险，没有宗教信仰的约束，人若脱缰的野马，易慵懒变坏，做违法的事。他们主张坚定遵循伊斯兰教规约束言行。之后，长辈们陆续赴麦加朝觐。天高路远，辛苦异常，玉凤记得有三两个朝觐者归真在麦加，永远回不来了。归来的朝觐者穿起戒衣，出入清真寺或乡亲们的婚丧嫁娶场合，宣扬教规知识，受到拥戴，朝觐之风渐起。玉凤懂得，与世界各地的穆斯林共同完成真主为人类规定的朝觐仪式，是幸福的荣光的，吉祥后世的，她迫切地想去麦加朝觐。

闲时，玉凤不由得追忆自己的一生，十六岁出嫁，苦日子里跌跌绊绊养大三个儿子。男人呢？想起自己的男人，她不禁眉头紧锁，哀怨直冲脑门。当初，男人是村里的会计，风流倜傥，本该到文艺团队当演员的他，却投错胎当了农民。男人痴迷吹拉弹唱且无师自通，娶了美丽憨厚的玉凤反觉得精神苦闷，该播种时他睡觉，该收获时他抱着胡琴自拉自娱。男人讨厌庄稼活更嫌玉凤笨拙，玉凤融不进男人拉琴唱歌里，男人的心就不在她身上。他把村里趣味相投的男女凑到一处，自创自编自演玩痴狂。这下苦坏了玉凤，家里是儿子外面是农活儿，鸡叫起床做饭，天黑一身泥土从地里回家，当过男人再当女人，操持完庄稼操持生活，起五更睡半夜，粗活细活独自扛着。她忙的

蓬头垢面，手粗糙的像锉刀一样。这时，男人在外面风光的玩着，如果喜欢花红柳绿的日子快活一阵也罢了，可男人的心飞出了家外，不顺心时常拿她出气，张口爆粗抬手抡拳，玉凤身上脸上经常瘀着青伤紫疤。活在丈夫的暴力下，她为了幼小的儿子战战兢兢撑日子，心里压的苦多了，人越发木讷懦弱。某个深夜，男人喝多了酒骑辆摩托往回赶，与一辆停靠的汽车追尾翻入深沟，他从这个世界消失了。

男人走的时候，儿子长大了，大的二十岁，小的十四岁，该怎么给他们成家立业？玉凤正愁着，她家的菜地被政府一亩亩征用，钱从天降！失去土地的儿子们拿着政府补的钱开餐馆、学手艺，再一个个结婚独立！盼着儿子成家独立，玉凤没承想，她被孤零零的扔在原地。每天，孤寂冷清从空屋子蔓延渗透到她的心底。她不明白，心里为什么总泛着酸酸的苦痛呢？她解释不了更摆脱不了，就那么呆愣愣地坐在太阳底下打发时光。这时，受人指引，不经意走进清真寺，与众多女人一起倾听阿訇讲古勒阿尼《古兰经》。

似微风掠过安静的湖面，处处吹起了涟漪，优美威严的经文飓风一般席卷着玉凤的心。自从走进清真寺听经，阿訇用阿文念一段，再用汉语翻译一遍，把其中的内容声情并茂的讲给大家听。玉凤便对古兰经高尚的人生哲理与观念着了迷，她忽然找到了活着的方向与快乐，灵魂仿佛有了安顿。就那么身不由己地往寺里跑，经文越听越多，伊玛尼（信仰）也越来越坚定。五次不脱的乃麻孜（礼拜）即是这时开始的，逢主麻去寺里做礼拜，她忙的忘记了时间忘记了忧愁，一再感念真主，允许女人来清真寺听阿訇讲经，以前是男人的专利啊！很快，她从一个无信仰的女人变成了虔诚的穆斯林，内心除了真主外，别的什么也装不下了。

这年，玉凤报名去朝觐，要求的人太多了，她被告知等两年，待送走新一批去麦加的亲友后，她赶到姐姐家，不识字的玉凤没出过远门，希望姐姐玉梅与她共赴麦加。

玉梅是她的大姐，住在城中央。小区回族稀稀拉拉分散着，宗教气息不浓。玉梅忧虑孩子们心思用在赚钱满足过享乐日子上，希望孩子们加强宗教信仰。某次，前楼一个戴白帽儿的女人敲门道声色俩目端来两个油香，女人是给归真的父母过乜贴，玉梅赶紧记下对方门牌。过段日子，她也给母亲过乜贴，换过水抹锅捞油香，请清真寺的阿訇来念讨白。这时刻，她总会指使儿子或者女儿去楼前楼后的几家回族家散油香，引导他们增强信念，熟悉习俗。她反复嘱托子女：要懂得回族的规矩习俗，记得自己与汉族的差别。

玉梅文化程度不高，该遵循的该懂得的教规她都记在心上，写在本上。空闲时候翻阅古兰经一段段的学习，她最焦虑的事情是，每天五次乃玛孜未坚持，去麦加朝觐遥远无期，眼下丈夫病重需要照顾，她顾不得自己的追求。正苦恼着，玉凤来了，商议同去麦加朝觐，玉梅嗫嚅着吐露困难。

玉凤睁大了凤眼："一辈子家务事哪有完？姐呀，扔下吧！古兰经规定每一位有经济有体力的穆斯林负有朝拜麦加的义务，一生至少前往麦加朝觐一次，你既然信仰伊斯兰教，就该去！身体不支的时候，就迟啦！"

玉梅犹豫："家里的杂事能扔下，拜功不够怎么办？"

玉凤道："去麦加朝觐尚需等两年，抓紧时间补拜功。"

玉凤走后，玉梅的心激烈的起伏着，她决定放下家务事上寺里学习教门上的事，把古兰经学透彻了就去朝觐。

这年，玉梅年过花甲，似乎过了学习年龄，她相信笨鸟先飞的道理，把一段段的经文用毛笔抄到报纸上反复诵念，增强记忆加深理解，坚持去清真寺听阿訇讲古勒阿尼，并看书做笔记。功夫不负有心人，玉梅的经文进步极快！获得清真寺阿訇和众多穆民的认可，此时，她决定与玉凤共赴麦加完成朝觐。

玉梅的儿女懂得母亲，她认准的事必定坚持到底，经过家庭讨论决议，支持六十五岁的玉梅朝觐。

是日，玉梅的心更加向往麦加，她静心礼拜，遵循阿訇的教导，暂时放弃尘世间的物质享受，专心崇拜真主，感念真主，反省过去，祈求真主佑助引导，饶恕自己以往的所有罪过。

三项主命功课

2004年9月，玉梅玉凤的朝觐指标批下来了，梦想终于成真，两位六旬女人欢欣鼓舞的像个孩子。临行，玉梅的五个儿女各出资六千元赞助母亲朝觐，玉凤取出多年积攒的钱，朝觐总费用四万余，包括办理护照、国内外交通、食宿。

走的场面令她们终生难忘，寺上的阿訇以及众多穆民亲友将大红绸缎围在两个女人的脖子上，专门为他们举办了热烈的欢送仪式。

风城火车站人山人海，广场上，为朝觐者送行的白帽子汇成了银色的海洋，白帽子耀人的眼睛。车上拥挤着朝觐的人，有夫妻，父女、母女、姐妹等，年龄最大八十岁，最小五十岁。

带队的是寺上的阿訇，跟随着宗教委派的女翻译。

玉梅姐俩背了一小布袋米一小布袋面，煮饭的小钢筋锅电饭杯等餐具，自制了几样清真食物，随时准备搭锅煮饭。

走时天气尚冷，她们毛衣外穿着统一配发的黑色长袍，胸前缝制着红色的中华人民共和国国旗徽章，头戴白色盖头。火车徐徐开动，仰天长啸的汽笛，载着信仰者风驰电掣的向北驶去。

北京，玉凤平生第一次享受功能齐全的宾馆标间。

出境前，姐俩接受了简单的培训，懂得为真主完成朝觐，包括正朝古尔邦节，之后是副朝。穿越蓝天白云，从北京机场十几小时飞到沙特吉达机场，飞机降落时已至深夜，异国的暖风猛然吹来，她们感觉热浪灼人。

负责接待她们的是沙特东南亚朝觐服务机构中国办公室。

虽然十分疲劳，毕竟抵达了梦想的天堂，姐俩被新奇而兴奋的情绪感染着，忘记了旅途奔波的劳累。华灯闪烁，明月高悬，林木葱郁，接送她们前往招待所的大巴，静静行驶在柏油路上，观望窗外的景色她们激动不已。

住宅是带有卫生间的七人间，地上铺的大地毯上放个小地毯垫子便可做功课。房间有厨房配有天然气，方便做饭。次日，按捺不住好奇心，她们上了街，想兑点沙币买菜做饭。街上建筑呈典型阿拉伯特色，天虽热，当地女人用黑纱遮面穿长袍。外币兑换一般在路边的小小店铺里，铺面如同一个书报亭，工作人员按市场牌价兑换，一百美元换三百二十元沙币。眼前的景象令她们惊叹，店铺仅一人，各种钱币堆在桌上，没记账，没保安，门窗没有防护栏，该做礼拜时，店铺的人用一块布蒙住钱物，拉住店铺的门赶去做乃麻孜了，此景令玉梅姐俩感叹不已。

目睹琳琅满目的商品，物价不高，一个沙币买三个土豆，或者三个西红柿。见不少新疆人开面馆，做各种面食，她们有

些饿了，买了一个囊一个牛角面包，边吃边看稀罕。路过印度人做抓饭的大排档，新奇的多看了两眼，便被印度人极热情的用阿语把姐俩拉进餐馆，请他们吃干沙沙的米糕和烤鸡，掏十个沙币买了炖小公鸡，两个沙币两小碗抓饭，吃的时候，感觉味道怪怪难以下咽，勉强吃了几口便告辞出来。

中午时分，玉梅给家拨电话，来时丈夫突发心脏病住院，她一路牵挂着。电话通了，获悉丈夫心脏支架手术十分成功。此刻，玉梅忽然感觉手表乱了？从麦加往家里拨电话是白天十四点，家里时间却是清晨七时半，时差把她倒糊涂了。

到麦加第三天，姐俩跟随带队阿訇专程去了阿拉法特平原，登上了拉赫曼山。拉赫曼山是人祖阿丹与哈娃太太久别重逢，蒙真主赦免的地方，山顶建有纪念碑。据说人祖阿丹受易不历斯的调唆，偷吃了禁果被贬下天堂，人祖与祖母分隔天涯两方，在黑暗中经过漫长的摸索向真主乞求悔罪，最终受到真主赦免。带队阿訇强调：朝觐的三项功课中，有一项内容必须站驻阿拉法特平原。就是说，如果站驻阿拉法特平原，环游天房、做礼拜三项主命功课完成，且无犯戒律之处，朝觐便成功了，就会成为真主命名的"哈吉"了！真的么？姐俩暗下决心，克服一切艰难，完成三项主命功课，成为一名"哈吉"。

12月8日是重要的日子，根据伊斯兰教规，这天朝觐的穆斯林入住米纳。凌晨五时，玉梅姐俩乘大巴来到米那山谷，此处距麦加约七公里，而面积只有四平方公里的米纳山谷漫山遍野扎着一模一样的白色防火帐篷，全世界三百五十万穆斯林齐聚此地，壮观与宏伟的场面，令姐俩激动的相拥泪涌。

住的帐篷六十平米，每个帐篷配有空调，帐篷内的地毯上挤着三十多名朝觐者，所有人席地而睡。每日三餐免费，最大的问题是如厕难，排队一个多小时才解决问题，姐俩决定少吃食物少喝水，减少如厕。

次日被称为"阿拉法特日"。朝觐者须面向位于麦加大清真寺的天房礼拜，然后站在阿拉法特平原诵念《古兰经》，以纪念先知穆罕默德在此发表临终演说。同时，忏悔过失和罪孽，并祈求真主宽恕。因为这天能得到真主宽恕，从火狱上得到脱离的人最多，所以，密密麻麻的朝觐者虔诚的合膝跪念古兰经，一遍又一遍，神圣庄严的诵念声直击云天。玉凤问姐："万里迢迢从中国来麦加，果真能得到回报吗？"

玉梅踌躇一下，重复阿訇讲的道理："一位穆斯林十来岁开始，自觉或不自觉犯了许多罪，从言语到行为沾染了许多坏习惯！而今，站驻阿尔法特平原，是扭转个人历史，改变个人命运，筹划前程，准备后世诸多行动中最有意义的一天。"她说："祈求吧，玉凤，今天做什么嘟瓦，有关健康、儿女、生命、财产，全能如愿！"

当天的撒失尼与底格尔并礼，由会说阿语的伊玛目领拜。作讨白的时候，姐俩与所有朝觐者一样向真主悔罪，向真主祈求饶恕！真诚地做着讨白。为自己，为家人做嘟瓦时，她们向真主祈求两世吉庆，坚信，悔罪者的诚挚最能得到主的慈悯与宽恕。

太阳落山，回到驻地，并礼了沙目与虎伏滩后休息。午夜过后，凉风渐起，尽管裹紧了身上的毛毯也非常之冷。不少人睡不着觉分散捡小石头，准备次日打鬼。次日清晨，姐俩挤在第一排完成射石功课，到射石场先打大鬼杰木赖吾古巴，第二天打小、中、大鬼，第三天再打小、中、大鬼。穿梭于众多朝觐者之间，她们帮着体弱不能亲临现场的老人打鬼！

在踩踏中爬起来

来麦加朝觐，是姐俩感觉最幸福的时刻，尽管阿訇一再告戒，整个朝觐过程充满危险与艰难，与一般出国旅游有本质的不同！但比不了她们对麦加强烈的追寻与向往。奋不顾身的一路走来，视野的宽阔令她们不断感叹，原来几十年生活的地方小如针眼，自己渺小如蚁！

穿梭在行拜礼的路上，姐俩与那些长相不同肤色不同的朝觐者一样，脖子上挂个牌儿，牌上用阿文写着自己的住址与姓名，防止一旦走失，可以被警察送回来。每次做乃麻孜，置身于蒙着黑色白色或酱色纱巾的人围里，置身于一大片黑袍，白袍或酱色袍子戴白帽子的人群中，听着气势非凡的诵经声在山谷上空回荡，耳边余音袅袅的："万物非主，唯有真主……"她们便忘记身在何方，灵魂与那回声融合一处。天亮，她们徒步往圣寺走去，途中土路柏油路坡度大的山路呈现脚下，约一小时到达终点，无人退缩，朝觐者步履沙沙，神色虔诚的一路向前，向前。

这一日，细雨霏霏，姐俩随着众人穿越米纳山谷隧道，怕挤丢了，她们手拉着手。忽然，湿滑的泥路绊倒了玉梅，朝觐者行进的步伐滚滚而过，玉梅觉得被拥挤的人潮压着爬不起来，她本能地用胳膊护住了头和脸，合住眼默念真主。幸亏玉凤伸开双臂拼力挡住后面涌来的人流，迅速拉起姐姐搀住她跌跌撞撞往前赶。心存善念，天必佑之！后来获悉，朝觐这年发生踩踏导致二百五十一人死亡。幸运之极啊！朝觐路上的确充满危险和艰难，是什么力量促使那么多的人云集一起？什么动因促使亿万穆斯林来到麦加圣城？玉梅想，是伊斯兰教的感召力，是穆斯林对真主的信念。

未见圣寺之前，姐俩就怀着一颗异常激动的心，盼望着那一刻的到来。先知说过："谁在我死后来探望我，就如生前来拜访我一样！"这让她们觉得见到圣寺是极顶的幸运和荣耀！

终于看见了，雄伟、壮观的圣寺。广场四周，纯金宝瓶的宣礼塔直插云霄，透视出伊斯兰教的伟岸与非凡。带队阿訇讲解道："全寺三千五百个喇叭，一天五小时播放四个伊玛目，十三个念邦克阿訇的领拜声。每天八十辆汽车从麦加运来惹木水，遍布寺内外的各个角落，方便世界各地瞻仰圣寺的万千穆斯林。"

两个女人的眼睛不断追逐，数不尽的吊灯、壁灯仿佛是天上的繁星撒落圣寺内外。圣寺被照耀得如同白昼。她们在心里一遍遍地念着："真主，我来了，我奉你的命令来了。"当她们随着人流缓慢进入庄严辉煌的圣寺内，一眼看到广场中心那熟悉而又陌生的方形克尔白的时候，心便狂跳不止！真的面对近在咫尺的克尔白的时候，泪水再次控住不住的倾泻而下，她们忽然感觉像长年漂泊的游子从天涯海角归来，终于见到日思夜想的母亲，此时此刻，她们只会一遍遍向圣人道着穆民最崇高的问候：安赛俩目来空！

一千个乃麻孜回赐

据悉，天房是公元前十八世纪先知易卜拉欣和他的儿子伊斯梅尔监建而成的。高十四米，内三根顶柱昂然挺立，其东北侧装有两扇金门，用二百八十六公斤的赤金精工铸造。天房自

上而下终年用黑丝绒帷幔蒙罩，帷幔中腰和门帘上用金银线绣有《古兰经》文，帷幔每年更换一次，据说这一传统已延续了一千三百多年。天房外东南角，一米半高的墙上，镶嵌着一块三十厘米长的带微红的褐色陨石，即有名的黑石，或称玄石，穆斯林视其为神物。相传当年穆罕默德曾亲吻过它。朝觐者游转天房经过此石时，都争先与之亲吻或举双手以示敬意。

姐俩挤在带队阿訇身后，在大殿内停留下来，做了副功拜后再次做嘟瓦向真主祈祷。

先知说过："在圣寺礼一拜，将有一千个乃麻孜回赐，在天房礼一拜，比在圣寺更加一百倍的乃麻孜回赐！"所以，在以后逗留的几天内，姐俩几乎成了圣寺的常客，抓住一切时间去礼拜。

似乎朝觐的穆斯林想法都一样，川流不息的礼拜人群成了麦加市内各条道路上一道亮丽的风景线。由于气温高，从凌晨两点开始，来往于圣寺的礼拜者便像齿轮一样转动不停。每天凌晨赶到的人群，要等到五点大殿开门才能冲进去抢占最佳位置。然后，到梆不答结束，前后坚持四小时的时间。这样的艰苦，六旬的老姐俩靠着一颗虔诚的乜提心，随着人流没等晨礼开始，匆匆礼两拜，便被摩肩接踵拥挤的人流给抛到远处，卷回到大殿中去了。那天，副朝的七圈天房环游，每次经过黑石、金门、易卜拉欣立足处，金屋檐、残墙和也门角时，她们都做嘟瓦。

逢主麻，姐俩提前两个小时到圣寺，容纳五十万人礼拜的克尔白圣寺人山人海，无论底层、二楼、三楼全部跪满了人。寺内各个楼梯、台阶上也站满了人。寺外广场上和通往圣寺的各条马路上、商店门前也全部被来自世界各地的穆斯林占据，几乎没有插足的地方。

雄伟高亢的邦克声中，姐俩挤占有利位置跟着广播中伊玛目的领拜声，与上百万人合膝礼拜，震动耳鼓的音调，神圣的氛围和气息，井然的秩序，万众一心的动作，是她们没有见过和体验过的情景，因此，神圣而幸福着。

梦见过世的妈妈

转天房时，姐俩相互搀扶如愿以偿的用手摸到了金门，特别在临辞朝的前夜，几乎用生命作代价，在人潮中挤死挤活的她们终于用手摸到了白金镶嵌的黑石！她们看见一些人把脸往石墙上撞，哭念："真主啊！祈求把这次朝觐转化成被接受的朝觐！被接受的功修！"

当姐俩围着天房给归真的妈妈转了七圈，之后开始了赛法与麦尔沃两山之间的奔走。山上边是和其他大殿一样的屋顶，下面是大理石铺的平滑跑道，往返各七百米，旁边还专留有手推车专用通道，专门给那些没有能力环游和奔走的朝觐者坐在轮椅上，由黑人等打工者推着完成功课。

两个女人是拼着脚力丈量着七百米的路程完成了所有功课。

玉凤年轻时练就的身板儿，壮硕而结实，苦难的磨砺给了她顽强的意志；玉梅亦同，十七岁嫁人，养育五个儿女，当工人四十年，用劳碌辛苦一生总结两个女人最为恰当。两姐妹还秉承了母亲的西亚遗传基因，身材窈窕，杏眼美瞳高鼻梁，皮肤腻白，天生丽质，只恨生在穷人家赶上艰苦年代，从青年到老年她们的命运一波三折，沧桑中悄然衰老了。

当晚，躺在简陋的床铺上，玉凤梦见了过世几十年的妈妈。窗外老妈带着黑色的盖头缓缓走近，脸色润泽，慈祥微笑着抚

摸两个女儿。玉凤大惊失色的叫："妈呀，这么远您怎么也来了？"妈妈不说话只慈祥的笑。玉凤抱住老妈痛哭，诉说着思念之情。哭醒时，玉梅说她也梦见妈了，平时总梦见妈的侧面和背影，这次看的格外真。她们在圣人面前祈祷着，为母亲和子女祈愿。

每天，两个女人念着赞圣词，相信真主从此带给她们以及她们子女以福祉。辞朝时，她们跪在地上一遍遍的念："真主啊！祈求你使我一帆风顺！祈求在现世和后世宽恕我吧！"。

像纯洁的婴孩般回归

历时四十余天的时候，麦加之行的两个女人圆满完成了朝觐功课，各自背负十斤桶装的惹木水与二十尺克番布平安回国。经历十一个小时的长途旅行，完成了副朝、正朝的各项功课，她们像纯洁的初生婴儿般回到了故乡。

家乡的机场，迎接的锣鼓震天响，机场内外亲情四溢。显眼的位置打出了"欢迎哈吉朝觐荣归"的横幅。偌大的待机楼与广场上围满了穆斯林男女，为了迎接归国的"哈吉"们，众多认识与不认识的穆民聚在一起，不少人是乘坐大巴车连夜专门赶到凤城河东机场迎接"哈吉"。

欢迎"哈吉"荣归的横幅在高高地飘拂，机场每一个角落都被"白帽子"和"美丽的盖头"填满，俨然一个盛大的民族盛会。当玉梅姐俩满脸灿烂的走近欢迎的人群，与到场接机的亲朋好友亲切拥抱时，意想不到的事情发生了，人群忽然将两个女人托起举过头顶似包裹一般的传递。在一片惊异地喊叫声中，两个女人被陌生又熟悉的同胞触摸着亲吻着，大家吻着"哈吉"的手和衣服，分享她们身上的"祥光"。信奉伊斯兰教的人对朝觐回来的"哈吉"表示炙热的情感，分享"哈吉"的圣洁之光，相信以此能够庇佑自己及家庭。

朝觐归来的荣耀终于像幕布一般落下。虽然，一趟朝觐让她们无比疲惫，但她们脸上始终洋溢着幸福与满足。

顾不得休息，姐俩把朝觐经历以及在麦加所见所闻与家人朋友分享。之后，她们戴起盖头穿起戒衣，每天五次开始了漫长的功修跋涉。玉梅朝觐中被踩踏落下的腰痛，成为无法治愈的疾病，她忍着腰痛一年三百六十五天，天天五次不脱做礼拜，八年坚持，何等毅力？她将自己归为真正的"哈吉"后，内心变得高尚而纯净，除过参与清真寺的活动，对自己的言行达到了苛刻的地步。

八年来，谈起去麦加朝觐，两个女人不由地感赞真主，暗自欢欣，庆幸自己作为女人成全了朝觐功课，有过一次特殊的生命体验。

在光辉的麦地那城，在神圣的麦加真主的天房前，她们感觉天堂是如此亲近真实，如此神秘高尚，那是日思梦想的情景，她们相信，只要付出虔诚，天堂的路便在脚下。

真主的呼唤

　　父亲的无常值斋月的周五，按照穆斯林教历计算，是吉庆的日子，回族对于死亡，不讲贵贱，不论贫富一律要葬之有礼。在清真寺给父亲站折纳孜那天，教长和给父亲念讨白的阿訇都说他会去天堂，无常是真主的口唤，父亲没有选择的权利。

　　父亲自幼失去父母，家境穷困，依赖嫂子长大。十岁进了几天私塾认识字，十四岁被甘肃国民党抓兵，当上伺候长官的勤务兵。混在一群军棍里，他年龄小，聪明机灵，很讨长官喜爱。十八岁由长官派了婚事，将驻军附近村子的侄女嫁给他。娶了长官十六岁的侄女，傻傻的入洞房初尝男人的喜悦，他第一次觉得幸福生活原来如此。好景不长，新婚不久，小夫妻幸福日子还没咂过味儿，新中国解放的枪声摧毁了他的美梦，长官带着部队逃走了，留下他一个兵娃不知道该怎么办？1950年解放军驻扎下来开始清算旧部队残留，父亲极为恐惧，妻子一家是旧军阀的亲戚，不能跟着腐朽的军阀家族一起毁灭吧？半夜新媳妇偷偷对他说："逃命要紧！活一个是一个，你先逃回老家找机会再回来接我。"他半夜偷走了岳父家的骏马，狠狠心抛下妻子向着深山夺路而逃，几经辗转跑回家乡。

　　随着新中国的诞生，家乡发生着翻天覆地的变化，他因为是苦出身的回族青年，被政府选送到农业学校种植专业升造，后分到林业局当了干部，表现突出又被保送到西北大学。期间，一帆风顺时，他不敢说出甘肃的媳妇，心里无时不在牵挂着，找个机会他悄悄回到甘肃找媳妇儿，获悉出身军阀的媳妇一家人在严峻的生存环境下，生命早早凋谢了，活着的几乎没人了。他失望地回到家乡，娶了出生贫农的女人当老婆，八年间，五个孩子来到世间，其中一个夭折。第二任妻子便是我的母亲。父亲压根不知他的前妻还留下一个遗腹子，那孩子三岁时母亲、姨妈、舅父先后病逝，他的命偏那么强那么硬，由亲戚轮番抚养成人，趴在地上吃垃圾吃剩饭竟然活了下来，长大后进西藏做木材皮货药材生意，二十岁结婚成家，养育了四个子女，我的这位大哥，是我四十岁时才知道的。

父亲经历过"反右"，"四清"，文化革命等运动。任何一个运动他都是倒霉蛋，都躲不过去，活的艰难而无奈。七九年，改革开放了，政策放宽了，他的命运有了改变，随着环境的不断宽松，催发了他的智慧特长，他写文章不断发表专长见解，跑遍银南银北的农村地头，种植甜菜，研究糖原料，发明甜菜丛根病的治理与推广。这期间，制糖业风生水起，回族地区第三个糖厂正在兴建，他作为制糖专家，竭力推动糖业发展是他的追求。生存环境的优越激发出他极大地主观能动性，他不知疲累的奉献着自己，成为受人尊敬的技术专家，被方圆几十里的农民昵称为"糖萝卜头"，还被当地政协吸收为委员。正是干劲十足的时候，该退休了，德国甜菜种仔公司委托他在当地推广优质甜菜种子并承办分公司，他抓住了这个天赐的机会，六十岁脑子还很精明的他，靠着聪明才智，干到七十岁赚了盆满钵满。他用这些钱买房子置商铺搞投资。两千年前后，改革开放还被多数人观望的时候，他的这些做

法和观念很有前瞻性，他说，如果再年轻二十岁，赶上这么好多机会，他一定干成一番大事业。

一生要强，活的节俭，自强不息的他，名气和收入是改革开放带来的。他得到的实惠首先是房子的变化，"文革"前全家五口入住南门农具厂母亲单位安排的五平米没有窗户的库房；"文革"后搬至房管局分配的四十平米带小厨房的平房里；七十年代搬到母亲单位分配的五十平米带厨房自来水的平房内；八十年代搬到父亲单位分配的八十平米带暖气的楼房，九十年代父亲买了一百余平米的商品房，两千年拥有了两套住宅两套商品房，房子越住越大，环境越来越好，手头有了闲钱。五个孩子三个公务员，一个在国外办公司，一个身边尽孝。父亲高兴满足都来不及，改革开放的政策，彻底改变了一位技术人员的生活质量和命运，使他有生之年实现了自己的梦想。

因此，他心里时时充满感激，总是告诫子女，个人命运与社会命运紧密相连，没有好社会，个人能耐再大也无用，中国越来越强，是百姓的幸事福事，要努力工作力图报答，勤奋学习珍惜光阴，若照做，人生必强。

唯一让父亲遗憾的两件事，一是赶上好时代他老了，二是将我同父异母的大哥扔到外省。九十年代，我那个大哥找上门来，抱着父亲大哭不止，埋怨父亲几十年来不寻认他，让他找的好苦，几十岁了被人指指戳戳，背个私生子的印记。父亲知道被他遗弃的儿子活的委屈憋闷，急赶回甘肃老家为儿子正名改姓，给儿子讨个清白。这个迟到的证明虽然还我大哥一个公正，但想想他五十几岁了，是四个儿女的父亲，八个孙子的爷爷，煎熬的过程实在过于漫长了。

父亲八十岁忽患脑出血导致半身不遂，头天还高音大嗓的训人，大限来时却一句话都说不出了，甚至交代不了遗言，看着眼前的妻儿后代，他的心里定然焦虑而痛苦，但真主的口唤到了，心里纵有千言万语，来不及留下一句话也得默默谢世。

曾经沧海难为水

有很长一段时间，我时常梦见自己再执教鞭，走上讲台。淡淡的晨曦里，阳光悄悄透过窗棂，我以抑扬顿挫的声音为学生授业解惑。那时，一种自信和坚定便弥漫了我的全身心。梦醒时分，我才意识到，那为人师表的岁月已如搁浅的船只，再难扬帆起航了。

可又如何忘掉那五年自尊、欣慰、喜悦、踏实伴随与始终的教师生涯！

那是我大学毕业后分到一所中学执教，第一次上讲台，上课的铃声响过了，我还站在教室外面紧抱课本，按住怦怦乱跳的心。也许那是新的生命之旅开始，每一个人都特有的激动。我整理了一下自己的思绪走上讲台，教室内一双双黑亮的眼睛盯住我看，眼神中充满了好奇与顽皮，也闪现着对我的猜测与探究。是啊，我像老师么？为了更像老师，我特意将两根长辫子剪成齐耳短发，特意穿了件深蓝色的上衣，将自己打扮的沉稳一些。

当我走上那让我神往已久的三尺讲台时，我的面前"唰"的站起了全班学生，像是一片杨树林，高高的、笔直的。"老师好！"稚嫩的声音汇集起来，在宽敞的教室里久久地回荡着，使我感受到了庄严，感受到了责任。从那一刻起，我把对教师职业的热爱种在了心里。

后来，在从事教师职业中，和学生无论在课堂上还是在课余时间，都成为了朋友，我把学生和我拧成一个整体。清晨，朝阳升起，明媚的阳光在学生们充满朝气的脸庞上映上了一层柔美的光彩，面对学生渴求知识的双眸，我感到从未有过的满足与喜悦，每当此刻，一种自豪感便油然而生，荡漾开去，溢满心间，谁能说这样的感觉不是一种幸福？

一次，我带领学生去春游，我们手拉手淌过一条小河，在一望无际的草地上围坐一圈儿，我和他们一同品尝大自然赋予的美味，一同歌唱，一同陶醉，欢快的气氛撒满了郊野。学生和我没有隔膜，只有亲近；没有所谓的"师道尊严"只有语言难以表达的和谐与亲切。

转眼三年，这班学生就要中考，我却在上班的路上崴了脚，无可奈何的在家休息。一日，我望着窗外的霏霏细雨，惦记着学生们落下的课程，心急似火，平添许多惆怅。蓦地，我发现雨幕中出现了许多的伞，红的、绿的、黄的、蓝的。伞下，一个个毛茸茸的脑袋，熟悉而顽皮的笑脸。哦，是我日夜挂念的学生们。瞬间，他们拥向我，湿润着我的双眼。一个在班上比较顽皮的叫大冬的男孩儿，将一个金灿灿的布制南瓜放在我手里，那个南瓜的周边，十个形态各异的男女孩子手拉手攀附着，制作真是精巧极了，也让我开心极了。那是大冬的妈妈特意缝制给我的。我把布制南瓜捧到心口，告诉大冬这是老师得到的全世界最心灵手巧的母亲制作的最珍贵的礼物，大冬听着我的话兴奋而快乐着。接着，我和同学们谈学习、谈考试、谈人生，忘记了周围的一切。他们长高了，懂事了，一个个神采飞扬的面容让我快乐和欣慰。

现在，我离开讲台已有时日，那时带的学生已经大学毕业走上工作岗位，相遇时，他们还是带着上中学时的表情叫我老师，也还是信赖的向我倾吐他们的心思。每次见到他们，我便回想起那段难忘的经历，正是那段生活与纯真，活力与和谐等美好的东西联系在一起，才令人回味无穷，怀念不已。有了那段日子，也才让我在以后遇到的困境中努力奋斗，在消沉中挺起胸膛，时刻鼓励自己向着健康有为的人生目标迈进。

嫁入美国

鲁迅先生说过"人生得一知己足以。"知己可遇不可求，我视米兰为知己，无话不讲。

刚入七月，气温不断攀高，说是酷热一点儿不过分，今夏少雨水，到处灼浪滚动，稍一走动便汗流浃背，除过应对必要的生活工作外，尽量窝在室内避暑。七月，米兰从美国回来度假，许久未见的闺蜜，彼此想念，遇着伏天，酷热难挡，约好凉快再见，恰逢周末，米兰等不及，顶着酷热来找我。

下午，室外温度更高，米兰从城东赶到城西我家。她发髻高束，吊带背心配短裤，银光闪烁的耳环在耳垂上叮当摆动，妩媚青春，怎么看也不像人到中年。她进屋坐在我家的布艺沙发里，话没说几句，便传出底气十足的笑声。我看她窝在海绵套里，如置于蒸笼一般，头发湿漉漉的往下滴水，赶紧劝她冲凉降温。她跳起来冲进我家的沐浴间洗了一顿凉水，嘻嘻哈哈落坐于餐桌前，像许多年前一样，我斟满两大杯冰镇啤酒，呈上她喜爱的食物，举杯相邀，几个小时的闲扯收不住话题。

米兰的文学修养较高，出国前是大报记者，曾担任过副刊编辑，出国后在美国一所学校教中文。作为女人，她爱美爱打扮，穿衣倾向于名牌，体现年轻化个性化。她常说女人可以随心所欲地装扮，单凭高兴，六十二岁打扮成二十六岁当街展示，

没人对你指手画脚，只要你有优雅的女人味儿，穿戴时尚养眼，照样有回头率。

她是个浪漫的文人，时常喜欢在居室摆放鲜花，即使出差，也叮咛别人给花换水，她说最怕面对枯枝败叶与满屋子小虫。

去国外，换个活法，是米兰四十岁时的梦想，有梦便去追求，也是米兰一贯敢想敢为的性格。哪有四十岁的女人敢嫁美国男人啊？她敢！融进美国那个最先进发达的国家，过那里的日子，别墅、靓车、浪漫、纯净的空气。她的梦终于实现了，甚至得到了一份浪漫可心的爱情。

可是，她去了美国又惦念家乡，每年飞回来两次，大把钱送给飞机，回来见亲人，吃几顿家乡可口的饭菜，起初兄弟姐妹为她揪着心，生怕她撑不住那边的日子。她说美国丈夫很爱她，她过得很幸福，只是想家，想家！回一次家心里才舒坦。依我看，天下事都是过程最有吸引力，一旦获得，反而平淡了。

之前，米兰有过一次婚姻，芳华正茂时不顾父母反对，执意嫁给一米八学音乐的帅哥，走在街上，她娇小玲珑地靠在帅哥的膀弯内，两人滑冰、游泳、逛街，玩的心投意合。哪呈想，帅哥骨子里只喜欢吃喝玩乐一套，时常玩光两人的工资，反来指责米兰不会过日子。"一朝嫁于妇，心中常苦悲。"米兰靠不住自己的男人，只好靠自己，奋不顾身地兼做两份工作，只为多多赚钱养家。有次她加班较晚，回家顺路带十个馒头当晚餐，跑上六楼气还没吐一口，直奔厨房挽袖子系围裙烧菜，汤菜端上桌，馒头已被丈夫儿子不管不顾地吞光了，那一阵她也饿着，谁来怜惜？

儿子十岁时，帅哥经常赌光米兰赚的钱。某次帅哥赢钱对方不付账，许诺用日产录像机和照相机顶赌债，让帅哥去他家搬。帅哥不知圈套，真的将两样东西搬回家来。次日清早，派出所民警出现在面前，人赃俱获。两样东西物价部门估价四千余，他被定了盗窃罪。米兰找了关系，帅哥被法院判了缓刑保住了工作。照理，他吃了这次亏应该金盆洗手了？可没过几月，帅哥故技重演，米兰绝望的一跺脚跟他离了婚，带着儿子带着自己的书搬出了家。

之后，米兰独自带着儿子，以阳光般的心态与生活拼搏。把儿子送进大学后，遇到美国现任丈夫，便毅然决定嫁入美国。

不管多辛苦，米兰骨子里属于不甘平凡，不断追求生活的绚丽多彩，把自己架在云端的清高女子。

三年后，她从国外归来探亲，站在朋友面前，美丽轻松的样子。朋友们翻阅她带回的照片，方见她的美国丈夫白富帅的身段外表，儒雅和善的面相。米兰穿红色旗袍，小鸟依人的傍在美国男人身边，幸福依恋的神情。

以后，她从大洋彼岸飞来又飞去。中国流行禽流感那年，她一年没回来，一直挨到第二年夏天才回来。我感觉没几天，她却感觉时间已经长的不得了啦，她说想家人厉害，疯想儿子。她儿子在电视台工作，扛着摄像机到处采访，有了女朋友，收入不菲，优哉游哉活得滋润的很。米兰却觉得当妈的一走了之亏欠儿子，牵挂不已。

转眼到了儿子结婚的年龄，房价高涨，首付也得几十万。五年期间，米兰的儿子每月四千多薪水，加之米兰留下的十五万积蓄全被消耗了，买房子的首付还需米兰操持，她说年轻人就是想得开，今朝有酒今朝醉，不管明日怎么办？美国青年也一样。

米兰的心绪，是在喝得烂醉后道出的，她一改往日爽朗的

笑脸，号啕大哭，喊出我为什么要去美国？虽然她不再解释，我就觉得她一定辛苦无比。这次，她是带着受伤的右腕回来，据说在冰天雪地上滑倒，把右腕杵断了，在美国几万美元的治疗费还没好，半年过去，手背手腕还肿着。回来的几个月她每天去中医院理疗，医生在她的伤痛处又捏又扳的，跟活受刑没两样，痛的她撕心裂肺的喊，越发憔悴瘦弱。都说酒后吐真言，米兰是伤痛造就的情绪低落还是思念亲人？她极要强，不说实情谁也猜不透。猜想她在美国的生活？一个中国女人朝夕陪着一个外国男人过日子，一个喜欢吃西餐，一个喜欢吃中餐，米兰说英语男人才听懂，她必须想方设法适应那个环境，追求那里的和谐取得内心的安详。这样的努力过程和付出真是何等的辛苦？这样的细节她绝不肯道出的！毕竟是追梦的结局，在异国他乡安了家，同命相依的美国丈夫在等她，她无法留在家乡留在儿子身旁，一边是丈夫一边是儿子，心在两边惦念，必然要在中国美国两边跑。

那么，心灵可以在美国安家么？把心完全融进美国？那里没有成长的记忆，没有后代也没有父母的墓碑，更没有兄弟姐妹，最深的牵挂抛不掉，怎么会轻而易举把自己融进异国？今后的路，难道奔波下去一直到老？美国尚好，毕竟只是生活了五年的地方，心的世界无边无际，梦尚美丽，现实可以如梦般虚幻缥缈么？何时最欢欣？

当一回巧手妇

　　每年过年，没有任何号令，春节就是巨大的动员令，无声的驱使着人们自觉自愿的投入。当看到"请举全国之力送他们回家"的文章标题时，映入眼帘的是天寒地冻半夜排队买火车票准备回家过年的人们。电视画面上，火车站拥挤的人群，焦虑疲惫的眼神，以及那些扛着大包小箱，肩挑背驮，把孩子搁在竹篓里，以及大约十三万农民工千里走单骑，冒着细雨寒气，顶着雪花，骑摩托车穿行在210国道的大货车之间。他们身上套了五六件毛衣加上外套，还冷得瑟瑟发抖。都现代社会了，所呈现的那份艰辛让我心酸不已。一年一度的春节，如潮的归乡人群，年年回家过年这么难，中国的现代化到底便利谁？为了民族千百年来淘漉不掉的文化根，不可阻挡的回家团圆，偌大国家的智慧和力量何在？为什么总解决不了春运难？

　　春运的话题年年讲，年年解决不好。小人物也是跟着瞎操心，着急一番罢啦，太沉重！回放自己吧！

　　每年小年之前，无论多忙，都会身不由己的进入主妇角色，把心思集中在锅碗瓢盆里。首先按照传统习俗，落实家庭大扫除计划，"腊月二十三，掸尘扫房子"。按照俗语，"尘"与"陈"谐音，新春扫尘有除陈布新之意，说透了，就是把一切"晦气穷运"统统扫地出门，让自己的"窝"焕然一新！

今年扫房，发现沙发有两处塌陷了，先生拉西主张丢掉，换套新款沙发。喜新厌旧乃人之常理，端详用了几年的名牌布艺沙发，架子扶手还精致的很，布艺制作也不过时，扔掉挺可惜。那该怎么办？从夏天找到年前，愣是没有修沙发垫的地方。扔吗？又不是一堆报纸揉成一团随手一扔，或者几件旧衣服，打包扔进垃圾箱，这么笨重的组合沙发，扔到哪里去？现在不是讲究低碳环保么？干脆动手修沙发怎么样？此念一出，热情倍增，思考沙发垫的原理，无非是弹簧海绵加填充物么！索性拆开沙发垫探究竟，简单得像一，固定弹簧的线崩断了，弹簧不再是立着而是躺到了，所以，沙发坐垫塌陷了。还等什么？修呗！立即上街，几十元钱买了厚密度海绵和一卷粗棉线绳，脱掉布套，自己动手，丰衣足食！绑正歪倒的弹簧，填充海绵。按照原来六个弹簧一组共计六组，横排竖纵，三十六个弹簧就似一个团队一样固守阵地，每个弹簧在海绵上紧密依靠。完工了！原来修沙发比写文章简章多了！套上布套缝住，往上一卧，牛！既软又饱满。三天后，三组五个沙发坐垫全部修整完毕，成就感便骤升着，忽然意识到，女人相比男人伟大许多，赚钱养家，浆洗缝补，生孩子做饭操持家务，加上写文章理财跑外交，顺便修沙发通下水，不比不知道，一比真骄傲，女人的本事确实比男人多出好几样呢！

之后，进入被油烟熏烤的卫生重灾区厨房，联系专职人员摘掉抽油烟机，接着清洗所有墙面油渍，从房顶到地面，从内里到表面，把冰箱倒空擦洗消毒，微波炉、烤箱统统不放过，丢弃废物，清除死角，擦拭天花板、门窗、玻璃、地毯、瓷砖、地板，直到光亮亮。

舒口气，清理战果，以前每年，几百元请雇工来做，萝卜快了不洗泥，他们忙着速速结束转移到下一家赚钱。为此，粗枝大叶，多数活儿干不彻底。轮到自己擦洗自己家，使了十二分力气还嫌不够。现在，总算干净了彻底了，把心放下来。然后上街采买年货，选几样精美有趣的饰品，恰到好处的把家点缀一番，买吃买喝，给自己，给亲人。我爱我家，人人如此，观察周围，忙忙碌碌的主妇，概莫能免，我累我快乐，老婆不仅别人家的好，自家的更好使。

从生涩到成熟

六月的时候，幼儿园、小学、中学、大学的门口，不同年龄层次的男女孩子毕业了，一个阶段的结束意味着另一个新阶段的开始。

毕业的日子在六月，六月是人生的转折点。

似乎每人都经历了这样的转折点，一步又一步。小学毕业之前天真无知，玩得高兴便可以了。追忆我的小学生活简单而快乐，课本只有算术、语文、政治、自然，每本书三五毛，没人请老师补课，课余也没有家庭作业。孩子们的课余生活丰富多彩有无限的童年乐趣，踢沙包、摔四角、滚铁环、钻草垛、捉迷藏、抓坏蛋等等五花八门，不到天黑不回家。我的童年虽然贫穷，但零食都是绿色食品，槐花、榆钱、酸杏、桑葚、黑果儿、胡萝卜等等。小时候，用冻红的小手拂去胡萝卜上面的浮土，擦擦黑果儿表面的泥巴，放心地大吃特嚼，品尝纯天然食品的醇香，丝毫不用担心会被化学添加剂谋财害命。

上了中学，书包里的书多了，心里渐渐有了压力，后来压力越来越大，尤其面临中考、高考、大学毕业时，心绪好比热锅上的蚂蚁，消沉、焦虑、迷茫、慌乱、期待！

又是一年的六月，国家高考制度初步恢复，追随着自学的人群我从工作岗位进入考场，寥寥无几的工人与应届高中毕业生在同一考场做着同样的高考答卷，成为一道独特的风景。之前，十年"文革"造成高考取消，上大学不靠成绩靠推荐，靠推荐的大学生被称作"工农兵学员"，这些学员人数少，改革开放初期国家经济建设急需人才时，显得青黄不接。

通过参加高考改变命运的，不止是高中生，那些三十岁以下结婚或没结婚的老三届青年，被政策允许高考，高考的录取线不高，如果迈过那道儿门槛，就能走进大学校门，上大学不用交学费，毕业就是公务员，那时整个社会把大学生作为稀缺人才来重视。

当我靠着死记硬背通过了全国高考录取线时，市招办把上线者的名字用毛笔写在红纸上贴在考生辖区的大街显要位置，红榜即喜报！群众争相围观传播。招办的大院里，也贴着这样的喜报，谁家考上一个大学生很是荣耀，众星捧月一样的感觉。

进了大学，选择了我喜欢的中文专业，坐在图书馆，如饥似渴读名著，恶补古汉语文化。同学的年龄参差不齐，大约十岁之差，来自五湖四海，部队的、工厂的、农村的、学校的。最大同学二十六岁，适逢青春期，进学校不久，有些同学悄悄谈起恋爱。

读大学的日子极其美好，轻松自由，上午上课，下午自习，读闲书读小说就是学习，懒得读书窝在宿舍睡觉，吃过晚饭到学校树林里散步交友。夕阳西下，湖边及林荫道上，三三两两的女生挽着胳膊窃窃私语，穿行于彩蝶翩飞鸟语花香间，日子过得非常惬意。学校时不时组织一场体育和文艺活动，体育课上我学会了打篮球和滑冰，大学的日子单纯而快乐。

又一年的六月，毕业在即，同学们无心学习，忙着拍照互赠礼物，留存联络方式。不知道下面去向哪里？心情恐慌而郁

闷。有门路的同学，已经知道自己的工作单位，毕业前有的同学还确立了恋爱关系。而我，依然留在梦中，现实与梦想差之千里。

那年大学生毕业尚属国家定向分配，师范专业就业形势严峻，去哪里教书呢？我盼望着去企业子弟中学教书，据悉，那里待遇好压力小，之前我的大部分同学已经被划分到乡镇中学教书，去企业中学教书的名额极少，许多同学不想放弃城市而选择农村的学校，农村当时环境差交通通讯不便，毕业后面临恋爱和婚姻，不小心把自己扔在乡镇中学，是家长与个人极其担忧的事情。所以，分配工作方向时，学生竞争很激烈。

我耐心等待居于市中心两个大型企业中学的三个名额降落到我头上，以为毕业成绩优异的班干部，带着工资来读书，不分到企业中学还能有谁？但是，事与愿违，我被分配到农村一个中学任教。

现实很无情，无情的让我无法接受，此时才懂，托关系找门路早已经是办事潜规则，中国是人情大国，关系漫延到各个环节。

愤怒、焦急、苦闷的感觉充斥了整个情绪，我从学校跑回家，向父母倾诉，脑子混乱一团，闹着不去农村学校教书，向父亲表示不当教师。父亲带着我从教育局找到计划局再到工业局，真正体验了求人的难堪，度过了心灵最痛苦脆弱的时期。新学期开学时，终于弄到了一个名额，如愿以偿得到了想去的企业子弟中学，与一个曾经同班级同宿舍的同学分在同一个学校。我们各带一个初中班，由于专业教师过剩，我被分到语文教研组，同学分到综合组教地理和钢琴。这样的安排，造成彼此关系的微妙变化，虽为同窗，做同事的五年中，却彼此有着隔膜。

后来，我们各自走进婚姻，生了儿子，甚至住在一条马路的两头，两个孩子被送进同一所幼儿园。有一阵，我和她低头不见抬头见的，倔强的两个人生疏的很，老死不相往来，五年后先继调离学校，转行新单位，音讯全无。

当分散已久，往事烟消云散，顺着各自的人生轨迹与自然法则定位了生存空间，收获到人生的硕果与真谛，无论是事业还是家庭都找到了属于自己的那一份，人也变得成熟淡定。回望曾经的日子，讶然失笑，不禁感叹年少的任性。当初，老师教导说条条大路通罗马！不是吗？人生是流动的，时间是流动的，有志者事竟成！当初被分到乡镇中学教书的同学，没有一位留在那里，早已经走向人生的高处，分布于各行各业，有一位曾在乡镇中学教过书的同学如今还当了省级官员。随着阅历的增长，变得成熟时，我们便会对自己说：年轻气盛不更事，而今，从头越，人各东西！

孩子是天使

那天，在博客上读一个女人的随笔，被她的情绪吸引，她全篇倾诉带孩子的苦恼疲惫，诉说孩子病了一周，害她无法上班无法睡觉，衣衫不整头发纷乱，生活秩序颠倒，单位领导有意见，老公也不满意，埋怨养育孩子麻烦辛苦，后悔生了这孩子。

这大概是独生子女一类的年轻母亲吧？她成长的经历一定是在父母家人的宠爱呵护中一帆风顺长大，从来没有体验过辛苦的滋味，而今当了母亲，尝试苦累麻烦，委屈抱怨是免不了的。按常理，做母亲的女人，是不会这么抱怨自己孩子的，如果她不是处在带孩子的艰辛时刻，情绪最低落，她不会这么讲！回忆当初自己带小孩，与博客中那位女人一样，惊慌烦乱，苦累无奈。记得一次送儿子去幼儿园，赶上瓢泼大雨，那个年代，又没出租车，急着上班，便把儿子和自己套在雨披里，将孩子捎在自行车后座上冲进雨帘。家和幼儿园之间还有一段路，已经骑到了幼儿园巷口，雨大路滑，自行车忽然一个侧翻，车和人一并滚到泥水里。眼看儿子爬在泥水中哇哇大哭，顾不得自己，急忙把车子扔在雨里，从泥水里抱起哭叫的孩子蒙上雨披往幼儿园跑。幼儿老师接过湿漉漉的孩子可劲儿抱怨着粗心的妈妈，那个痛心，不敢回头看一眼孩子可怜的模样，转身钻进大雨赶着上班，身上眼睛全往下掉水，雨水泪水混成一团。这样的情景对一个年轻母亲而言，难堪而难受。还有一次儿子发高烧，适逢先生出差，已经是晚上，外面积雪很厚，抱着孩子去医院打针，一步一个脚印啊！胳膊酸的要抱不住两岁的孩子了，眼泪便止不住的往出流，毕竟是自己的心肝宝贝，哪怕背着他从雪地里爬回家也心甘情愿。母亲就是这么当的！为了孩子可以不顾一切。年轻的母亲被孩子整的蓬头垢面，瞌睡得稀里糊涂，最大的盼望便是倒头大睡，哪个母亲没有过这样的经历？即使如此，孩子的笑容甚至哭泣依然能带来心底的欢喜。因为孩子是天使，所带来的快乐会深入母亲的骨髓和身体的每一个细胞，那份记忆一生都觉得甘甜幸福。

孩子是谁？基督教说，孩子是上帝派来的天使。比自己生命都重要的宝贝，哪里会讨厌？博客中的女人质问，女人为什么生孩子？千辛万苦带大孩子为什么？孩子不会感谢你，不会回报你，难道女人是为了当一个伟大的母亲而去养育小孩不成？伟大的母亲就是亏身亏本付出自己一生么？她说不情愿做这样的母亲！

我不赞同她如此极端，现代女人生长在优越的社会环境中，把市场经济的观点带进生儿育女中并不奇怪。养育儿女，不但没有回报，所有女人都会心甘情愿、变本加厉为孩子奉献自己牺牲自己，这便是女人的宿命，女人的人生。女人只有经历了养育孩子这段人生，才有了最完整最可贵最幸福满足的人生。

有经历的母亲都知道，选择坚强无私，孩子会随风长大，长大的孩子无论你舍得还是不舍得，她们都会义无反顾离你而去，就像离巢的鸟儿。鸟有反哺情，羊有跪乳恩，孩子幼时吃喝拉撒依赖母亲，一步都离不开母亲，母亲孕育和养护着下一代，母亲的眼睛和心灵装满了孩子，这么伟大的工作，应该是

女人最幸福的一段人生。

对比旧时代的母亲,她们哪一个不是生过五六个或者更多小孩?带孩子的辛苦远远超过这代女人。她们生活环境差,肚子都填不饱,还能把一个个孩子培养成人。而今,国家只允许生育一个小孩的政策,让现代母亲能够逃避过去女人担负的沉重责任。往往是,一些中年女人自己孩子飞远了,反过来羡慕那些把小孩子整天搂在怀中的年轻母亲,羡慕她们的母子情深。

人一辈子没有受不了的苦,只有享不了的福。获得快乐的感觉就是这么奇怪,在苦中品味快乐,快乐才会弥久飘香。

如今,自己的孩子长大了,受了高等教育脱离母亲独立了。而我,早已经忘记从前带孩子受苦的事,反而非常怀念孩子幼小时,和妈妈每分钟黏糊在一起,粉嘟嘟的笑脸,亮晶晶的眼睛,似清泉流进心里。

孩子长大了,要求飞翔,你眼睁睁地看他离你越来越远。我回复博客中那个被孩子闹的大倒苦水的女人,劝她珍惜与孩子的现在,有苦也有甜。等孩子长大了,翅膀硬了会飞了,想把他按在你的身边亦是不可能的事。当父母的还感叹孩子幼小身影藏在心里时,孩子已经长大了,变成大人了?就是那么快!孩子毫不犹豫地去追逐梦想,做母亲的,只能把那份惦念每天都揣在怀中。

有首唐诗说"慈母手中线,游子身上衣,临行密密缝,意恐迟迟归"。讲述信息和交通不便的古代,儿行千里母担忧的情景。那时母子离别好惨,养大的儿子忽然离家,不知何年何月才得相见?尤其战乱时期,说不准一辈子不能见了,割肉的感觉呀。"家书抵万金"的诗句正是形容了亲人盼信的心情。从遥远的地方传来孩子的信息,对母亲来说,有枯树开花的感觉啊！

　　如今，互联网时代了，信息便捷交通发达，母子即使分离于地球的两边，拿起电话也会听到声音，打飞的隔天也能见面。即使这样，做母亲的还是希望长大的孩子依然像小时候一样，黏在自己温暖的臂膀下，让亲情彼此滋养，亲生骨肉相互守望依偎，孩子是母亲的天使，真的是天使呢。

盘点过去的日子

一

牛年要过去了，离虎年还两天。21世纪第一个十年即将结束，日子真快。辞旧迎新，新年的钟声敲响时，回眸走过的岁月，希望与美好，遗憾与无奈，生活即如此，没有那么多合意的事。有人形容，人生像飞驰的列车，呼啸着向前方的风景冲去，过了一站又一站，不觉间抵达人生终点。人的一生，无论开心还是不开心，无论富贵还是贫穷，时间分配对每一个人都是平等的，一天、一月、一年，重复往返。所以，什么最重要? 最值得追求? 每一个年终，都会以文字的形式盘点过去的日子，多年了这么坚持着。文字是我最亲密的朋友，它记录了我生活的心路历程，凝视那几十本颜色不同的记录簿，蓦然回首，一切仿佛过眼云烟! 保持一份平常心，以感恩的心对待每一天，珍惜每一天。时常这样告诫自己，日子便春意盎然，心境便饱满愉悦，目光便穿越时空，快乐便无限延展，人生便广博开阔，个人便健康阳光。是的，以这样的状态活着，焉能不幸福?

二

开新浪博客快两年了，最大的收获是，有了这块阵地，写东西有了新的缘由和动力。虽然，写作已多年，发表的文字和获奖已足以让我满足乃至疲倦了。无非是这样子，写了发，发了再写的循环过程。有一阵觉得没意思了，便停了笔。感谢博客这个空间带给我新的写作兴趣，总觉得有人看有人催，过段日子把博客上发的稿子拿下来修改，便成了正式的文章发在杂志上，写作新鲜感便产生了。因为有朋友或师长在读，不写不好，不好好写也不对，字如其人嘛！通过博客的友情链接，又认识了许多不曾谋面的朋友，虽然没见过面，却有着共同的爱好与兴趣。他们的文才，幽默，思想性带给我诸多的精神快乐与支持，让我更加景仰和敬畏文字，不敢消极，时常与写作的朋友互动，彼此支持，让心灵的烟火在夜空中灿烂的开放，感受最美丽的瞬间。

当然，对写博客也产生过消极心态，看见一些博客的文章粗制滥造，或者敷衍了事，腐烂色情，评论量却比阅读量还高，竟有人追捧一律的赞好，真够泄气的，百思不解怏怏不平，写博客又不比名利场，赚个人气添几张选票能顶什么？应该将博客这个地方视为圣洁之地，把心和思想敞露出来，把思想的精华与心底的坦诚留下，促进人与人的交流，利人利己，何乐不为？又何必污染精神圣地遭人唾骂？可回头想想，毕竟是互联网时代，雅俗共存言论自由，何必较真儿？

三

这些天，休公假不上班，享受悠闲！除过做家务还做些针线活，无非是内衣的扣子或掉线的袖口裤边类，换换床单及布艺沙发的罩子。以前，别出心裁的织件花色毛衣穿起来招摇过市，或买堆五彩丝线在白布上锈花草，整出一款桌布或枕巾，独自欣赏不已！而今，看见朋友做十字绣，眼馋的蠢蠢欲动却有心无力，舍不得花时间。其实那是女人最沉入生活，净化心灵的活计，特别的养神，自己却苦于做不了这样沉静的女人。时间精力均被繁杂事务纠缠，心静不下来，眼神也不如年轻时明亮，还是让懂得养心的女人去做好了，依然看韩剧吧！躺在沙发的毛毯下边欣赏喜欢的韩剧，被精巧幽默的语言感染，似乎比读文学作品更直接省心更心领神会，惬意至极。

半年来，做单位的报刊主编，不觉间已经编辑发行了六期报纸，两期杂志。这样的报刊虽与市面公开发行的报刊不同，是针对本地人大代表、政协委员、政界显要、全国同仁发行的内部报纸，但编辑的过程却一模一样，分成四个版的不同内容，责任心与把握力显得重要。撰稿、采编、校对、发行一身兼，辛苦且快乐着。昨天与印刷厂的编辑一起讨论版面的安排及色彩插图等，忽然感觉天生喜欢这项工作，却入错了行，命里没有机缘当记者编辑，此刻也算一种体验一种补偿吧！之前，告别熟悉的人事工作时心里那种失落感不见了，已经被崭新工作带来的喜悦替代，人是不可捉摸的，喜欢什么适合什么？其实自己也不知道，原来，抱怨新工作难做的同时与快乐不期而遇，可见，快乐无处不在。

四

有人说婚姻需要经营！不错，我与拉西是结发夫妻，可谓患难与共半辈子。有时，朋友开玩笑，拉西长得像个山贼一样，说话粗声大气不拘小节，两个人怎么看怎么不合适，你个弱女人如何把日子过下来跟他厮守至今？于是端详拉西，心问，都说你是"合金钢"，历经小学、中学、党校教师，期间服兵役三年圆了当炮兵的梦。这样的职业历练，却不懂作秀，骗别人的眼睛？你斯是怎么长大的？真应了"泰山可移秉性难改"这句话？可熟悉了拉西，知他习惯，内心精细善良讲话粗犷直率，纯属表里不一的人。可谓：外表像个山贼，心却像绸缎般柔软，给老婆削个苹果倒杯热茶，打抱不平见义疏财擒手即来。婚姻如同鞋子，合不合脚唯有自知。拉西与我同学中文，他确没有中文系毕业人的小资脾气，待人亲和真诚，豪爽仗义，时常是拿了家里的钱赞助兄弟朋友甚至可怜人，或者为赴酒宴为打牌慷慨埋单。他是农村人，远没有农村人的节省与精打细算，自己的小日子不管不顾却操心他人的困境，为此很有朋友缘。这么多年过下来，时常因为他的所为，恨不能掏出他的骨头啃两口。可是，最珍重他的原因莫过于民以食为天！拉西自命"美食家"，自有家庭至今，一日三餐牢系于心，外面再忙，都赶回家下厨。烹饪是他的乐趣。变戏法一样，家里的餐桌总是美味不断，自酿的葡萄酒、玫瑰酒、泡制的人参、枸杞、鹿茸酒酒香四溢，入冬腌酸菜，他做的津津有味，羊肉的做法也是花样翻新，自夸烧的肉汤为天下第一汤，烧的鱼为天下第一鱼。我闺蜜米兰出国前经常来吃拉西做的食物，后来人在美国，过

段日子还打电话说馋死拉西的肉汤了。而我，也被他的美食骗的晕头转向，索性嫁鸡随鸡，嫁狗随狗，死心塌地随他过日子，不经意间夫妻琴瑟同音，彼此品尝了人生的最大满足与快乐，几十年就似看电影一般的过去了。想想这辈子与他过，下辈子是否还会登上他的客船？

珍惜路口的相遇

　　翻开尘封的相册，一枚黑白照片跃入眼帘，凝视熟悉的脸庞，几位姑娘长辫儿分披两肩，倚在一面墙头上，纯净的眼神，花瓣带露般的唇上挂着一丝笑意，神态沉静。

　　人在物也在！如今，墙依然，它位于这个城市的中山公园。西南隅座立着六根圆形红柱支撑的亭子，亭子尖顶红瓦翘沿耸立在阳光里，沿着腾空在一片湖面的弯曲木桥走过去，清楚地看见亭子中央挂着个年纪苍老的古铜色大钟，钟上雕有字画，年代久远，字画已经辨识不清。亭子被一圈镂空低矮的砖墙相围，照片上的几位姑娘趴在墙头向南眺望，朔风吹面，湖面铺满密密层层的大荷叶，粉红色的荷花高傲地耸立着，整个湖面幽香邈邈，她们心情激越而浪漫，瞬间的惬意跳跃脸上。

　　时过境迁，二十年后不经意间再次倚在这面墙头留影儿，还是这几位，排列的顺序都没变，下意识的依靠在一起。这时，时空已将她们变幻成饱经生活磨砺的中年女人，她们养育的孩子已经超过她们当初梳辫子的年龄，经历过酸甜苦辣再次站在一起，依然露着纯真的笑容。那笑容为脸颊增添了柔和美，是女性内心深处涌出来成熟而灿烂的微笑。时光溜的真快，恍若梦境。此刻，人生舞在她们的嘴边，她们的眼睛闪现着深沉的光芒，曾经的青春以及丰茂的美丽，在所谓一去不返的往昔中

又返了回来，那少女时期的希望和幸福就在这一刻热烈的聚集在一起。

谁能相信，四十多年前同窗念书的小姑娘，如今人到中年依然手牵手肩并肩。她们名字也叫的那么传统，金萍、银萍、兰英、桂敏、慧莹、惠琴。往事弹指一挥间！一起念过书下过乡，先继工作出嫁，扮演人妻人母，几十年职场拼搏相夫教子，工作家庭一肩挑！那么赢弱秀丽，却是十足的家庭主妇也是职场女性，一路走来，面对风霜雪雨苦累奉献。

日月如梭红颜老，镜中的佳丽已经两鬓染霜，从小姑娘到孩子母亲，当养育的孩子展翅高飞后，怨怒时间戏人的同时，顾不得享受人生，匆匆转身回到衰老的父母身边。女儿都一样，义无反顾，承担起照顾晚年父母的责任。

赞女人了不起么？闲暇时，姐妹几个还相聚，小酌一番，回忆以往，感慨万千，明白奔前程忙儿女的日子尘埃落定，再往前走，最后的暮色该轮到自己了吧？

其实每年都要见几回的，在狭小的空间里从小长到老，今生注定有缘！弦断犹可续，缘去最难留！特别喜欢追忆少女时期，花布连衣裙，头顶花环，那时银川小，出了东门便见无际的庄稼，少年贪玩，寻空便在郊外的阳光下你追我逐。空旷的田野散发着清新潮湿的泥土气息，小溪流蜿蜒在田野间，田垄闪耀着金黄色的光辉，原野上遍地是花朵，树林和灌木丛汇成无际的碧绿，发出沙沙的细语声。田垄上、草地上、树林里那些花儿飘出一股股芳香，鸟儿在枝桠间飞来飞去，发出欢快的鸣叫。姑娘们在田野间奔跑，疲累了，便靠坐在一个水榭旁，听金萍讲故事，她口才超好，绘声绘色的讲：有位仙女来到人间街市，被琳琅满目的衣裳物品吸引，不肯再回天堂，抵不住诱惑管不住眼睛，执意留在人间，结果为自己招来祸端！似乎是七仙女的故事，姑娘们听得入迷了。金萍是班长，泼辣热情、聪明仗义，她小时给同学当领导，拨弄的众同学团团转；大了还当领导，广结人缘，三教九流，五十岁定位厅级领导，亦算人杰。兰英少年丧母，热恋大她十一岁的顾先生，顾先生是上海人，离婚带着三岁小女。仅此，亲朋好友千拦万阻，都觉得兰英嫁顾先生太亏！兰英痴心顾先生的体贴入微，烧得一手好菜，铁了心嫁顾先生，心甘情愿当继母。她飞蛾扑火式的牺牲精神，着实令人担心！眼睁睁看她三十几年走下来，自己不生小孩，一门心思养大顾先生的女儿，又把孙女拉扯大，亏不亏苦不苦？其中滋味唯有心知。以心换心，继女没有辜负她，上大学、考公务员，结婚立业，孝敬依赖兰英。如此光景，兰英收获的另一种成功，总算让亲朋好友放心。

从小到大，目睹她们走过的人生路程有坎坷有艰辛，岁月荏苒，她们那些最美的姿势始终定格在我的心里，不曾忘记她们说过的话，不曾忘记她们深情而忧伤的眼神，不曾忘记她们奋斗的身影。适逢"国际三八劳动妇女节"，月华如水，风里流霜，换上我的睡裙，轻扫娥眉，为当女人，我要美丽着爱自己。我在凝眸处梦游，窗台上雍容华贵的花儿为谁娇媚的伤心？锁上相册和日记，以月为镜，为她们记录，睿智的桂敏、要强的惠琴、贤淑的慧莹，个个都宽容善良，演绎了不凡的人生。

曾经读书时，梦想着未来如何如何灿烂绚丽，追梦的时节，激情澎湃，往事还放在心中，奈何时光偏要将其变凉。当游走尘世的时候，多少不如意？回望的时候，被现实压碎的梦变成眼泪，酸涩流淌于心间。只是，懂得坚强快乐的站在人前，昂首穿过荆棘。

　　这些年，踏实的成年，奔忙的足迹成就着幸福感。也许是这样的吧，人生就是追求的过程，追求幸福、追求成功，唯独追不到的是已经逝去的岁月。

　　欣慰的是，四十余年把同学演变成姐妹，虽各自为阵，为家庭忙碌，为事业奔走，各自努力的方向像纵横的河流，向东的，归海的，缓缓行进，女人节的日子相聚一起。想想，每个女人应该都会有相似的过程，岁月淘去美丽的容貌，毫不痛怜的让情感也流失。珍惜往昔的岁月，却挡不住流逝的速度；清晰看见昨天的相貌，却无法阻止渐渐模糊的背影。剩下的，只是在安静的岁月里，一直回味昨天，在挥之不去的记忆里，珍惜每一次聚会，每一次路口的相遇！

上海朋友叫醉翁

　　北方人喜欢嘲笑上海小男人云云，言谈里上海男人被形容成胆小懦弱崇洋媚外的典型。对此我倒是不以为然，我交往的上海人不多，大多是丈夫拉西上海师大的同学，男女二十几人，清一水儿的上海人，论接人待物、论言谈举止，接触后的感觉，如余秋雨先生写的：精明过人，不亏大节，开通、好学、随和、机灵，传统文化也学得会，社会现实也周旋得开，却把心灵的门户向着世界文明洞开，敢将不久前还十分陌生的新知识吸纳进来，并自然而然地汇入人生。不像湖北人张居正那样为兴利除弊深谋远虑，不像广东人海瑞那样拼死苦谏，不像江西人汤显祖那样挚情吟唱。

　　醉翁是拉西的大学同学，上海长大的知识分子，二十几年前认识拉西时就听他讲醉翁的故事，他和醉翁俨然哥们一样亲密。那年我二十几岁，第一眼看见拉西和醉翁的合影，便惊呼醉翁是标准的美男极有魅力！第一次接触，便感觉他气质优雅从容，冷面谨慎。醉翁亦叫阿宝，祖籍安徽人，自幼被父母带来上海，他父母是上海工业区老工人，全家住闸北区。老上海人都知道，闸北区旧社会聚集着一层穷人，穷人扎堆住在闸北的棚户区里。醉翁父母薪水微薄孩子多，解放前后生活极为艰辛，醉翁生长于这样的上海滩上，自然养成勾践忍辱负重韬光

养晦的男人形。拉西夸醉翁为人处世厚道，的确如此，认识醉翁二十余年，感受了他厚道温性不善言谈，心灵手巧能够依靠的性格。

八十年代中旬，我与拉西结婚，第一次旅行到上海，直接回了醉翁家。目睹醉翁一家与母亲三代人挤在五十几平米阴暗的房间内，厨房客厅卧室共用一间屋，卧室之间用木板隔出上下铺，挂个布帘。墙上用木板搭出狭小的空间堆满衣物杂什，屋子上方一排铁丝上吊着出门替换的正装，衣服上面蒙着塑料布遮挡灰尘。此景曾让我十分惊诧，后发现许多上海人家的住宅均像麻雀窝，也就不奇怪了。醉翁结婚时，在母亲的房顶上加盖了阁楼，简单一收拾，便与他青梅竹马的女友成婚。醉翁的弟弟妹妹周末来母亲家度过，十几口人瓷瓷的围在一张方桌边吃饭，站起来亦不可能，靠母亲侧身走动为大家端菜盛饭，其余人一概卡在位置上。这么小的屋子实在容不下我俩留宿，醉翁在他家附近为我们租了旅店，方便来他家用餐，这是我初次体验上海人的状态。

那个年代，拉西上海的同学虽住的拥挤不堪，却讲究吃穿，日子过得很小资，这也是上海人体现出爱面子懂得保养身体的精明一面。

据悉，到了九十年代，上海大规模旧房改造，醉翁的阁楼加上母亲的房屋面积加到一起，拆迁后分到两套小户型楼房，醉翁分到两室一厅一卫六十平米一套住宅，母亲分到一套一室一厅一卫三十几平米住宅，两套房子紧挨着，简单装修后他们欢天喜地搬进去，终于有了敞亮的独居空间，还能照料母亲，醉翁十分开心。

醉翁的豪爽，是拉西和来自新疆的世勋赞不绝口的，读书时，醉翁喜欢拉西与世勋的直率，三人同班时刚二十几岁，吃死老子的年龄！赶上计划经济，食堂伙食过来过去馒头稀饭，炒土豆丝大白菜，三个猛男整天饿的转悠着找吃的，就盼周末，跟着醉翁回家改善伙食。那时，醉翁家生活条件并不好，但是醉翁父母亲极好客，知道大小伙儿胃里缺油水，每次老人家都特意准备一盆荤菜或烧鱼，一盘炸花生米，几盘炒青菜，一罐子黄酒热情接待儿子带来的同学。吃惯了嘴跑惯了腿的拉西和世勋，每周把醉翁家当成自己家往回跑，由此，轻松快乐的度过了几年清苦的大学生活。如今，经济条件变得好起来，想起当初，醉翁父母从工资里挤出钱来招待外地的穷学生，那心意让拉西终生难忘感恩不已。

听着醉翁的事情，止不住就想，凡是男人都有血性，但表达的方式和境况不同。那些平时爱国主义口号喊得震天响的人在关键时刻往往要掉链子，反而是平时默不做声的人，却能成为挺身而出的义士。拉西念大学那些年，跟着醉翁深入到他的家庭内部，与他的岳父母一家，兄弟姐妹的小家庭成员熟识，甚至与醉翁的侄儿侄女亲朋好友也成为朋友。八十年后期，拉西早已回到西北，还与醉翁家人藕断丝连书信往来。那会儿上海吃线米，拉西把银川的新鲜大米或特产托运到上海。他凡到上海出差或旅游，必以醉翁家做根据地，然后由醉翁联络其他上海同学，陆续见面快乐相聚。这时，醉翁埋单叫车为大家照相制作联系册，跑前跑后的服务。期间，醉翁也曾来我家小住体验西北人生活，自从他上海住房条件再次改善后，只要获悉我们来了，必邀住他家。今年上海观世博会，我全家赴上海，他腾出母亲的一套住宅供我们住宿，那宅空调、洗浴器、天然气灶等一应俱全，五年前上海师大校庆，他便将这套母亲的房

子提供给我们居住，像是回家一样方便，在上海逛街会友，自在舒服。有时琢磨，上海人里边怎么有醉翁这样的人？醉翁与我们前世有缘？

醉翁爱酒，他自酿杨梅酒、樱桃酒，葡萄酒，酒瓶酒罐排满屋角儿，自曰爱开"四盅全会"，即白酒、黄酒、红酒、啤酒一起喝，不醉不罢！早晨起床第一件事便奔菜场买新鲜蔬菜，一日三餐从不疏忽。每饭海鲜荤素摆满饭桌，与他一起吃饭，就觉得生活有滋有味。他不停往你盘中夹菜、敬酒，生怕怠慢着你，他的做派与父母当初待客一模一样，热情诚挚。他讲究简捷实用的生活，反对虚华客套，凭这些生活习性，哪里像上海人？所以，醉翁很有朋友缘，上海朋友不表，单是我们这样的西北人，他竟处的情深意密，足见他心底厚道。

如今，上海房价贵，醉翁也不追风买新楼，他女儿结婚时买了套二手房，他下手快，八十几平米四十几万元，剩余钱买部汽车家庭用。醉翁父母亲过世后留给他一套房，房子位置在上海市中心，能卖到好价格，醉翁不舍得卖，想留个念想。醉翁的妻子小谭，地道上海女人，是吃苦耐劳的贤妻良母，不认识她，难于相信上海女人还这么能干？不拘修饰，为人实在，夫唱妻吟。后来，接触与她一样的上海女人，大都如此，识大体，通人情，勤俭持家，见识宽泛，便自然而然推翻了那些加在上海人头上的枉断评论。如果不是有小谭这样的上海女人，我们焉能与醉翁交往长久？没有小谭这样的上海女人，醉翁不逐名利，义气高过一切，又怎能维持长久？醉翁小谭虽为上海人，却充满人情味，日子过得温馨实惠，令人敬重怀想，有如此上海朋友，焉能不说上海人好？

晚　年

　　生老病死是自然法则，而父亲转眼到了耄耋之年，一位嗓音如钟，行走如风的男人，忽然变成软弱的老人，我依然无法把这两者画等号，希望父亲养一养会回到从前的强壮。

　　2004年9月，七十五岁的父亲在附属医院支付了十多万元做心脏支架后，出院每天大把吃药，身体不但恢复不到从前，还一路走下坡，病的折磨使他晚年勉强支撑着自己，小心翼翼的度日。

　　这次他患的是胃病，喝水吃饭胃都疼，为此，几乎换遍市区所有医院治疗，均无效，胃还是疼。横不能绝食吧？顽强的父亲拼命与病魔抗争着。看着他痛苦万分的样子，我们再次把他送进最好的附属医院著名专家那里，希望治好他。

　　转眼五天过去，五千元医药费已经打进去，父亲非但不见好转，相反越来越重，整个人衰弱不堪，几乎不能走路，也不能进食，从早晨八点开始输液直到下午，一瓶液体滴完又是一瓶。仅一瓶二百五十克人血白蛋白液体近四百元，还有脂酸乳等营养液全部很贵，加上胃镜、肠镜、CT那种现代医疗机器轮番检查，把父亲折腾的死去活来。其实，这种检查每住一个医院都成为例行查病手段，而每照一次机器的费用都在千元以上。我们请求医生借鉴另一个医院的检查结果为病人诊病，减

免患者的痛苦和经济负担，可医院不同意，说医院的检查结果不能通用，为病人负责还得相信自家医院的检查结果。既然如此，我们只好咬紧牙关听从吩咐，谁让我们的命运掌握在医生手上？

后得知，医院每一个科室都实行承包制，除去定量交给院方利润外，科里医生的奖金是按照收治病人的收入大小提成的。难怪了，市场经济之下，医生又不是闲云野鹤，谁还放弃金钱站在病人的角度考虑问题，为病人设身处地着想？看病难看病贵，老百姓抱怨着，看病贵还被形容成新三座大山被提到全国人大会议上。以前，对这些事没有感觉，轮到我们生病住进医院，总算深有体会了。

尽管如此，父亲在病痛中强烈的求生精神，耐心等待的心态，以及他对生命的渴望，都鼓励着我们不放弃！让我们儿女投入最大的努力去帮他治病。是的，父亲过去是一个多么心气十足有作为的人，他对社会和家庭都做出过杰出的贡献。七十岁的时候，还能骑自行车从老城到新城，还能吃一盘手抓肉，四十个煮饺子。转瞬间，他的生命衰老了，全身脏器都向衰亡发展，多可悲！虽然他也明白这是人生的自然规律，躲不掉的！可是，在痛苦面前，挺过这一关有多难？这辈的知识分子经过旧社会忍饥挨饿、新中国成立后各种运动整治、"文革"时担惊受怕，孩子多收入少，日子过得艰难。吃过的苦在身体里埋下疾患，老年时病找来了，五脏的病一个挨一个报急，只好一次次的住医院打针吃药。

这天，阳光明媚，我捧着一大束鲜花走进病房，脸上露出轻松的笑容。父亲看见我，蜡黄的脸上也闪现出笑容。我将窗户打开，蓝天如洗，离窗不远的大树，绿叶沙沙响，我将肉汤煮的绿豆、黑木耳、香菇、白米混合的稀饭盛了一小碗递给父亲，立即，病室弥漫着饭香味儿，父亲吃得很专心很过瘾。他说："今天身体舒服了"。然后，我和建华妹妹帮他洗了个热水脸，再帮他按摩头部、后背、腿部、脚部。借着他精神好，把他架上轮椅，推出病房，围着医院慢慢转圈儿。他说："停下吧，我要看看汽车。"我说："汽车没什么好看的。"他说："多精神的汽车啊，神气的跑来跑去，动力足，才会这么跑不知道累。"我知道他在联想自己，想说自己是部报废的车，病着的时候，人总容易悲观。我转个方向把他推到一片安静的绿荫处，鸟儿欢快的鸣唱此起彼伏，父亲闭着双眼懒懒地躺在那里，神情松弛舒服。

中午，他提出放弃午睡到外面晒太阳，他抱着一个毯子在我的陪伴下，来到病室的楼下，在一方花池的水泥台面上铺上他的毯子，挽起裤管将两条细弱的腿晒在正午的阳光里，他说可以补钙，增加自己腿部力量，他就那么坚持着晒了两个小时，脸上的虚汗滴落在衣襟上，我坐在阴凉的地方看着他，被他的顽强感动着。

一个月后，父亲出院，结账一万余元，没查出不治之症，胃控制住不疼了，人很衰弱。有经验的朋友告诉他，胃病三分治七分养，父亲深信不疑，回家后，在母亲的精心调养下，父亲终于能吃饭，养了一段日子，病去如抽丝，能在户外坚持走一千步，亦能一天吃四顿饭，餐餐有滋味。

这样的好日子没有维持多久，约三个多月，父亲再次入院，循环往复，平均三至四个月住医院吊液，手部的血管没有恢复原状，还肿胀红紫着，新一轮的输液又开始了。他老人家在病的折磨下挣扎着，没有更多的愿望，甚至对同病室的病友吃掉

一碗米饭羡慕不已，盼望自己能恢复到能吃饭的状态，他盼望着，等待着。

晚年的父亲，没有盼到身体复原，于2008年9月13日病逝。

我的大学同学

借着新年，大学十一位同学聚集"天乐"，叙旧温故，感受辞旧迎新的喜庆。

这帮同学是 1979 年考入师范中文系的。入校门时，多数同学是应届高中生，少数几位从工作岗位上考过来。记忆深处，彼此还留着一段年少往事，不经意间，人到中年。别看宁夏版图小，乘汽车一溜烟便出了境，可聚会还真不容易。毕业后，大多数同学分散在银南银北四个城市工作生活，奔波于工作家庭两头，时光匆匆而过。陆续听到某同学出书啦、调动啦、升官啦等等。

时空的进程像烟花般稍纵即逝，少时的同窗好友，趟过青涩的河流，似乎转眼便跨入了华发中年。

几十年间，只忙着身边事，无视光阴哗哗流去，心底那份纯情挚感按捺不住，便惦记起同窗的少男少女变成什么模样？文人有怪癖，惦记归惦记，却没人牵头把散落四方的同学聚到一起。九十年代后期，有两位同学调往北京中央机关工作，班里的"小蒙古"去了新疆、"兵蛋蛋"留在陕西、"小回回"调到云南，同学呼唤聚会！

毕业十七年的时候，首次聚到一起，才痛感岁月无情。同吃同住的同窗校友面部有皱纹了，身材臃肿了，见面认不出来

了，如不自报姓名，大街上碰头也不知呢。同学们嗟叹着，倾诉着，亲密无间的纯情忽然将记忆拉回到学生时代。往事悠悠，说起同学当年，条件虽然艰苦，但同堂就读，相助相济，同忧同乐，携手共进，结下的缘分积累成一生的情义。

毕竟在一个教室一个宿舍度过了人生最为宝贵的时期，感情深厚。忘不掉多数同学上大学时，还不到二十岁，十人住同一间寝室，没有暖气没有卫生间，同学轮番值日，两人一组每天为宿舍抬一桶水打两壶开水，给同学提供洗漱和饮用水。冬天时，每个小组砸一桶炭管理煤炉为宿舍取暖。读书之外，像孩子一样大的同学学着干活学着为大家服务，也学着和谐相处锻炼自己。记得有位十六岁的小妹妹，不小心将火炉的火引着了绳子上挂着的纸花篮，大火猛的燃烧起来，火苗距离花纸顶棚很近，眼看酿出一场可怕的大火了，寝室全体女同学惊慌之下，奋不顾身地往花篮上泼水，用毛巾击打火苗，侥幸把火扑灭了，但也吓坏了，有同学哭了起来，大家收拾了寝室的一片狼藉，对火炉子从此万分谨慎。

俄罗斯诗人普希金曾说过：无论是多情的诗句，漂亮的文章，还是闲暇中拥有的欢乐，什么都不能代替亲密无间的友情。同学的友情交融在一起才悟到，学校的生活随着岁月的流逝离自己越远，心中那段浪漫多彩的日子反而时常撞击心怀，思恋无限。转眼毕业三十年了，除过官职较高的同学，无法参与同学聚会活动，外地一些同学路程遥远难得见面，近处的同学借着孩子结婚等噱头，时不时地聚在一起。随着年龄增大，彼此越来越珍惜短暂的聚会时刻。聚到一起，文人雅兴高，海阔天空，没有开场白，没有忸怩遮掩，荤素段子成为重要话题，逗得在场同学捧腹不止，气氛活了，心境愉悦了，比茶还浓的同学情便在心里滋润着积淀着。

无法相信，印象中还稚气未脱的同学已经当了校长或者区域重点中学的教师骨干，转行的同学有名记者，也有省级官员活跃在决策层。回眸来路，有些同学调侃自己，"出生就挨饿、上学就停课、赶上高考制、结婚无房户、生孩儿独一个。"而外界，经过三十年的变迁，一切日新月异，有了朝九晚五，有了购物中心，有了名牌店，有了夜生活，有了泡妞文化，有了闪婚和婚外恋，有了汽车，有了 Townhouse（私家花园），也有了农家乐，有机蔬菜，直达飞机，周末吃喝玩乐一站式，有了选秀，炒作，包装，有了出名要趁早和成功学，有了互联网，于是有了全球视野。

一切都那么顺理成章，我的大学同学亦被强大的力量编织进全球体系之中，无论自愿与否，也得与时俱进。五十岁左右，有了压力！生活的压力在于上有老下有小。老的尚可应付，小的却令人头痛。这个时代满眼皆物质，女孩子绝没有像同学当年那般单纯浪漫，当年同学爱情至上，决定跟谁结婚成家，绝无考虑贫富贵贱，琴瑟同鸣与其打拼生活。当下行情大变，婚恋观物欲化，父母从银行贷款买车购房，将男孩儿与车房一并绑在婚姻上。女孩儿呢，要车房要高富帅，你挑我也挑，到底谁都挑不到意中人，老大不小单挑着，愁煞做父母的。

当发现自己的辈分已在悄悄改变，从曾经的兄弟、姐妹变成为叔叔、阿姨了，忽然心里有些纷乱，强烈的怀念过去，怀念年轻时代，眼馋身边各种形式热火朝天的同学聚会，盼望曾经的同学聚在一起的一刻。

每次同学聚会，能够冲淡世俗的压力，让烦恼的心情快乐些。想一想，这代人生活在各种欲望的诱惑中，使简单的生活

変得复杂，稍不留神就会被欲望吞噬。正是欲望的陷阱，让人感觉活得累。生活其实很简单，有花开花落，有云舒云卷，有得到有失去，何必终日萦挂于怀呢？世上没有永远不变的风景，没有享用不尽的财富权利，更没有永葆青春的美人。所以，中年同学理解的人生是，大红大紫是人生，大起大落是人生，平平淡淡是人生，简简单单也是人生。而简单的人生，则是快乐的、智慧的、永恒的人生。陶渊明不愿涉身仕途，宁可归居田园；不愿沾染铜臭，宁可独品清菊，他把耕织这样简单的生活看得快乐；李白不愿摧眉折腰事权贵，只愿把酒言诗，溺死江畔也无憾，只因为喝酒写诗能抒胸达意，不必考虑世故人情，简简单单却又快快乐乐。古往今来，简单就是快乐，简单孕育了快乐，快乐孕育了健康。

　　虎年又临年尾，翻年便是兔年，岁月悠悠，同学进入更深的年轮，只愿聚会的快乐蔓延到简单的生活中，让同学快乐永远！

和孔乙己在一起

医院如江湖

新年的元旦又来了，真快！所谓人生匆匆似过客，一程一程向前赶。

送走 2011 年兔年的时候，对自己总结什么感慨什么？这天，独自躺在病床上输液，天空格外蓝，病室南面大玻璃窗将阳光慷慨的收进来，满满洒在室内，朋友送的一大束粉红色小玫瑰正漂亮而鲜艳的开放，使单调的病室变得绚烂而温暖。因为花儿夺目，竟然忘记胸口长长地伤口，心里涌动起轻轻的浪漫。

命运真是捉弄人！多健康自信的一个我啊！怎么生病了？还经过了手术切肉的痛苦和两程化疗的艰难过程。

八月单位的一次体检，被彩超查出胸口长了个肿瘤，吃惊又疑惑，不能吧？三年前体检好好的，至今不疼不痒的什么感觉也没有，哪儿冒出来的瘤子？查错了还是听错了？但医生很负责任的告诫，这个年龄是女人的高发病，不要迟疑，赶紧找专家确诊，图像显示不好。

有的时候，医院那种负责让你啼笑皆非，比如这次体检结果就被医生及时通知到单位，结果弄得同事皆知，纷纷询问的、警告的，劝说的，似乎发生了重要事情一般，且将仅有的一点隐私曝了光。即便如此，依然懵懵懂懂不当事，固执的以为不

疼不痒没家族遗传，理睬它干嘛？

　　日子飞快，转眼过了两个月，与天天一样快乐的买菜做饭上网看书写作，该干什么干什么，享受生活要紧。直到某天，碰到一位大姐，获悉三年前她在体检时也被查出胸部肿瘤，立即找专家诊断，已是中期乳癌。根本弄不清楚如何长出来的？也没家族病史，长的还飞快，没有退路，她选择手术根除！她给我传授经验，这样的病一旦找来，全国医院几乎统一疗法，先将病灶及周围淋巴切除防止癌细胞扩散，然后按照常规做六期化疗，根据病情再放疗，治疗，复查跨越三至五年时间才基本进入安全期，其中治疗吃药等痛苦无法言说。她说陈晓旭知道不，那个演林黛玉的？就是拒绝手术把病拖到无法医治，导致癌细胞转移到骨头死了的那位？多年轻多有钱啊！有什么用呢？疾病面前人人平等，有病就有病，装高雅装特立独行，是拿生命开玩笑的！随即，她说不提名人了，单说病友的姐姐，一个农村人，起初发现肿瘤并不大，惦记家里两个孩子和农活儿，把手术拖了两年，身体疼痛才进医院，晚了，死路一条。别以为那碎瘤子长那儿就不动了，它每一分钟都像恐怖分子一样在你的身体里乱窜，害你交命！得了这个病就老老实实去医院求医！

　　听了她的讲述有点怕，赶紧进医院确诊，两所三甲医院的两张彩超检查结果出来了，面对科学依据不得不让我承认严峻的事实，没有想到自己摊上大事了，躲也躲不及。有谁能够对自己说：我一生中不会得病？生老病死，自然法则。我必须马上行动起来，把病灶处理掉。

　　迅速住院同意手术切除肿瘤，虽然有足够的心理准备，但这一刻的到来还是有一丝丝的恐惧。这种情绪我没有告诉任何人，只是默默的一个人感受着。在医院，例行抽血、照彩超、X光机，心电图、血压及两便等身体常规检查，签过一系列手术治疗单后，躺到手术床上还心存侥幸，确定这瘤子不过是偶然，几分钟挖出来贴个胶布养两天就好了。所以，只叫了妹妹陪着，不想打搅别人，觉得小手术没什么了不起！如今想来，胆子也够自己钦佩的，勇敢地独自面对手术。

手术车，缓缓地前行，手术前，外科主任带着助理医师、麻醉师等人装备严整列队两边。我终于知道自己的内心深处还有太多的牵挂，孩子还没有独立，母亲如果失去我一定会很伤心，晚年怎么办？可是，我亲爱的家人和朋友们，当我的生命走到了这样的时刻，已经无能为力了，我就像一只疲惫不堪的小船，在风雨交加的夜晚，随风摇摆着。

助理医师在我那肿瘤位置画了一个圈，然后蒙了一块有洞的绿色方布，极温和地说不用紧张啊，很快就过去了。接着扎了一针麻药，虽然这一针有些疼痛，但我能够忍耐。也许让我坚强下去的理由很多，但在这样一个特殊的时刻只浓缩成两个，一个是生我的那个人，一个是我生的那个人。生命也是一种责任，我们活着并不是为了我们自己，而是有太多太多的人和事需要你的存在。脑子想着目睹医师拿了尖刀剪子镊子等家伙，在我胸口又切又剪的，明明听见剪刀铰肉发出的吱吱声，却感觉不到疼痛。

约半小时，医师挖出了我胸部的肿瘤放在白色的托盘里让我看，枣子大小，与一块鸡肉或其他什么肉没区别，听主任说肿瘤送去活检才可知性质，让先输液等结果。

到了这一刻，整个人均由医生摆布，我被连人带床推倒一边等候，医生们忙着做下一场手术去了。

一个小时后，那个人的手术完成被推出手术室，到处插着管子，他却熟睡着。医生们过来把我往手术室推，难道恶性？这才意识到最严峻的时刻来了。抓紧问专家，化验出来了？回复：恶性肿瘤早期，需做根除手术！啊呀！真轮到我了？家里人还不知道呢。急忙托口去卫生间，被通过。

护士举着点滴瓶，帮我穿过长长的走廊，刚刚进行过小手术，没有不支的感觉，挺精神。路过一道紧闭的双开门时，急忙要求护士开门叫妹妹名字。妹妹冲过来说之前医院已按照你住院填的电话号码通知了姐夫，他已经把下一场手术的字都签了。

天啦！医生和家属已经统一战线，只剩我束手待毙了？丈夫儿子都挤过来说，不要紧啦，配合医生做好手术。心想站着说话不腰疼哦，刀子切在我身上，你们轻易就签字啦？抵抗已经没有余地，听天由命吧，那么想着回到了手术室。

很快，又躺在手术床上，还被绑了手脚，专家替换了助理位置，拿着手术刀走进来，脑子还没反应过来，护士将一个防护面罩般的家伙放到我眼前，喊着吸气吸气，刚吸了一口便人事不省，被全麻了！麻醉药真的很有效，这一觉我竟然睡了三个多小时。仿佛做了一个长长的梦，梦中的情景怎么一无所知。下午三点多我才有些意识，第一次有了痛的感觉。我慢慢地睁开眼睛，又看到了病房里的天花板和银白色的灯，这一切是那么的熟悉，啊！这里是病房，我真的回来了！躺在病床上，发现自己身体五花大绑捆着纱布，胸前背后胳膊腿上插得均是管子，鼻子插着氧气。那一阵，大脑空白虚弱，什么都无力想起，不夸张地说，如果停止呼吸都来不及交代遗言，生与死，其实就是一瞬间。

再醒来，已是夜里九点，感觉背部疼痛麻酸阵阵袭来，据说是麻药反应。难受而难忍，无法翻身，无法动弹，开始一次次呕吐，一个小时一个小时的煎熬。

天亮，迷迷糊糊睡一会儿吐一会儿直到次日晚上，不吃不喝都可以，唯一忍受不了的是勒在胸口的布壳子，几次请求医生脱掉，医生说那是与切口另戳孔放置引流管术后的绷带加压包扎，固定伤口利于愈合。

这才晓得手术的厉害，要命嘛，痛不欲生啊。

生命中，总要经历一些事情，或是幸福的，或是痛苦的，才能让我们的思想有所彻悟，更加澄清。

如医生所言，第三天午饭后，我能独自坐在病床上整理自己凌乱的头发了，三天躺在床上是件顶难受的事，极渴望下床活动筋骨，四肢似乎都僵掉了。经家人搀扶，我慢慢下床，走到窗口凝望楼下车水马龙以及活蹦乱跳的人群。

那一刻，我是多么的高兴，仿佛像一个刚刚躲过劫难的孩子，已顾不上自己病服是多么的宽大褶皱，头发是多么的蓬乱。忽然变成了好奇而又淘气的小女孩，东瞅瞅，西看看，似乎在病友们面前显摆，看我能起床了！我能走路了！我很了不起！那一刻，我只有一个心思：一定要多练习，勤练习，让身体恢复原来的状态，那样就可以回家，回家给老年的妈妈做饭，照顾儿子和所有的亲人。

从这天后，每天都感觉轻松向我走来，闻讯而来的同事、同学、朋友先后赶来嘘寒问暖，关怀备至，似乎隔世一般，亲切而依恋。我感觉着他们健康而热烈的笑脸，羡慕而欣赏，心情忽然好了许多，与他们尽情说笑，冲淡了先前的苦难感，医生护士进来很是惊讶，回头说，你秀秀气气一个女人，这么大

手术没哭没喊，蛮皮实的啊？其实呢，兴许麻药还没过去，意识还没清醒。再说哭什么喊什么又喊给谁来听？

上天造人，为我们制造了装载痛苦的生命，却没有为我们制造摆渡苦难的船桨。所以人生，就是一个不断摆渡苦难的小舟。我们必须明白一个道理，只要生活在这个世界上，就会存在诸多矛盾，人生就会一直面临苦难，因此我们必须学会迎接并坦然面对苦难。既来之则安之！勇敢接受，并把解决苦难当成一种责任，这样就会减少一些痛苦，得到一些快乐，否则只会增加自己的痛苦，加重自己的苦难。

一周后，当医生第一次打开纱布绷带换药，亲眼目睹伤口，忽然醒了过来，难过而震撼，心情格外阴暗沉重，眼泪哗哗流淌，浸在"残缺"的悲哀里，连续几天，尽是"路途风雨故人稀，水寒荷破人憔悴"的低落心境。

两周后化疗开始，在电视见过化疗后头发脱光五官变形的样子，心里极为抵制，便要求取消化疗。主治医师脾气极好，耐心讲述药物配合手术的重大治病作用，普及了不少治病知识，思想压力减轻了，接受了他的建议。

我的根除手术专家完成后，其他锁杂事全部交给医师去做，比如隔天给伤口换药、配药、处理病情等。医师是我的主治大夫，带着一个年轻医生完成大量病患的治疗工作。他三十几岁，据悉研究生考进医院，当外科医生八年，如今不但独立完成一些手术，还特别能吃苦耐劳，时常连做几台手术下来直奔病室查房。他一周六天顶在岗位上，其中白天晚上有四天吃住在医院。一次，他下午六点下手术给我换药，得知他中午饭下午饭都没吃，劝他先去吃饭，他说年轻身体好，两顿并一顿是常事不碍事，选择了医生的职业就无法计较了。我听了很沉默，原来医院有这样的医生，这些医生是这么辛苦啊！

我没有得病的时候，总听到外界对医生的贬斥，什么蒙骗病人啊、吃回扣、收红包、下错药等等，医生在我心里很妖魔。这次，近两个月的住在医院里，整天观察医生护士的忙碌，感觉外界那些评价以偏概全，这里这么多的好医生好护士，怎么没人知道呢？遇见他们，我还是挺幸运的。

医师高高的个儿，五官帅气阳光，牙齿整齐洁白，皮肤腻白不像北方人，戴着银边眼镜，温和、喜笑，一派儒雅之态，他应该选择当医学院教师的，偏偏干了外科医生这又脏又累的活儿。俗话说：好医生像盏明灯！这个医师招病友欢迎，大概缘于他热爱本职，关怀病人有关。

后来发现，以外科主任为首的十余名外科医生一例大高个儿，进来查房时魁梧挺拔，极有气势，对病人有种牢牢地安全感。

做过两期化疗，如医师所说，现代的药物与时俱进，已经没了那么多毒作用，没有电视演的那种痛不欲生的情景，顶多坚持一周，所有身体的不适便逐渐消除。我既如此，没有发生翻江倒海般的呕吐，没有一抓一把掉头发，没有晕的似乎坐船的感觉，兴许是我多年健身抵抗力强，化疗后一周，吃饭睡觉基本恢复正常，再过一周，上街购物买菜不算事情了。

但过程却没有那么简单，五十八天住在医院里，主要是腋下刀口迟迟不愈合，总需要换药。觉得入医院如进江湖，身不由己。一旦生病进了医院，便在医生掌控中，何时开刀何时进药？不由个人做主！谁让你身体的某处病菌恣肆狂舞？求到医生祛除诊治它？于是，所有做过乳腺、结肠、胆囊、阑尾、喉管手术的病友，经历了被刀子切割，一样服药打针输液换药以及药物伤害，一样忍耐疼痛和与病魔斗争，花钱受罪完全乐意。

此时，从某种意义上讲，病友已是战友，相互鼓励，同病相怜，共同战斗，同甘共苦，就那么把难熬的一天天撑了过去。

经历了这片世界的人生状态，对比活蹦乱跳争权夺利的人们，忽然觉得他们好傻，健康才最重要啊。两个月时间，我变得更加清醒了，也经常想到死这个字眼，认为那就是一个人必然和自然遇到的事，生老病死，是人生的法则和规律，不要回避恐慌，不要以为那是将来的事，与自己无关的事，应该积极面对，顺其自然。应该怀着满足之心，感念每一天的吃饱穿暖，太平天下；感念身体劳碌了几十年才出故障，感念工作赚钱养家糊口顺利至今；有家有业，享受过父母恩爱，体验过兄弟姐妹亲如一人，有过几十年情谊患难与共的六位同窗姐妹，好同事好朋友。够多了！够多的亲情友情，让我满足愉快！以这样的心态便忘记了自己刚刚经历的病痛，忘记了在自己身上发生的事。时常，伤口还裹着纱布，半边身子还僵硬着，药物反应心里还难受着，也便开始锻炼，尽力做些家务，擦地、洗衣、读书、写字。之后再回到医院去输液做治疗，只要能够坚持，就绝不躺着装死人，绝不娇惯自己，对抗病魔靠积极的状态，我想自己任何时候都能主宰自己。

毛妈的幸福

毛妈是我朋友的母亲，祖籍四川，终年 90 岁。毛妈活的大气活的明朗，到老能吃能喝腰板硬朗，能说能笑脑子机敏，她没有一般老年人的抑郁或孤独感，没有老年人那种对未来的绝望和沮丧，她想得很开，像年轻人一样保持着心灵的单纯活泼，嘻嘻哈哈给人讲故事讲道理，让大家的心情都敞亮轻松。为此，儿女子孙喜欢她，亲朋四邻也喜欢她。问起毛妈长寿的秘诀，毛妈总会爽朗的笑曰，"哪个有秘诀哟，我就是凡事不缠心嘛。"这是她常常挂在嘴边的解释。

毛妈没有住过高级房子，晚年时住在旧平房里，用青砖围起个小小的院子，毛妈在小院里栽着花草和一些蔬菜，把小院子铺设的满满当当。夏天的时候，五颜六色生机勃勃的花草恣意开放，一些蔬菜茁壮生长。毛妈喜欢泡菜，家里的东墙根儿摆满一溜泡菜坛，大小齐全，各类菜蔬常年泡着，餐桌上顿顿有盘泡萝卜豆角辣椒之类，是下饭的好佐料。

毛妈的丈夫是甘肃省第一邮差，史志有明确记载。旧中国没有宁夏这个地方更没有邮政局，往来邮递依赖甘肃省邮政局。那时邮差职业令人羡慕，收入丰厚！能够让一家大小过上吃饱穿暖的日子，但苦累也绝非一般人所能承受，送趟邮件受千山万水阻碍，唯有走水路还算快捷顺畅，所以每逢穿山越水送邮

件，毛妈都帮助丈夫扛起邮包，携儿带女，乘坐羊皮筏子，顺黄河往下漂流至最后的目的地。旧社会为了赚点养命钱，全然不顾身边的危险。一次，毛妈全家人坐在羊皮筏子上，吃过简单的食物，与孩子们嬉闹着在漂流中赶路。深夜，羊皮筏子过波涛滚滚的黄河，全家大小因劳累而熟睡，皮筏子倾斜了竟然没有察觉，毛妈最先被身下的水泡醒，又惊又怕地大呼小叫。丈夫跳起来一阵忙乱，终于将漏水的皮筏子堵住了。天刚透亮，羊皮筏子继续往前漂着，毛妈夫妻舒了口气，想想昨夜发生的事，毛妈后怕地搂着幼小的儿女放声大哭。这样的危险情景不知经过多少回。解放后，毛妈才算摆脱噩梦般的生活，宁夏成立了邮政局，毛妈的丈夫有了固定的工作环境也有了安定的家。毛妈养育了六个儿女，在艰苦的环境中健康成长起来，只是丈夫劳累过度壮年病逝。毛妈性格乐观豁达，坚强的承担起养家责任，含辛茹苦将儿女们抚育成才。

毛妈常说穷人的孩子早当家，她的孩子懂事早，边上学边帮母亲干活养家，大点的带着小的弟妹，腾出时间让母亲为他们缝缝补补，粗茶淡饭勉强糊口。尽管日子穷，常常吃了上顿缺下顿儿，月底尚需出去借钱借粮才能度过剩下的日子，但是碰到哪个孩子的生日，毛妈总会设法弄一个鸡蛋埋在那孩子的饭菜下面，使孩子的童年充满了惊喜和期待。

毛妈为人热情大方，人穷心慷慨，但凭有人求上门来，她总会到邻居家周转些米、面、鸡蛋，留来人高高兴兴在家中吃顿饱饭或接济人家几件旧衣裳。困难时期，这些微小的馈赠就是雪中送炭，受过毛妈恩惠的人极为感激她，多年还记着她的情义，在自己日子转好的时候，便找上门来报答她。往往毛妈把助人的事情都忘记了，还相劝人家去帮助穷人，她说邻里互相帮助日子才好过，高高兴兴活着比什么都强。

九十年代，日子更好了，毛妈家里有了电视电话电冰箱，她满足的见人就说社会好！她哪里知道在她百年以后，她的子孙把汽车也买进了家。她活着的最后几年，把乐观的天性发挥到极致，呼朋唤友来家做客，吃饭聊天只为追求精神快乐，孩子们为了讨母亲高兴，常把美味佳肴摆满餐桌。

晚年的毛妈经常把一段顺口溜挂在嘴边教育儿孙：毛家人一辈子绝不做坑蒙拐骗偷，吃喝嫖赌抽，踢人寡妇门，挖人老祖坟，踢疯子，骂傻子的缺德事。我死后，你们切记不能轻视自己，不虚度人生，活出品行活出正派！"在毛妈的言传身教下，儿女从上数到下，教师、教授、工程师、医生，一个比一个干得出色。她晚年知足知乐，说到底，毛妈长寿的秘诀是：心地善良豁达，做人端庄无私。

辑二　　随想追忆

出书与时尚

　　眼下，出书似乎是种时尚，追逐时尚的人真是不少，把自己多年的精神产品积累成书，公布于众，感悟人生，教化于人，展示才华，实有大益！可是，我却另有所思，陷入另类苦恼不能自拔，那便是出书与为什么出书的苦恼。写下这个题目时，犹豫再三，唯恐得罪一些热衷出书的朋友。最近，我认识的领导或朋友接二连三潦草写书出书，施展浑身解数或者个人权利，借用各种关系销书，仿佛推销某类高科技产品一样，销书得来的滚滚利润令我发呆。猜想，出本书印 N 千册，一下赚来多少万，那么出两本？出三本？出……？这样名利双收的行为堂而皇之大行其道，真不知该怎样评价出书。

　　这些年，熟悉与不熟悉的人都在出书，无论写得好与不好，先出本书炫耀一下自己的能耐再说，反正如今弄个书号不难，只要肯舍得那一两万元的出书费一切就 ok 了。如上所说，书出来后四海游说猛烈推销，不但把本钱弄了回来，不小心还赚上一把。这要相比杂志上发稿的难度，以及那点可怜的稿费，出书得的银子确实容易！一般文人都知道，往知名杂志上发稿子，即使你写作功底技巧过得去，写的东西好读有趣而入不了编辑的火眼金睛也白搭，照样被扔在一边凉快去了。写书则能随心所欲上天入地，想怎么发挥怎么发挥，没有责编主编限制

你挑剔你，洋洋洒洒一摞子草稿写出来，买书号，找印刷厂，不久个人著作便横空出世了！如果把堆放如山的书推销出去，那是什么感觉？好比一颗手雷投向敌群，其爆发力与辐射力，不是一般语言能够形容的！

每每此刻，我的心便蠢蠢欲动着，不行也出一本？但琢磨琢磨又泄了气。说来与文字结缘几十年了，文字带来的内心释然豁达，喜悦充实，像一味滋补品久久养育着我。有写作陪伴，生活有滋味有色彩，人有梦想有精神。追逐写作的源头，似乎从小学起，每次作文被老师当范文念，小小年纪便对写东西着了魔，似乎发现了藏宝洞的秘密，隐藏于心的那种惊喜与神秘时时激励和鼓动我东写西画。写日记写感想，最盼写作文。中学、大学、工作岗位，驾驭文字的特长似乎与生俱来。二十岁试着在报纸上发诗歌，发散文，三五元的稿费单飘来，疯狂的乐！抚摸着变成铅字的文稿，像是抚摸心爱的孩子！就是那样的感觉。尤其是在人生低谷的时候，写作缓解了生活的焦虑、苦闷、心灵得到净化升腾，以后的以后，写疯了！文学创作，理论文章，法制通讯，从小报到权威报，从综合刊物到专业刊物，从获小奖到获国家奖，写作带来的巨大快乐至今让我感谢我的爱好。可是，不敢结集出书，害怕亵渎一本书。

九十年代初，我一位同学出了书，封面灰蒙蒙的，内容酸涩涩的，拿着那书我震惊了许多日子！心里五味杂陈。书是随便出的？我匪疑不解。那同学作文水平不敢恭维，眼力和胆量让我无比敬佩。那时，自费出书的人寥寥无几，我还没想明白呢，两年后人家又出了一本，基本上与工作内容有关。在他的强力推销下，那书反馈的结果是我等之辈永远明白不了的！他经济与仕途的双赢令我感叹。他是第一个敢于吃螃蟹的人，成功在情理中。

即使这么具体的范例在身旁，依然没有点化我。七年前，作协通知参加蓝丝带行动，只要个人出资八千即可出书，我还是不敢贸然出书。这个机会放掉后，书号一路高亢更加商业化。眼瞅着，看书的人少了，出书的人多了，擅长写作的人一本接着一本出书，热爱写作的也跟着出书。圈子中，自己反变成了少数不出书的人，每次到文联开会，看到文友热烈的赠送自己刚刚上市的新书，便感到一阵的尴尬与锥心。

寻思，要是不混进写作的队伍中？不发表那些徒有虚名的文章？不认识那些写作上的良师益友？还可以搪塞，可以无动于衷。可现在，老大不小，依然舍不下手里的笔，依然计划着写这写那，捧着别人的好文章，珍惜的像得了宝贝一般，反复回味，享受精神快乐。难道还不出自己的书么？这个念头一冒，立即问：我为什么出书？书是人类进步的阶梯，是人们的精神食粮，是传播文化的使者，是……君不看那些千古流芳的书，像春秋时期的诸子百家，先秦两汉的词赋大家，唐诗宋词的佼佼者，元杂剧作家中的巨臂，明清小说的著名作者，历代哲学家，社会学家，医药学家……他们把呕心沥血写成的作品奉献给了后人，以之使中华民族的文化得以传承并发扬光大！感谢那些民族文化精英们的书，在文学修养，道德规范，生产生活技能，发明创造等知识方面，曾经给了后人无穷的智慧和破难攻坚的钥匙，推进了人类的文明进步，那些书籍将永远如群星灿烂，同山河永存！我崇拜那些书，敬佩那些作者。

对比那些书，我岂敢出书？可是现代，写书出书变的随意了，有称谋生的，评职称需要著作；有称当领导出书显得有水平，更儒雅；还有称传承经验，述说辛酸艰难；或者出书玩玩

赶赶潮头。于是乎，那些近水楼台者，东拉西凑组织班底，通宵达旦引经据典，溯古论今生拉硬扯，精美包装堂而皇之出书，再大张旗鼓强行销书。其中有人若涉及批书号太严，会有协调部门以"内部号"暗度陈仓，给主编、副编、编审、顾问、编委、编辑、校审打招呼递条子，甚至把印书费和销售工作都安排妥当了！无非是将社会大众作为个人的心理诉求对象，借机从文化形象上包装自己，不乏通过名气出书赚更多钱的人。

我承认，这是一个崇尚名气和成功的年代，写书也算是个人价值的体现。可是不用心，不负责，不管谁在看书，谁想看书，谁来买书？这本书是不是好书？是否经得起历史考验？是糟粕还是精华？只关心能否赚到钱？名气是否上榜了？此类写书出书的人如果越来越多，难道不是让文化垃圾也愈堆愈高？

凭良心讲，身在强势状态，身处成功位置，心潮如涌、心骄气浮，何来冷静的理性思考？何来深深地感悟？在这种心理背景下，怎能有先进的思想与真实的感受？浮躁的心态衍生出来的文化商品，不是谎言就是诳语，注定不是垃圾就是糟粕。尽管还有人捧、有人吹，但那书的命运，注定是短暂的。这些年为什么垃圾文化能够行嚣尘上？写书者已经不在乎什么真理和知识，不在乎生命之重，活得苍白、无聊而郁闷。希望通过出书，释放心结或寄放梦幻，寻找心理投契。所以，他们不管书籍出来流向社会后，是精华还是垃圾，这样的扰乱，让一些垃圾思想、低劣文学与别扭的艺术泛滥，毒害到受众者的身心健康。这些年，到处有人在喊精神崩溃、思想倒退、人性悲哀，在很大程度上就是这些文化垃圾惹的祸。

当然，也有另一种出书者，首先是为个人而写书，诚实而真实地面对自己，敢拿良心良知作担保，把自己的感悟与探究慷慨地奉献给大家，以供修身养性，陶冶情操，与大家分享精神成果。尽管有些书的内容短时间不被理解不被推崇，错落了时代与层面，我觉得，一本好书，只要经得起时间的拷打与锈蚀，经得起不同层面的冷落与批评，即使丢进市场如同丢进熔炉，有了一番冶炼才凸现其中价值，即使如此，也不枉作者一番心血、一番智慧。

　　说到此，该怎样写好书出好书？纵观历史，真正不朽的书籍，对社会对人类有贡献的书籍，似乎透视出一种现象，就是才与财不能共存与兼容的真理！那些不朽书籍的作者大多都处于清贫、落魄和孤独潦倒的境地中。蹊跷的是，只有极度的清贫落魄和孤独，才有心理背景上的极致的心平气和，心不在现实而在天上，心不在水面而在水底，如此才有了宁静致远的深邃思想与清醒见识，生命的唯一支撑就是为了心中的某一使命和信念而写作，而真理与底蕴就是这样流淌出来的。

成功与坚持

如今，很多人立下大志愿，卧薪尝胆，有朝一日大富大贵成名成家，以为大富大贵成名成家便是人生最大的成功，难道这不是对成功的误解？

谁都知道，普通人的生活内容基本是柴米油盐家长里短。所以，不要妄想买几次彩票便中五百万一夜暴富，努力几年便成为比尔盖茨或李嘉诚第二，或成为什么出人头地的人。我不否认，普通人通过奋斗有成功的人，但成功者寥若晨星！这是不争的事实，大多数人一生过着普普通通的日子。"王侯将相宁有种乎？"当皇帝的只有一人，王侯将相人也不多，要靠机遇靠命运。把人生目标定得过高容易碰壁，导致自己反复尝试失败的滋味，结果灰心泄气。概率这件事必须承认，普通人中百分之三十会离婚会患大病会遭遇各种各样的不幸，普通人中的大部分人不会从飞机上掉下来，会活过六十五岁。

我还是想说说成功的人，人的一生哪里全是平坦大道？从丑小鸭变成白天鹅有着艰辛的过程，顽石经过碰撞才出现裂缝，才有了流淌不尽的清泉。成败亦如此理，从辩证法讲，失败孕育着成功，成功亦包含着失败。遇到困境，应当理智的面对现实，耐心的等候良机，忍受压力和孤独，顶住打击和痛苦，"塞翁失马，焉知非福？"屈原被放逐而著"离骚"，司马迁遭羞辱而成"史记",李白遇坷坷才成诗圣就充分说明了以上道理。没有无缘无故的成功？成功是属于那些坚韧的，抱业守志初衷不改的人。

世界超级小提琴家帕格尼的成功是说明成功艰辛的典型例子，他3岁学琴，12岁举办个人首次音乐会一举成名，之后他的琴声遍及法、意、德、英、捷等国。演奏的神奇效果导致场场爆满，让听众欣喜若狂，为之陶醉。他不但用独特的指弓法和充满魔力的旋律征服了整个欧洲和世界，而且发展了指挥艺术，创作出的《随想曲》《无穷动》《女妖舞》等六部小提琴奏曲和许多吉他演奏曲让大仲马、巴尔扎克、肖邦、司汤达等文学艺术大师激动不已。可以说他是个获得了巨大成功的人！

但他的成功之路，充满磨难。他七岁患严重肺炎，不得不大量放血治疗；每天把自己囚禁在屋子里练琴十至十二小时，忘记饥饿和疲劳。十三岁起就周游各地，过着流浪式的生活；四十六岁患了奇怪的牙病，满嘴脓血，几乎拔掉所有牙齿；牙病刚愈又患眼疾，几乎失明；五十岁后，多种疾病折磨着他，后来声带也坏了靠儿子借口型翻译他的思想；他仅活了五十七岁就口吐鲜血死亡。人们都知道，弥而顿、贝多芬、帕格尼被称为世界三大怪杰，他们一个是瞎子、一个是聋子、一个是哑巴！天下的事就是这般的不可思议，成功与苦难往往形影不离，这就是为什么多数人受不了苦难的煎熬，半途而废终不成功的重要原因。

成功有时候需要等待，需要耐得住寂寞，周润发等待过、李嘉诚等待过，姚明等待过，腾格尔等待过，郭德纲也等待过。许多功成名就的人都曾付出过等待和耐心。我们也许只看见他们成功的辉煌，没有看见德云社一群人在剧场里给一个人说相

声，没看见周星驰曾经演过一句台词都没有的角色。其实，每一个成功者都有过低沉苦闷的日子，有过为生存而挣扎的窘迫。曾经我也困惑过，为什么有的人无才无德靠着父亲的关系就能平步青云，有的年纪轻轻也当上了领导，而我们却在基层挣扎奋斗，终身奉献。这不够公平！但是公平这个问题要看怎么理解，至少，比上不足比下有余，你没有遇到过战乱和饥饿，没有遭到地震洪水泥石流的袭击，没有生治不了的病，还养尊处优的好好活着，吃得好睡得香，比你不幸的人远远超过比你幸运的人。你怕什么？路要一步步地走，饭要一口口地吃，人生的脚步大部分是平凡甚至是枯燥的，要耐得住寂寞，等待机会，才会获得到达终点的快乐。

人生在世，总是会遇到挫折的，总会有低潮有不被人理解的时候，有些人恰恰是在人生的关键时刻，因为挫折而放弃努力，过不了最后那道门槛，实际上，你能跨过这道门槛你就成功了，而这时你坚持不住失去信心，结果前功尽弃了。

逆境，是上天帮你淘汰竞争者的地方，你不好受别人也不好受，你坚持不住别人也坚持不住了。你千万别说你坚持不住了，那只能让别人获得坚持的信心，给竞争者一次成功的机会，将你淘汰出局。要静静等待，胜利属于有耐心的人。

很多时候，我们都希望，自己是个幸运的人，遇贵人呈祥化难，升职调岗位拿高薪的好事都能轮到自己，那些受苦受累牺牲尊严挣扎奋斗，奉献一生得不到回报的坏事最好都是别人的，请记住，这样的概率在普通人身上永远不可能有。

人人都想做一个成功者，不要把成功理解的那么浅薄，以为得到地位、财富、名誉就是成功，为了成功而急功近利，而这个成功真来了，并不一定满足和快乐。缘由是这种成功只是表象的成功，含金量不高的成功！所以，一个人若不顾环境和个人条件的制约，放弃许多人生的享乐，非要成名成家，即使成名成家了，也不过是终日受苦受累赚取了别人眼中的快乐，这样价值不大的成功，怎么会有太多快乐和满足可言呢？

多年来，我居于喧闹的都市，各种利益的诱惑也曾让我迷乱困惑过，丢失过信念。我看到，身边很多人始终做不到心平气静的忍受重复琐碎的平凡日子，总把成功的梦寄托在模拟的情景中去实现，不顾自己的现实处处和别人攀比，整日活的忙忙碌碌，争来争去，似乎有永远做不完的事情。其实，换位思考，保持淡定，留有一份平常心，有什么不好呢？勉强自己追逐过高的"成功"，那实在是自造忧烦，活得很累。有句诗词写得好："是非成败转头空，青山依旧……"对于成功的理解，我认为达到自己的目标就是成功。应该让成功的定位更适合自己，并在努力奋斗中获得喜悦和满足，在这个过程中，不论地位高低，不管干什么，都干一行精一行，从不三心二意，那他就是成功的人，值得敬佩的人。

得与失的轮转

　　幸福是人生最后的目的与至善的总和，它赋予生命真正的意义。幸福从哪里来？我以为幸福是心灵活动，由此活动认识真理，幸福便有了归宿。

　　人的一生可能会遭遇挫折、磨难，但这不等于心灵不幸福，因为幸福是需要比较的、它没有止境，没有标准，取决于你怎样认识它解释它。英国作家班扬的小说"天路历程"对人生的得与失做了极有启迪的阐述，读罢让人思绪联翩。

　　小说描写了一位基督教徒，在探索天国的路途中，遇到了各种敌人，有顽固先生、自负爵士、绝望太太、阴谋分子、势利小人、自卑女人……还有许多险恶之地，如灰心沼、不坚城、黑暗地、怀疑堡垒、欺骗峡谷等等。总之通往天国的路途困难重重，充满艰难险阻。

　　这让我联想人的一生。在人生旅途中，所遇到的各种困难与挫折，有来自外界的灾祸、欺骗、诱惑、磨难，也有我们自身的疾病、懦弱、糊涂、困惑，都像人生旅途中出现的千奇百怪形形色色的敌人，缠绕着我们，阻拦着我们，令我们疲惫不堪。从而走错路，犯错误。为此，在层出不穷的矛盾中保持清醒净化灵魂，面对艰难困苦挺起脊梁，做一个坚强者，这需要心灵对真理的正确反应。

做一个宠辱不惊的明白人，这应该是我们探索人生的最高境界。

居于大千世界，我们都希望做一个完善的人、成功的人、受人尊敬的人。于是我们依赖所受的教育、借鉴所有经验教训探索人生的真谛寻求人生的美丽。在人生旅途中，我们不敢懒惰、偷闲、满足，认为那是颓废的人生观。我们思奋、勤苦、追求成就实现抱负，认为这是健康的人生观。我们以此为动力推动自己去实现一个又一个理想的目标。

实现一个辉煌的目标，可以说是每个人的心愿。那个过程究竟有多长？我们能否顺利通过？这取决于个人的心理素质。

一个人具有百折不挠的意志，多思而清晰的头脑十分重要。

我的一个朋友叶儿在经历了人生的种种困难坎坷后，没有被忧愁痛苦压倒，而是把顽强达观作为人生的信条。作为一个女人，她拉过煤、卸过石头、掏过下水道、当过装运工。面对生存的磨难困苦，她坚信明天会更好。喜欢读书不但让叶儿取得了两个专业的高等学历，还拥有了明智的头脑，灵秀的思维，深刻的见识。她靠着自信，改变了她人生的轨迹。可是在做到一个白领的时候，她率真耿直的性格，与权势世俗发生了不可避免的碰撞。瞬间，她受到了陷害，将奋斗来的地位名利全部丢失。接着是离婚、之后又是十岁的女儿患病去世，人生一连串的沉重打击使她四十岁时白了头。此刻，她才深刻体会到生不如死的感觉。

自暴自弃么？游戏人生么？茫茫宇宙芸芸众生中，个人是多么的渺小与苍白，个人的兴衰荣辱又是何等的不足挂齿？叶儿明白，凡一个有良知的人，她可以痛恨腐败堕落，可以厌恶丑恶昏聩，可以不与之同流合污，但又岂能够活的庸庸碌碌似

一介行尸走肉？她的精神挺拔，是在调整自心，再次确立生活目标，挖掘个人潜能作为原动力对生命负责起始的。

只有耐得住寂寞才会不寂寞，叶儿的写作便是在心境跌落陡坡深谷开始的。她在一方素笺上描绘新人生，耕朝耘暮，在文字里培育日月，建设精神家园。写作让叶儿变成了一泓流动的活水，生活有了前所未有的健康、快乐、丰沛。此刻，她感到了生命的朝阳冉冉升起，人生再次流逸着生动的线条与光彩，前景依然光明开阔。

叶儿终于在创作与生活上都获得了令人震惊的成功。

有位哲人说过：失去孕育着拥有，拥有意味着失去。叶儿让我懂得人生的风霜雨雪、起伏跌宕、人情冷暖只能让我们变得更深刻、成熟、执着与冷静。

战胜自己，对人生抱定信任与热情，生活便不会辜负你。

从前有位商人，在海上航行中，他的一船货物突遇风浪袭击，紧急中他抛弃船物，选择逃生，虽然船毁物失，他却感受颇深，蹉叹世上万物变化无常，生与死、得与失、贫与富均在变化莫测中。生活中，我们常常为失去而自哀自怨，悲伤绝望，其实又何必自扰之？

作为人生的旅者，漫步于人生之路，厄运可能会像电闪雷鸣一样突然降临到我们风和日丽的生活里，让自己保持一份自信与执着，即使面对困境，也会以坦荡的心境、闪光的智慧赢来快乐的明天。

如果我们用合乎规律的方法改造自身与改变环境，就会以一种高度洞悉人生、明辨真伪、摆脱困境、塑造自我。

海阔凭鱼跃，天高任鸟飞，让心灵保持自信、豁达、正直，那么无论怎样的人生，都能活出大气盈胸。

感恩来自豁达

以海纳百川的胸怀，平和的心态面对人间的万事万物，你就不会计较任何一个人，包括那些曾经伤害过你，欺骗过你，排挤过你，绊倒过你的人；拥有一颗感恩的心，你才可能改变命运，把困难和挫折当做人生的礼物，你才可能高瞻远瞩，风雨兼程，目标坚定，成功在握。

写下这段感受的时候，是听完一位女友的倾诉，眼前便浮现出某男人的身影。据说是一位有才华的男人，职业医师兼业余书画家。他大概还有更多的业余爱好，如写歌词、篆刻、收藏古玩等。够文雅的！论工作论悟性论成就，他堪称不凡。所以，他的身旁总是聚集了各年龄段的朋友，看病的、学艺的、崇拜的、等等。他有贤妻生育了一对儿女健康活泼，客观说，他生活完美的无法比喻，别人有的他有了别人没有的他也有了。得意吧？到了这一步，可以说他功成名就了，行里行外鹤立鸡群了，尊严、钱财，名誉追踪而来，呼风唤雨的，没有为难的事。偏偏是，人心不足蛇吞象，他反而活的焦躁空虚，陷在无聊里歇斯底里发泄不良情绪，说不清他究竟要什么，怎样活着才知足快乐。

于是，他走向了反面，追逐美色滋润心情便成了他的终极目标。从女同事到朋友妻，只要到手，一网打尽。他似乎失去理智，任意胡为。结果，他被妻子儿女唾弃。为了补偿过错，

他选择净身出户，在亲朋好友的指责下，辞职离家闯入陌乡。

他奔向远方，以为一切可以从头来过，靠着努力，重新建立家庭事业。转瞬十几年，性格原因，他什么都无力改变，继续沉湎在不同的女人怀抱里，怨天尤人，颓废失落。

如果说年轻幼稚容易犯错，上帝都会原谅他。可摔过之后，依然重蹈覆辙，一定是自作孽不可活。都说男人是强者的代名词，可这类男人强了以后，贪色、贪利，心若深渊永远填不满！做个男人应该有宽阔的心怀与眼界，命运总有转机。可这类男人因为性格狭隘脆弱的不堪一击，陷在自己的妄想里痴人说梦。他们早已把男人的仁义信誉抛开，失去做男人的品质担当，在私利面前丢弃了所有的血性。败就败了吧，败走麦城的人自古就有，总结经验修生养息，卷土重来再振雄风的好男人也有的是！可这个男人偏偏露出一副被人世间冷落，怀才不遇的忧郁相；喋喋不休的抱怨着，上至天，下至地，仿佛生错了年代，所有人都亏欠了他。

因此，永无翻身之日，命中注定做个怨男。

当今时代，社会对有才华有能力的人从各个方面提供了施展的平台，赋予了更多出人头地的机会，只要肯把握并且锲而不舍，那些充满阳光心地善良，才智超群的男人，总会受到眷顾总会非同寻常。话说回来，这类男人即便成功了，肯定没有人真爱他真敬他，即便他把天下美色尽揽怀中，也根本留不住真爱，因为他只爱自己，所以被社会冷落抛弃一点都不稀奇。

林子大了，真可谓鸟类繁杂。分析这类男人的不得意，除去他们放荡不羁的性格因素外，与他们思想狭隘心地阴暗也有着直接关系。他们不能清醒地看到现实，没有正确的价值观，于是，就有了立于市井之上的愤愤不平，喋喋不休的指责女人的过错，摆出一副受气可怜的姿态。谁说爱闹的都是女人？这类神经质的男人闹起来跟泼妇没什么两样，把当初狂追女人表白自己爱得死去活来忘的一干二净，把所有怨气泼在女人身上，骂女人贱、骂女人坏、女人无情丢弃自己，竟丝毫不检点自己的内心藏匿了多少的龌龊虚假与贪婪无耻。这样的男人其实比女人更贱，要不，哪有曾经虚情假意说是自己的真爱，又声嘶力竭地喊着上了女人的当，最后与女人抢着争钱夺利？爱的时候是魂不守舍，爱你不商量，分的时候一意孤行扳着指头算计自己的利益得失。

这类男人可怜又可气。

难道真的阴盛阳衰了？在女人的心目中，盼着自己的男人出类拔萃，飞黄腾达，然后夫贵妻荣。有的女人希望和男人比翼齐飞，希望他情有独钟大爱无言！可有多少男人在谎言中藏着伪善？在夸大的成功后藏着虚荣？把女人当成衣食工具和自己的点缀。都说君子一言驷马难追，这样的男人竟然靠吹牛说谎强壮自己，愚蠢的拼命吹着美丽的肥皂泡，不想想吹破了泡泡露出原形该如何收场？

并不是所有的女人都把钱看的比爱重，只是希望那爱能够在心里驻扎的久能经得起日月蹉跎；不是所有的女人都需要男人用大把时间陪伴，只要男人在她漫长的人生岁月中执著的握紧她的手；有些男人说女人都容易骗的时候先掂量一下自己是否真聪明，不是所有的女人都那么单纯、简单、柔和，没心机，只是因为她爱你才愿意由着你摆布，当女人最后的那点情感在残忍的虚假里消耗殆尽时，别怪她终于把你抛在了风里。

原来，男人被抛弃不是因为没有钱没有权，不是因为移情别恋，不是因为男人不坚强没有真情实意，没有情怀魅力，没

有宽容体贴。女人看重的是你壮志未酬只要还肯努力不放弃的性格，做到这一点，女人就愿意陪着你走到底，再苦的日子也无所谓。

拥有一颗感恩的心吧，你将会明白受人滴水之恩涌泉相报带来的甜美；将会懂得父母恩重如山，夫妻相敬如宾，兄弟姐妹情同手足，同学朋友情深似海。那样，世界上万事万物皆有情，蓝蓝的天，绿绿的草，晶莹剔透的露珠，闪闪的星星，甚至于一虫一鸟都会善待你。你会感觉到空气里弥漫的都是快乐，树梢上飘落的都是祝福，所有的温馨都在向你招手，所有幸福都在向你呼唤。

过年的主题

过"春节"的感觉，每个人都经历过，都曾有过兴奋、喜悦、期盼这个时刻到来的心态。那种心态挺微妙，动机也很简单，或许仅仅期盼"春节"是生活新的开始，吉祥的光环从这天降临，让自己那天穿起美丽的衣裳，让仪表和心情都变个样；或许期盼有几天闲暇，与熟悉或不熟悉的亲朋好友叙叙旧，在一年的尽头寻找团圆的喧闹；至少，可以借用一个长假让自己从世俗里抽身使心灵获得休憩。就是在这些心情支配下，每年的元旦过后，几乎每个人都在等待过年，特别从腊月二十三过小年开始，一阵阵的年味儿便在生活的周围弥漫开来，单位里各项工作习惯性的收尾；家里人们开始除尘办年货；你会身不由己地被感染被牵着走。

不知你注意没有？每年春节临近时，所有的车站、码头、机场都挤满了人，在外读书、经商、打工的父亲、丈夫、儿子等不同年龄层次的男人们；与母亲、妻子、女儿等不同年龄层次的女人们，总会跋山涉水千里迢迢往家赶。虽然，春运人群鼎沸、涨价依然，却阻挡不了他们回家的脚步，即使再拥挤的火车汽车仰或其他交通工具，只要能回家，就不能打消他们回家的决心。过年就是回家。"有钱没钱，回家过年。"回家过年几乎成了一种宿命。过年，让所有人的心完全属于家，家几

乎占据了人们的整个心灵。

这是一种独特的景观，它使你看到，过年的城市，不是属于你的！过年让中国年复一年地上演世界规模最大的人口流动。而在这个人口流动中，你分明可以感受到一股比人流更浓烈的情感流：对家的依恋和责任。

回族对于自己的"古尔邦节"十分隆重外，是不太讲究过年的，因此常常以为过年是汉族的风俗。可每每耳闻目睹天各一方的夫妻、父子、兄弟，所有漂泊在外的人，年复一年赶回家过年，就不由地把自己与祖先联系起来，思考自己是从哪里来？要到哪里去？对于生命的秘密就有了一丝感悟，于是，也入乡随俗的跟着过年。

其实，心里也知道，回家过年不过是老一套程序，闹哄哄，忙叨叨，繁缛而又单调，但是命运既然已经如此规定了你，那一种遥远的、带着乡音的亲情正在暖烘烘的召唤着你，你怎么会有理由拒绝呢？这一切又让你生出无限的好奇心，人们为什么不厌其烦地追捧过年？

逐渐地，明白了中国人那么隆重的过"春节"，其实是千年文化传统的再现。"春节"不仅是中国几千年农业社会息息相关的产物，而且与"辞旧迎新""阖家团聚""尊老爱幼"等中国伦理道德紧密相连。

《左传》一书中提到了"大有年"，就是大丰收的年头，即喜庆丰收的意思，按这层涵义讲这是过年的第一个主题。人们总是对伴着过年降落的大雪格外喜悦，称其"瑞雪兆丰年"！城里人不管农事，但心里却盼的是福禄寿喜年年有余。除夕，在中国人眼中十分重要，全家几辈人围在一起吃团圆饭，陪长辈守岁，重视家庭、享受亲情、交流信息是过年的第二个主题；

初一燃鞭炮、吃饺子、拜长辈、互拜年，一年一岁，四季轮回。新年伊始，孩子们为长了一岁而高兴，中年人为弹指即逝的一年而感慨，大家喜洋洋辞旧迎新是过年的第三个主题。过年的第四个主题是送年：从初二到初四，串亲访友，将过年的喜庆烘托到极致。直到正月十五，舞龙灯、耍狮子、踩高跷、吃元宵，新年才算过完。其实到了年初五，送年的鞭炮声在居民楼外此起彼伏的脆响，轰轰烈烈的大年就要落下帷幔时，按规矩，初五又叫"破五"，家里动刀剪，妇女动针线，铺面开张。照着这风俗，赶回家过年的人们已经整理行装，准备离家奔赴各自的角落。

人们追捧过年的这些主题，无论是过去还是现在，千家万户年年重复不厌其烦。如今，连外国人也在捧中国的"春节"，据报载：美国、法国、德国等国家，以"同一首歌""耍狮子、舞长龙""贴对联、挂灯笼""比武术"等方式把中国的传统节日捧的红红火火，仿佛只有这样，日子才有情调，生活才有滋味。

作为现代人，生活质量是越来越高了，对鱼肉海鲜及穿绸挂缎已经不太在意，重视的只是过年期间的娱乐休闲和探亲访友。有的年轻人不太了解"春节"的深厚意义，标新立异过"洋节"，膜拜西方表层的文化，丢失了自己的传统文化。应该提倡的是，一年四季无论有多少的节日，洋溢着传统文化的"春节"依然是我们最需要的。因为过"春节"的形式热闹也好，简朴也罢，这个节日以它不变的仪式突出了亲情、团圆。团圆塑造的是一种坚固的家庭纽带，有了它，能够使你重温中国"感恩""孝顺""虔诚"这样的传统美德和风俗人情，更加懂得做人的责任和意义，把自己主动融入民族特有的生活形态中。

"春节"还成为增进人与人之间感情的媒介，有了它，万水千山，亲情割不断舍不下，与亲人团聚一起过年，它使我们成为独特的我们，即使现代人再怎么强调个性，强调个人价值的体现，但你永远都属于某个家庭，属于社会的文明。我们期盼和需要过文明的生活，而文明的生活就意味着把自己放在社会的坐标中，按照习俗尊重传统文化不假思索地生活。不断地将自己塑造成一个文明的人。

化疗与哲学

人生一世，草木一春。好端端的生命，有时脆弱如蝼蚁，渺小如草芥，瞬息倏忽间，就烟消云散了。

一直以为是个坚强不会流泪的人，是个在任何情况下会以一种积极乐观的态度去面对生活的人。却不知为什么在经历化疗的阶段，竟然会对生命有了一种恐慌，冥冥之中总感觉有双大手会把我从夜色里带走。该怎么办？一次次流着泪问自己，也多次询问医生，她们的答案都是肯定的，一张张彩超血检报告单证明我正在向健康迈进。

做过乳腺根除手术后接着化疗。半年来，从肉体到心灵一点点尝试着痛苦的滋味，身体和心灵的耗费极大，每月忙着住医院十几天，应对每一次的化疗。按照医生的治疗方案，经过了六期化疗，还有两期间隔比较长的。现在想来，不容易啊！尽管很乐观很勇敢，但每期化疗前依然心生恐惧，一点点说服自己，调动全身心的力量去医院，说过程就两个字"辛苦"！每月二十天通过食补、药补、适当运动来恢复体能，化疗后恶心、失眠、白细胞较低等反应，比其他人一样都少不了。化疗后，白细胞值最低时降到一千过点，比正常人低了三千多，免疫力低下，因此，整个人显得衰弱，会觉得疲惫之极，上楼都会喘气腿打软。所以，围绕提升睡眠营养等问题便费去不少心思，

之后，靠毅力去完成其余需做的事。

化疗后的二十天里身体基本恢复正常，除过白细胞不达标，其他尚可，下期化疗又到限期了。办好住院，身体各部位照三个不同内容的 B 超，再 X 光、心电图、查血压、血糖、仅抽血一项就很痛苦，空腹抽血五管子，拿到检验科检查血液各项指标，通常要打升血针两天。打过升血针脊柱很疼，坐着躺着站着都疼，熬过两天，血常规恢复正常，开始化疗。

第一天通常输液十六小时，从早晨直达深夜。这天最为痛苦，包括身体及心理。因为乳腺根除手术右臂不能输液，全部依靠左臂完成，为此左侧手臂各道血管压力超大。第一期化疗用留置针坚持两天，到第三期不行了，血管已经被化疗药物伤害，变得脆而硬，扎留置针坚持几个小时手便肿起来，拔出针头换条血管换一次性针头再扎，反复如此。有时扎在脚的血管上，扎脚是万不得已，输液后总想排尿，扎脚后不能去排尿，站起来时，被扎的血管容易崩裂，护士尽量扎手和臂，几次下来，手、腕、臂等部位都不灵了，护士没办法完成输液工作，眉头一皱想出办法，把针头扎在左手的大拇指上，钻心疼啊，疼得眼泪流到针拔出来为止。

这时，心情抵达最低谷。那是痛苦和惊慌，是无奈和无助，是人生中无法抵挡的苦难，生命走到这样的时刻任何语言都显得苍白，当狂风暴雨逼临之时除了低头闭目战栗之外，还能做些什么呢？半年就在这样受罪的处境中度过。

化疗之后，经常耕耘的笔不愿再写什么，思维仿佛停顿了。从医生善意的遮掩中，亲人朋友过多的关怀爱护中，阅读到此次的疾病非同一般。毕竟与癌症挂了钩，开始化疗的日子，大约是药物作用，心里时常忧伤，仿佛看见病魔肆意噬咬着躯体，岁月变得苦闷而悠长，路的尽头究竟还有多少磨难？当苦涩浸满心头，难过的泪水沾湿衣袖，便反复质问："为什么是我？"这样无聊的问题时刻盘旋在脑海里。恐惧吗？本想完成所有写作计划，不料"出师未捷身先死，长使英雄泪满襟"。还有许许多多牵肠挂肚的事宜呀……还没有享受悠闲生活带来的滋养，如今息若游丝，思维尚存，上思母亲，下念孩儿。真是"剪不断，理还乱"。嗨，生命是如此脆弱的不堪一击。重要的是，母亲的老年需要照顾，儿子没有成家，未尽的责任和义务还重，等完成了这些才能放心去死。

何谓生何谓死？有位老者说：睁开眼是生，闭上眼是死，人每天在生死之间徘徊，不必惧怕死，也不必欣喜生。

可以如此潇洒么？想这人生若非夭折，也就是几十年，若再减去三分之一的睡眠时间，减去成长期，所余时日不多耶。人生苦短，如蜉蝣朝菌，和物以稀为贵一样，生命只有一次不能重复，不可克隆，所以宝贵，所以要珍惜。

躺在病床上，喜欢上了胡思乱想。一次，输着液体，情不自禁联想秃鹫蜕变的故事。

秃鹫是世界上长寿的鸟类之一，它的年龄可达七十多岁。要活那么长，它必须在四十岁做出困难却重要的决定！因为秃鹫活到四十岁时，爪子开始老化，无法有效地抓住猎物。那时，它的嘴变得又长又弯，几乎碰到胸膛。它的翅膀变得十分沉重，因为它的羽毛长得又浓又厚。使得飞翔十分吃力！它只有两种选择，等死，或经过一个十分痛苦的更新过程。它必须很努力地飞到山顶，在悬崖上筑巢。停留在那里，不再飞翔。秃鹫首先用它的嘴击打岩石，直到把嘴敲碎脱落，然后静静地等候新的嘴长出来。之后它用新长出来的嘴把指甲一根一根地拨出来，

当新的指甲长出来后，它再把羽毛一根一根地拔掉。五个月以后，新的羽毛长出来了，秃兀开始飞翔。重新度过三十年的岁月。

人生何尝不是如此？人的蜕变是生命的更新和进步，是重新获得美好生活的开始。也许生命中注定要经过这一场更新过程，如秃兀的蜕变一样，痛苦而无奈。

走过的岁月，永远都不可能追回来，未来的路程还有多远的距离？生命，还能够给我多少个春秋？无法预知。我决定趁我还活着，对生活还充满了希望与期待，做一些力所能及的事情，做一些我喜欢做的事情，可能没有卓越的成就，但要做。

快乐度过每一天的每一瞬间，这样，就等于无限期的延长了生命。

礼尚往来

每逢休假日，总会碰着喜宴，人家喜事加节日，旁边的人帮着乐！

虎年的春节又过了，节前忙忙碌碌的，主要忙着参加婚礼。传说虎年是寡妇年，周围结婚的男女奋不顾身的忙结婚。一个月四个周，和先生参加了十来个婚礼，忙得不亦乐乎。见识了不同品味的新娘，典礼喜宴的模式都差不多，家庭条件好的办的豪华些，逊色点办的就普通些。说是喜，可能新人感觉到的喜会多些，多数吃客不管闲事，交过份子钱，戏称买"饭票"，之后找到位置吃罢走人，心态各异。有两位我早已失去联系的同事，因为十几年前调到外单位工作，隔行如隔山，彼此难以会面，如今他们的请柬忽然飞来，喜的是他们还记得我，忧的是怎么十几年也想不起来，忽然给自己孩子办喜事才记得联络？现代的人真会替自个打算。埋怨归埋怨，心里再多想法还要准时去参加人家喜事的。好歹一起工作过，彼此脸熟，人家就一个孩子，向你张了口，谁都明白婚姻大事需要帮助，帮人场或帮钱场，众人拾柴火焰高，这点人情道理还是明白的。只是红包略比以前涨了点，现在啥都涨价嘛，随礼一般是三百元，大家一样，当然铁关系会多些，亲戚自然会上千上万元。

有一位外县的同学，自毕业压根没见过面，不知他生男还

是女，也在春节前托同学捎信让参加他孩子的婚礼，喜还是不喜？自己也说不清。抹不开面子，与几位同学租车跑到县城出了三百元红包吃了一顿简单的喜宴算是尽了人情。还有一位同学嫁女儿，其实已经办过婚礼，是否进账不如意？找家餐厅备了几桌酒饭，以办喜事为名，把同学一网打尽。小学的、中学的、大学的、党校的、还有一起上过幼儿园的。怎么找来的？神了！真是敬佩人家那份神通广大，大海捞针般的付出，把潜伏在城市各个角落的同学都找见了。说是嫁女，新郎新娘连个影子都不见，说旅游去了！大家顾不了新人，只盯住若干年不曾见过的同学，大呼小叫相认着诉说着，小学同学激动地又哭又笑，一起穿越时光的隧道感受童年。历历往事在目，打架、捉鸟、跳皮筋，男孩子上房揭瓦、堵烟囱、被告到学校受惩罚。过去的事情都记得，怎么忽然就一脸皱纹，上有老下有小夹在人缝中负重而行呢？人生的风景还来不及多看几眼，生存的难题已经一道一道摆在眼前。这类把办喜事办成了见面会，也是一种特色。如果不借办喜事的平台，谁能见着谁呢？于是，喜事和喜事掺和到一起，高兴和高兴同时登场，主家与客家皆大欢喜，不知谁在偷着乐？

《蜗居》电视剧女主角海萍把为同事出结婚礼钱视为公开抢劫，话虽说得狠了点，挺形象的！许多这样的事摆在那里纠缠到你时，定然会生出如此想法的，尤其是上峰的红白喜事请柬飞来，心情不舒畅也是有的，忍不住就想，社会进步了，人怎么都越变越俗了？到底是借喜事满足私欲还是不良循环？把好好的喜事变得五味杂陈。

大家都抢着结婚的这个月，我熟人的三儿子结婚，三年前已经先后参加过他老兄的前两个孩子的婚礼，现在依然不放过。

既然人家来请了，都是体面的人，赶紧说点祝贺的话是起码的修养吧？可送走这主儿后，捧着请帖犯了愁，届时究竟去参加谁的婚礼呢？已经收到三个请帖了，而且是同一天中午的喜宴，轻重缓急得分清楚，成大事者必重细节！必须参加的参加，可参加可不参加的对不起了，毕竟没长三个肚子六条腿？托人各带去二百元的红包，还得及时向人家说清楚，把空出的喜宴座位安排给能去的人，不然浪费人家的美食也不好。出礼不吃饭，为人家开源节流，以后见面彼此也开心？最无奈的是，有一周内我夫妻同时收到四张不同方向飞来的请帖，怎么办？没有分身术呀！还得去！于是分头奔赴餐厅！上半场吃此家，下半场吃彼家，工资哗哗往外掏，就像给人发扑克牌一样的。怪不得，有人换了单位再摆一次婚宴，再请一拨新同事出红包吃喜宴，往回找钱。天啦，假如一个月被人强迫参加婚礼若干次，几千元瞬间不见了，一年加起来积累的红包顶几个月工资耶？如此循环，轮到自家办喜事，可不是漫天发喜帖，把曾经撒出去的钱设法儿圈回来。有的孩子在外地工作，结婚要奔赴双方父母身边办喜宴，上海办完北京办，城里办完农村办，在来宾面前充当两次甚至三次新娘新郎，累死个人。报载：一桌喜宴一千元计算，十人一桌进账一般两千元；如此，不但体面而热烈的把喜事办了，还有体面的银子进了账。这个猫腻越来越被群众弄明白。所以，更多的人效仿和追捧前辈，你方办罢我登场，雷同的发请帖，雷人的婚宴，雷同的婚礼，把办喜事变成你给我出钱，以后我给你出钱的俗事。说到底是遵循了礼尚往来，互凑热闹的俗套，到头来，谁也不欠谁的。

当然，也有被亏欠的冤大头。比如独身主义者，或者"丁克"家族，他们混在人群里，经常被请去参加喜事凑份子，尴尬吧？

难过吧？不参加不行，躲避不掉的，每次都拒绝别人的邀请，会被同类孤立或者笑话守财奴！再说同类抬头不见低头见的，躲了和尚躲不了庙，大家都在一尊庙里烧香，掏点钱赚个人缘，积累点人脉也不算什么大事。总之，他们参加婚礼只有付出而无回报，几十年下来不换单位，遇到的请帖数不清，我替他们发愁，啥时他们的钱能长了腿跑回来？

我们的生活环境如此，依靠的人情世故如此，谁又会背道而驰成为局外之人？世外桃源在哪里？或许压根没有这么个地方。

邻里之间

　　站在厨房煮饭，每天看见楼下那间简陋的小屋，小屋那对儿夫妇，小屋旁边是"幸福苑"车棚，棚顶绿色彩塑板，黑色的铁栅栏围墙。

　　小屋的女主人是车棚看车人，男人为物业电工。

　　中午时分，楼上楼下忙碌开来，家家蒸煮炒炸忙午餐，空气里飘荡着饭香味儿。我插好电饭煲打开抽油烟机，将清洗过的菠菜切成小段扔进油锅，葱香伴着花椒的味道弥漫在厨房里。停火时我看了一眼楼下，看车女人正劈木柴，把木柴一根根的扔进矮小的蜂窝煤炉里点燃，她蹲在旁边用报纸扇着火苗，浓烟火苗向上窜着，她跑进屋端出个铁锅坐在火上，不断进屋拿点什么掀开锅盖投进去，并往炉子里扔劈柴，火苗儿欢快的舔着黑黑的锅底，蒸汽笼罩着女人。大约被火烤的缘故，汗水划开了女人粘着灰尘的脸，她不停地用袖子抹一下脸颊。显然是为了节省原料，那小堆木柴烧完的时候，女人将铁锅从火炉上端到地上，拉过墙边一个油滋滋的小方桌，取出一摞子碗放到桌上，吆喝着吃饭了，吃饭了！掀开锅盖，热气腾腾的饭食亮在光天化日下。看样子是米面菜混合的调和饭。屋里走出个英俊少年，约十五六岁，随后跟出两个八岁左右的女孩儿，最后出来的是瘦高男人。女人盛好饭一碗碗递给围在锅边的人，两

个男人捧着碗蹲在地上往嘴里扒饭，女人和女孩儿在桌旁的小木凳上落座，他们边吃边笑，很知足很快乐的样子。

饭很香么？是什么让他们如此快乐？这个问题天天萦绕在我的脑海里。

终于忍不住好奇，走进了他们的小屋。

发现女人日子过得简单，两张大床用一个花布帘子隔开，一张是夫妇的，另一张是两个女儿的。床边摆了盛衣服的木箱，箱盖上放台电视。门边一张写字台，台灯、书本、碗筷挤在一起，看样子是孩子们的书桌又是全家人的餐桌。床下塞满过日子的一堆杂物，墙上挂着生活用品，屋子虽狭窄拥挤，十分整洁。

获悉夫妇来自山区，女人的弟弟在附近工地上打工过来蹭饭。女人说，弟弟来吃饭能省点钱，过几年要娶媳妇用，老家靠天吃饭攒不下钱，在城里打工能赚一些。女人看护大家的自行车、摩托车，也看着女儿上学，承包打扫两幢住宅楼单元的卫生，清理垃圾，两口子月薪不足两千元，日子过得有滋有味儿。

时常，大家诧异，上百辆新旧自行车摩托车的主人是谁，女人是怎么知道的？偶尔小区来了陌生人将自己的车子混在车棚中，片刻功夫便被女人挑出来摆在过道上。晚上关车棚，谁家自行车还没回来，女人像是等待家人一般的候着，问她为何不熄灯？她说某某楼某单元谁谁的自行车还没回来呢。楼上人就奇怪了，车棚里百十辆自行车既无标记又不出声儿，她怎么认得那么明白？慢慢大家获悉，夫妇带着两个女儿从山区闯入城里找生计，受过不少的波折，找一份管住还能照顾孩子读书的稳定工作不容易，幸亏男人依仗一手电工技术被小区物业聘用，女人看管小区的自行车棚，全家才安置下来。眼下住宅虽然狭小简陋，住宿水电均是小区免费提供减轻了他们不小的经济负担。于是，女人分外珍惜这份工作，热扑扑的对待楼上的邻居，尽管全家的生活状况无法与楼上任何住户相比，但女人知足而开心。

女人常常虚掩着家门干活去了，楼上家家钢制防盗门紧闭着。同住一幢楼的邻居彼此不认识，甚至一个单元的邻居，十几年住着，彼此姓什么在哪儿工作都不知道，见面打个招呼寒暄几句，老死不相往来。看车女人来后，一切悄悄发生着变化。开始，楼上邻居站在自家窗口观察着小屋人家的衣食住行，羡慕女人的两个女儿。两个女孩子乖巧懂事，天擦亮，站在车棚外朗朗读书，听得清一个背书，另一个听书，相互考查，天天如此。据说两个女孩子学习成绩优秀，是年级里数一数二的优等生，她们中午回家帮母亲拣菜洗碗扫地，傍晚爬在木椅上写作业，真是穷人的孩子早当家，城里孩子泡在蜜罐里不懂事，与人家农村孩子天壤之别。

某次，儿子牙痛，拉他去医院，下楼碰见看车女人。她笑曰："逛去呀？"我告知她缘由，她赶紧说："你家楼上住的就是牙科医院的牙医呀！他大概在家呢。"说着扔下拖把，陪我上楼敲响了牙医家门。只见一位熟悉却陌生的男人横在眼前，我不好意思说出意图，女人急忙介绍彼此的上下楼关系。男人客气的礼让着，瞬间帮儿子拽掉了那颗摇动的龋齿，还约了复诊时间。一件棘手的事情轻而易举解决了，让我感慨不已，楼上住着牙医我竟然多年不知，现在的邻居关系是怎么啦？

时间转得快，与看车女人相处两年多。每天，女人仿佛有用不完的劲儿，忙出忙进的。邻居们上班时，单元里、院子里扫得干干净净，车棚内外收拾的清清爽爽，舒适有秩序。逐渐，楼上参加自学考试者托付女人帮助照看孩子，或者加班者托付女人买菜邮寄包裹。女人都笑呵呵的应承着办的妥妥帖帖。端

午节到了，楼上不少邻居买了江米红枣粽叶儿伙着女人包粽子，霎时，车棚变成娱乐场所，楼上楼下的女人们借着包粽子大融合，热气腾腾欢声笑语传到车棚外，吸引了前后楼的邻居围观。女人在自家煤炉上架起煮饭的大铁锅煮粽子，一个多时辰，粽子出锅了，香喷喷的，楼上女人执意给女人留粽子，把家里的鸡蛋糕点水果也端来送给女人过节，楼上楼下的邻居第一次沉浸在端午节的喜庆里。

自此，邻居关系越来越热络，楼上邻居知道女人家经济拮据，今天送鱼，明天送肉，孩子穿的衣服、学习用具，甚至把换掉的家具送给他们。一日，女人因为丈夫两个月领不到薪水，急得在车棚里掉泪。楼上邻居有借钱给他们的，有帮助联系工作的，还有找劳动局帮着讨公道的。

这样的关系维持了五六年，我搬迁到另一个新小区，时常怀想勤快亲切的看车女人，惦记她过得好不好？孩子怎样了？甚至抽空去看望她，像是对自家的亲人一样惦记不已。

看车女人让我学到不少的人生知识，尤其对"家有黄金万两，食不过一日三餐；家有广厦千间，卧不过一榻之地。"有了新的领悟。想啊，一个人衣食住行基本解决时，每天用的钱极为有限，纵使拥有千万亿万的钱财，那不过是银行里的一串数字而已！一生多么短暂，穷其一生忙忙碌碌追求物质、名利、地位，把自己搞得很累很烦极不值得，如果简单而快乐的生活，人生定然是轻松舒心和谐的吧！

异地见老乡

有一年到缅甸旅游，参观珠宝行。来时听说，缅甸的玉石闻名遐迩，果不虚此行，一家家沿街林立的玉石店铺，各式玉手镯、玉的工艺画、玉的日用品琳琅满目，让我目不暇接。进到一家颇见规模的玉器行，一派热气腾腾的景象，楼下正在加工玉质首饰，楼上是专卖。往玻璃柜台内一瞅，心就一亮，眼球立即润泽起来，不同颜色款式的玉质首饰十分抢眼。我有欣赏艺术品的癖好，便一副乐不思蜀的样子品味着那些玉饰。

此时，身后跟着的导游告诉我，这家玉器行的老总与我同乡，他想见见我。好奇心使然，我随导游进了一间豪华办公室，玄即进来一位魁梧男人，胸脯横阔，长的面如冠玉，卧蚕眉，话语轩昂，他被人介绍是"老总"，与我同乡。

我瞪大眼睛诧异地看他，纳闷我那偏远落后的家乡，竟然出了这么个人才？不但在异国他乡发展的根深叶茂，还挺有人情味儿。没等我开口问什么，他便指使下人端茶倒水，热情可鉴。边喝边聊，他简单介绍说他父亲几十年前当兵打仗流落到此，后做生意发达了家业，如今虽有万贯家财，但受父亲影响还是很怀念家乡，他们父子隔年回去一趟，给祖宗上坟，他讲的很具体，把我家乡某县某村都讲出来，由不得不信。

那一刻，有个缅甸装束的男人弓腰捧出一个盘子，里面堆

着四只颜色不同的玉镯，"老总"挑出一副墨绿色的镯子对住阳光拉我来看。金色的光线穿透碧绿的玉镯，一抹饱和着生命的水灵便呈现眼前，它让我连想"苍翠欲滴"四个字。我用手指轻轻触摸了一下那个玉镯，非常凉亦非常滑，他道出此镯名为祖母绿价值十万元。就在我的惊讶声中，他将玉镯执意套在我的腕上，说要我戴走它，一表同乡心意，二来他日后携父回乡，少不了麻烦我这个官家人。

他话说的无可指摘，但素昧平生受此厚物，我可不敢当啊！我们就在导游的注视下推来让去。"老总"诚挚地说：玉本无价，此玉无论是收藏或佩带均属贵重之物，如我实在过意不去，且付三千元了事。我犹豫起来。毕竟是十万元和三千元的数差啊！我犹豫着！此时，导游边坚定着我的决心，边主动掏出一千元垫付。"老总"已经把那款玉镯打了一个精美的包装，又拿来一串十二生肖的玉佩一并送我，不买，似乎不近人情了，在"老总"的盛情中我买下了玉镯。

临行，老板相邀共同合影并留下联系号码，一直送我们上车。

当晚，有行家指点，玉镯仅值一千元左右，这样的圈套，不少人钻过。

听话恍然大悟，继而惭愧不已，嘲笑自己老大不小竟天真至此。愤懑之下抓起电话向安排我们游览的当地政府负责人拨出一串投诉号码。时辰不大，那导游匆匆赶来退钱取镯，顺便扣走二百元，说是我的违约费。

这件事，造成了我对人的道德良心的信仰危机，目睹一个堂堂皇皇的男人，内心竟隐藏了阴险肮脏的祸心，设置骗局将无辜之人拖入陷阱；不知有多少人上当受骗？投诉无门？我想不清为什么现代社会越来越多的人不讲良心和信誉，比如地沟油、化学火锅、三聚氰胺奶粉、毒大米、皮革奶、农药蔬菜等食品的出现。有人为蝇头利益祸害了多少同类？造成了怎样的恶果？人与人的接触中，少了敦厚坦荡和肝胆相照；彼此缺乏信任，多了冷漠消极和贪婪自私；职场中，不凭真本事吃饭，热衷钻营走捷径，这样下去，任凭诚信丧失，将会使所有的人生活在惊悸不安里，生存的环境这样可怕，我们还依傍什么找寻活着的安详与快乐？

　　1997 年，我被派到南部山区一个贫困的村子扶贫，那里绝大部分村民穿得破破烂烂，吃碜牙的糜子面，冬天买不起炭，一家人挤在牲畜粪便烧热的炕上取暖，生活环境之低下恶劣，让生活在城市的人无法想象。但那里的人却达观快乐，敦厚坦诚，他们善良朴实，言谈举止洋溢着人性的光辉，走进他们中间，牵动于心的温暖便弥漫全身，感到一种久违的真诚亲切在心间流淌，许多年都依恋这群圣洁的人，希望身边的人全能如此活着。这让我记起圣经的歌词："爱是忍耐、仁慈。有爱就不嫉妒、不自夸、不骄傲、不鲁莽、不自私、不动怒。有爱就不会记仇，就不会做不义之事，而做正义之事。爱是忍受一切、相信一切、希望一切、包容一切。"我想，贫穷的山里人一定不知道这首歌，可他们却知道用爱心温暖别人，温暖生活，让生活美好！置身于喧闹的都市，面对消费时代奔忙的都市人，就从心底期盼，丢掉欲望，让人与人彼此诚心相待！挥发人性，把社会变得真正和谐起来。

女人的发式与心绪

走在大街上，回眸那些永远站在时尚舞台上的女人，她们的发式新奇时髦，无不显示着女人的美丽与"不甘平凡"。她们把黑发染成金黄，赤紫或五彩色，把发式做成各式各样，以示前卫与个性。我常常的联想，追求发式的变换对女人意味着什么？是仪表？心绪？还是飞扬的神采？

我认为是心绪。

女人天生爱做梦，喜变幻，对发式的观点也一样，一种发式留久了，就渴望变化，就会义无反顾的坐上美发厅的椅子。

做一个美丽的发式！毫无疑问会让一个女人光鲜妩媚起来。可我不主张所有的女人都去夸张的追求发式，将头发染色，炫在大街上。或将发式削成帅哥，男不男女不女的。青春少女尚可如此，若是半老徐娘也如此一番，那可真的惨不忍睹了。

说到此，想说四十岁的女人，这时候的女人意味着什么？她们已不是总把自己的精神从生活的平淡中带到虚拟的布满幻想世界中的少女，而是要直面人生，在激烈竞争的现代社会中，挑起生活的重担肩负社会的责任。她们已不能随心所欲的炫耀自己的外表，轻率地所作所为，而是受到了社会及家庭的限制。俗话说四十不惑，如果说女人四十岁前还充满幻想，总以为每天的生活都应该是五彩缤纷，待活过四十岁，应该懂得人生不易。平淡，将占满生活的全部。

可又有多少人甘愿忍受平淡？于是就有了那些追名逐利的男人女人，有了不甘寂寞千方百计实现个人价值的芸芸众生。男人在实现个人价值中拥有比女人更广阔的空间，女人呢？与须眉男子平分世界的女人毕竟是少数。更多的女人将以家为主，在相对狭小的天地中一页一页的翻过自己的人生日历。岁月悠悠，心中的希望、欢乐、热忱、勇气逐渐被平庸单调的生活覆盖时，忧烦、惶恐便如杂草丛生，从心态讲，女人喜欢变化发式，其实是希望生活绚丽多姿，是想让自己变的与众不同超乎寻常。

发式变化之后自己真的不同了么？记得我将长发剪成短发时，在理发师的剪刀梳子飞舞中，的确感到自己在一点点的变化，那被理发师设计整理过的短发让我变的俏丽活泼，充满职业女人的成熟与自信。瞬间的变化，让我沉浸于兴奋与喜悦中，以为自己变了一个人。

可几天过后，洗过头发，满头发卷乱糟糟。即刻，一种不安、失落、后悔便齐齐涌来，仿佛失魂落魄一般的六神无主。这才明白，现在的自己根本就是原来的自己。

一切都是过程。

欣喜也罢，失意也罢，最终还要做自己。就像种子，被播进土里始便进入生命的循环过程，发芽、开花、结果、生子。然后，再次循环生命过程。种瓜得瓜，种豆得豆，该是什么还是什么，所有的变化都是过程而已。

明白这一点，也就明白了临渊羡鱼不如退而结网的道理，就少了许多无由的烦恼与倔强，多了知足与快乐的心情，有了面对平淡生活泰然处之的踏实心境。

我以为，四十岁的女人更应该注重精神生活的丰富，而不

是仪表。隔岸的灯火温润而寂静，做一个坚强里带着柔弱，妩媚里带着恬淡，执著的守候自己，安静中坚守岁月，等待年轮抵达时光的对岸，不急不躁。让虔诚、恬静、赞美代替空虚、浮躁、埋怨，把心当做一盏明灯，点在繁星闪闪的中央，飘游在造物的无边无际的光辉里。

那样，才会明白，人生匆匆亦过客，珍重每一刻。闲暇，一杯茶、一本书、一曲音乐，享受夜色里最温暖的快乐，学着把生命的沉重稀释成清浅，把复杂稀释成简单，把悲伤调和成寡淡，无大起大落亦无大悲大喜，微笑着憧憬，在无人企及的烟尘里，自信我是开在自己掌心的一朵莲花。这样就好，守着内心，眼中便会常常出现绿意融融的春天，生命便会绚丽多姿，得到的便是全世界的自在。

身边的 "阿信"

——读张京芃九十九节人生路

打拼人生的苦女人

"九十九节人生路"是女人写的书，是女强人写的书。书很厚，作者张京芃。听朋友说书好读！拿起来便放不下了。真是这样的么？我怀着好奇捧起它，一点点走进去浏览，于是，便再也停不下来了。那书回肠荡气，文字充满磁性，牵引着我一口气读下去。我认同了作者深厚的文化底蕴，有着曲折艰辛的人生经历，内心感悟很深，所以，她在书中每一个故事的后面，都针对性的做出深刻准确而发人深省的点评，像语录、又像格言，牢牢吸引着我。

我是早晨九点开始阅读这本书的，中午简单用餐时，脑子还放映着书里的情节，之后再读直到深夜，欲罢不能。我记得读陈忠实的《白鹿原》那本长篇小说时有过一气读完的急迫，之后再没有过那样的读书感觉。这次读张京芃"九十九节人生路"，再次欣赏文学的盛宴，饱尝文学精神对人的吸引，依然像饥渴之人在食物面前的急迫。我喜欢整本书透射着阳光、健康、豁达、坚韧、善良的气息；喜欢文字优雅充满活力。其间，

我的眼泪几次抑制不住的溢流，情绪起伏不停，无数次的感叹，太苦了！这个比黄连还苦的女人，是什么材料锻造的？这么坚韧？这么精明？这么善良？作为一个女人，她几乎经历了一个女人能经历的所有不幸，吃过了一个女人能吃的所有苦难。经历了移民、挨饿、失学、坐牢、离婚、辞职、创业失败、女儿早逝等接踵而至的打击后，她还没有倒下，顽强屹立在风雨中，以钢铁般的心志不断打拼人生，最终成为一名成功的企业家，相比她，我们对人生的哀怨以及苦痛又算什么？

浴火重生的成功女人

正如她书中所说："人在年轻的时候，总幻想着生活是一帆风顺美好而幸福的，随着阅历的增加，逐渐地成熟，才懂得生活也像大自然的气候一样，不光有晴空万里，也会有暴风骤雨，就如古人说，月有阴晴圆缺，人有悲欢离合，此事古难全。"

张京芃孩提之时随父母来宁，住在贺兰县某个小村里，因为出生问题自小受欺负受歧视，"文革"中，别的孩子上学，她被挤出校门，少女时期因失学，当农民下田割麦子插稻秧，挖田挑粪干苦活累活，只求挣微薄的工分养家。浩劫之年她因为讲真话，追求信仰被送进监狱，父亲是右派自己又坐过牢，命运将她无情的送进谷底。转眼到了出嫁的年龄，她的母亲可能是因为自己的丈夫挨整，日子过得提心吊胆，便固执的要求女儿嫁给当过几年兵，所谓根正苗红的一个男人。母亲看不见社会的变化，她看好这个父母病逝受到部队培养的男人，会保护自己女儿养儿育女一辈子安全生活。于是，张京芃匆匆嫁了。谁知那男人既懒又狭隘，婚后的生活屈辱压抑，张京芃为活着的价值离了婚，自此靠着自己艰辛地往下走。改革开放她弃职跳海经商，办私企，包工程，当泥瓦匠。以她的性格，成功失败与上当受骗都是必然的事。为寻求更大的市场实现更大的人生价值她带队出国。在俄罗斯经商，与人斗智，她始终是赢家，国外生意蒸蒸日上时，赶上经济危机，她回国继续从零开始，独身抚育残疾的女儿三十多个春秋历经苦难磨砺。

　　所有这一切坎坷苦难，落在一个很普通的妇女身上。是上天在煎熬考验她的承受力么？人生不过几十年，张京芃年轻时像所有女孩子一样美丽纯情，希望有理想的婚姻实现自己的梦想。可是，她怎么那么不幸？得不到爱情也罢了，遇不到好男人也算了，独自拼搏人生，事业风生水起还算回报了她，可家庭永远那么惨淡，连唯一的智障女儿，她千辛万苦抚养大成为她精神依托的女儿，也在她六十岁的时候被死神拖走。作为女人，作为母亲，她该怎么活呦？书读至此，自然会换位思考，如果换做自己又怎么办？再看张京芃，她没有被摧毁，没有消极待命，反而与命运展开更加顽强的搏斗，活得更加勇敢、执著、坚韧、奋进、善良、博爱。这个开朗、热情、喜欢爽朗大笑的安详女人，距爱女猝逝不到一年，便用常人不解的善良和博爱战胜了巨大的悲痛，完成了人生的又一次浴火重生、褪茧成蝶，感悟人生、提升自我，走向成熟和成功。

　　之后，我翻阅张京芃的资料，发现不少亲友频频用"人格魅力"描述着这个女人，并热情地向人们推荐着她的自传体小说《九十九节人生路》。而更多人充满感情的短信让我感到张京芃的不凡。她的聋哑女儿陈菊红因煤气中毒去世时，张京芃不顾个人悲痛，捐款20万元，救助急需帮助的白血病人，帮助弱势群体度过生活难关。宁夏各报刊以显赫的标题报道她：

一个逝去的哑女，一位悲痛的母亲，20万元的捐款，感天动地的故事。"细嚼慢咽"她的书描绘的这些助人细节，让我再次体会到"赠人玫瑰手留余香"的道理。当初，我浏览过张京芃那些关于慈善事迹，读过也就淡化。如今，读过她的书，了解她的苦难人生，奋斗过程，返回头从网上再看记者对她的报道，泪水又一次蒙湿了我的双眼。

"阿信"式顽强自信的女人

多年积累的阅读能力，使我读出张京芃著的书有功底有重量，集历史性、思想性、知识性、文学性与一身，值得珍藏。由此我获悉她是宁夏昊城房地产开发有限公司董事长兼总经理，多次被自治区评为"三八红旗手"、宁夏优秀企业家、宁夏十大慈善家、2008年感动宁夏十大人物，等等。而书的封面上也标示了，这是一本中国版的《阿信》，中国版的《钢铁是怎样炼成的》。读过书，我深信不疑，张京芃就是中国的阿信，是中国的保尔·柯察金。那么，她一个民营企业家，经商的人，成功做生意赚钱就够了，为什么写作？我按捺不住自己的好奇，追寻她写作的原动力。获悉张京芃在日常生活中，看到了许多触目惊心的事：一位朋友的儿子刚满二十一岁，因为女朋友怀孕害怕受指责而自杀；另一位朋友的儿子才十六岁，和五六个同学给一位同学过生日时，为一件小事互相争吵起来，三个孩子联合起来杀死了另外两个孩子，毁了自己，也毁了五个家庭；有的年轻人为考不上大学而患了忧郁症，让好端端的家庭为一点琐事而破裂；马上要被提拔的干部，怕升官不成，把情人推到了河里，自己也自尽了；为钱反目成仇的，为利互相攻击的……因为见到了太多人间的悲剧与不和谐的事情，让她的内心受到了极大的震动。她问：为什么我们的生活条件越来越好，而我们的心灵却越来越脆弱？我们手里的钞票越来越多，而我们的欢乐越来越少？婚姻的成本越来越高，而破碎的家庭也越来越多？医院药店各类新药越来越多，而我们健康水平越来越差？各种怪病、早逝现象反而增多？八车道越来越长，而我们的心胸却越来越窄？抗震房子为八度，钢筋水泥坚固性越来越强，而我们的精神却越来越脆弱？人们在努力学习各种技术，知识越来越丰富，可人们对人生、对生活、对怎样解决生活中的难题却越来越迷茫，越来越困惑？各种励志类、成功学图书可谓五花八门，可真实的、贴近生活的、有现实教育意义的却不多。于是，张京芃决定写书，在繁忙的工作之余，以真诚的心、朴实的笔，写出生活中的故事和感受。希望能给他人一些帮助和启迪。她于二十世纪九十年代东欧经济危机期间完成书的初稿，忙于工作，一晃过去十年，一直没有提起精神修改、定稿，是因为她觉得现在的作品多数以娱乐为主，取悦读者、迎合读者的广泛文学作品，而自己写的书似乎过时了，所以迟迟不敢出书。

给生活带来惊喜的女人

2008 年，张京芃创办了宁夏昊城房地产开发有限公司，开发建设项目"苏杭名苑"引起了社会的关注。因公司接触了一些记者，她将手稿交给记者去看，收取读后感。记者们读后普遍反映，非常感动！同年，当她和汶川同胞一起经历了"5·12"地震，又和全世界人民一起经历了金融危机的考验后，再次激

发了出书的欲望。她说：留一份宽恕给伤痛，它就会悄悄溜走，留一份宽恕给邪恶，你会看到邪恶在微笑和美丽面前颤抖。她希望，她的书，能给那些生活中遭遇坎坷和磨难的人们以坚强和自信，给那些生活无着落的下岗女工以启迪。她认为做人不必太自私，不必太奸诈，应该尽可能多地去帮助别人，为别人提供服务；不必太顾及收入与回报，生活是公平的，你真诚为别人付出时，就会惊喜地发现生活给予你的，比你期望的还要多。她激励别人，生活是不沉的水，只要你勤奋，生活的路就会越走越宽广。生活本来就是这样，九十九节才能走完人生路。

　　读过张京芃的书，再看她设计的房了，就觉得她更像专家，而不是作家，更像学者，而不仅仅是开发商。她爱读书、爱学习、爱总结生活的细节，对建筑美学的追求、对中式元素的迷恋、以及对中国血脉根基的坚持，令人印象深刻。而她设计的一个湖光水色，风景秀丽的住宅区"苏杭名苑"，良好的销售业绩也表明，在楼市趋向理性的形势下，消费者期待的不仅仅是价格与质量的匹配，而是对人居住环境的内在品质和文化内涵更高的追求。张京芃这个女人，给我太多的鼓励和启示，用她书中的话说：生活中的浪漫是无价之宝，丢失它是人生的悲剧，即使在财富、功名荣誉上取得极大地成功，也不能带给你真正的快乐，能带给人快乐的，是生活那份永恒的惊喜和神秘。

孤单的思念

"味道"这个词，真是太美妙了，不论是味觉还是视觉都是种享受，而且我们常常会为此铭记一生，即便只是多年前的某次烛光晚餐，或是擦肩而过淡淡回眸后的人海茫茫……

一般人评价女人，第一是漂亮，第二是漂亮，第三还是漂亮。只是，这种所谓的"漂亮"是根据个人审美观的不同所做的结论，并没有什么统一的标准。所以，女人不必那么在乎自己五官的精致，或是皱纹的深浅，养心才能养颜，"味道"最重要，所谓的"味道"，说的文绉点儿，叫气质。

也有那样的女人，人未到声先到，一脸的淑女气却慷慨的很，爽脆的萝卜式的美；清淡的像水一般的透亮，笑腼里闪动着纯净的快乐，像草莓般的甜美花一样的馨香；还有那样用金钱堆砌起来的奢侈富贵胭脂俗粉女子，这样的"女人味"里，充斥着罂粟花般短暂耀眼的美丽，堆积着怨恨无聊。喜欢混迹其中的男人多是奢靡之辈，也最容易朝三暮四。那些懂得欣赏女人的男人，也总有他的独爱。

生活中有味道的女人最能打动男人的心，而且这"味道"独一无二不可复制。女人不老的魅力首先来自于身上的"女人味"，那些或温润、或干练、或妩媚、或纯净、或流连在云端、或浮动着暗香的"味道"，就是让男人动心动情的第一眼美丽了。

"女人味"是女人们在坚强成长和静心修炼的过程中，灵魂深处所闪烁出的一种从容与淡定，包括穿着打扮上的考究细致，精神上的健康丰盈，为人处世的善良温和，处事中的真诚宽广，面对成功失败时的宠辱不惊！这些"味道"都需要时间来历练发酵，然后才能飘出历久弥新的女人香。如此这般漂亮可爱的女人多姿多彩，也就是我们常说的百媚千娇万种风情了。

实际上我们身边的男人在看女人时，眼光中流露出的多是欣赏与赞许，那些流动着的别致养眼的"女人味"，男人就算"尝"不到，也已经是秀色当餐，满心的愉悦了。这个世间总是需要这样的一些美好，那恰到好处的举手投足涟漪荡漾，一笑一颦深入浅出，一个眼神里的善解人意，一句话中的温柔体谅，女人味，就醉倒了无数人的心。

有味道的女人默默美丽着自己的寂寞与孤单，欣赏的男人悄悄打动了自己的等待缠绵，永远或许还是个太遥远的未知。但在人生的某些时刻，我们都这般的彼此温暖过，或深深相爱过，于是温暖会一直徜徉在今后的旅程，爱会一直伴随着生活的起落。我们当然应该更加相信了，男人的心，都曾经真诚，男人的爱，都曾经深情。其实，所有的爱情都是一种最初的一见钟情。你的味道吸引着他多看了一眼，你才能发现了他孤单的思念，原来前世有约，今生他就从未走远。女人，任何时候你都要活得快乐漂亮，精致到细节的美丽优雅都是一道过目不忘的风景，即便是一个人的形单影只，与路人平常擦肩，也应该锦衣惊艳尽情释放自己的"味道"。或许就只是因为人群中那多看你的一眼，成就了一段传奇……

守住丈夫是件差事

有句话说：要"擒住"丈夫是种艺术，而"守住"丈夫却是件差事，是需要花费一番工夫的。

俗话说：婚姻是前世注定的缘分，做夫妻若做到两心相依，甘苦与共，牵手到白头，的确是人生最大的成功。但现代许多做妻子的不懂得珍惜婚姻，过于计较个人得失，为争一时短长失去了重要的夫妻感情。

我朋友小倪的离婚就是这样。当初丈夫在身边时，她总是对他提出各种要求，什么混出头脸，赚钱回家，懂得责任，还要怜香惜玉，体贴入微。她认为当丈夫就该像一面墙，让自己有靠头，有指望。可是他忽视了男人也是普通人，也有力不从心的时候，不会时时处处神通广大。当小倪的丈夫做了许多努力还达不到她的满意时，便出现了另种情景，丈夫开始抵触，和小倪相处稍有不顺便火山爆发。他们夫妻矛盾发展到最后，小倪想收场已为时过晚，丈夫的心早已飞出家庭，另觅红颜知己，头也不回地和小倪分道扬镳了。

一个曾经美满的家庭破碎了！十几年前，小倪夫妻郎才女貌，婚后出双入对，朋友们羡慕不已。后来他们生了漂亮女儿，生活的美美满满。琐碎平庸的家庭生活中，不经意间，情趣被磨损了，因为了解，彼此变的随意尖锐起来，不再尊重宽容对

方，因而伤害了夫妻感情，直到裂痕很深还不懂得弥补，小倪在失去丈夫后才反省许多，幡然悔悟。她说夫妻间也要学会彼此尊重，无论是男方还是女方都不要过多的把工作上的问题带入家庭，学会自我减压，要有天塌下来由高个子扛着的阿Q精神。夫妻相互信任，学会更了解对方；给对方留一些余地，送人玫瑰手留余香诠释的就是这个意思。其实，夫妻心中都有一面明亮的镜子。无论发生了什么不要去逃避，应该学会保持沉默。有时也需要给爱充电，抽点时间多出去走一走，比如散步聊天儿，一起去旅游，这样才能感觉到对方也会给你带来快乐。无论你遇到了什么事或是受到什么委屈都不应该独自承受，要学会与对方交谈沟通，交谈时无论自己多委屈都不要以憎恨的心态对待对方，颐指气使只会让对方更加的厌恶你远离你。

小倪总结的好，女人在家庭里地位十分重要，所以要善于利用女人的心理来营造和谐的家庭。生活里，女人要善于观察丈夫的情感变化，学会关爱理解丈夫。爱是一种感觉，也有保鲜期，婚后各自的缺点会慢慢暴露出来，对彼此的感觉也会改变很多，所以夫妻之间要以倾听来增进夫妻之间的情感，要学会有耐心地倾听对方的任何言语，无论你身体多疲惫当对方耐心的和你交谈时你也应该细心地聆听。你用怎样的心态待别人，对方就会用怎样的态度对待你。结婚前的恋爱时光之所以美好，是因为彼此给对方看到的都是美丽的自己，婚后的爱需要包容、理智！

夫妻关系怎样相处？作家柏杨说过，"夫妻吵闹像块砂布，可以把彼此的棱角磨滑。起初，妻子看见丈夫把臭袜子仍到梳妆台上，像蝎子蜇了一样又喊又叫，丈夫从此便小心翼翼；丈夫正躺在沙发上睡午觉，被妻子吵醒让上床去睡，丈夫一跳而起，拉开嗓子放警报，妻子从此看见丈夫睡在桌子上也不再开腔。"这个比喻哲理很深，即夫妻间谁都会有过错和不到之处，该退让时便不要再进攻，该容忍时便不要纠缠不休。有时候，妻子面对有成就的缺乏家庭责任感的丈夫要精明地、恰到好处地运用各种手段，或奉承或责骂，或温顺随和或严厉执拗，把这些态度糅合起来巧妙使用，必要时，眼泪、欢笑、威胁、撒娇并用，丈夫的心无论飞出多高，也会像那蓝天上的风筝，线儿永远被你牵在手中。

用宽大的心去经营自己的家，这中间会有很多的挫折和忍让，这都是夫妻间必须要经历的。应该付出更多心思去关心彼此已经是一家人了。意识到婚姻需要用智慧来经营。不要把结婚当成爱情的终点站，而是人生的一个里程碑，婚后还是要不断地经营你们的爱。原始的爱就像你们原始的启动资金一样，要想长盛不衰还要不断地投入新的爱，比如经常地赞美对方，欣赏对方，谅解对方，为对方做饭，在对方生日和任何纪念日、节假日都精心准备的礼物。在对方内心烦恼时给予关心和体贴，这些都是为你们的爱加分，增值。没有一对夫妻是不吵架的，但再怎么吵，也不要说一句伤感情的话，就事论事，然后床头吵完床尾合，千万不要冷战。你对我错相惜缘，懂得这个道理，夫妻关系一定能越来越好！

与生俱来的天赋

　　荷兰天才画家梵高对自己有一个清醒的定义："在人际关系方面，我不具有天赋。"就是这么简单的一句话，使他把自己从世俗的世界中拯救出来，忘情地投入到富有激情的艺术世界中。在那里，他古怪的性格，他偏执的心态，他的神经质，他的疯狂，都被赋予了一种新的意义，一种内在的合理性。

　　梵高是荷兰后期印象画派代表人物，是十九世纪人类最杰出的艺术家之一。这么一位惊天动地的人物，全部杰出的、富有独创性的作品，却是在他生命最后的六年中完成的。他出身卑微，年轻时当过店员，在矿区当过牧师，睡地板吃最差的伙食，同情穷人，最初的作品，情调常是低沉的。可是后来，他大量的作品即一变低沉而为响亮和明朗，好像要用欢快的歌声来慰藉人世的苦难，表达他强烈的理想和希望。他不止一次去描绘令人逼视的太阳本身，并且多次描绘向日葵，他热爱生活，但在生活中屡遭挫折，备尝艰辛。

　　梵高是有机会改变命运的，但恰恰是他在人际关系方面缺乏天赋，不懂人际斡旋，他的性格让他轻蔑现实功利，导致他被排斥，被挤压。其实，许多执著追求现实功利以外的人，在人际空间中都显得十分蹩脚。当他们遭到了人心险恶社会的抛弃后，索性放弃了人际交往的一切努力，有幸获得了思想上的一种自由和激情，顺着自己的天赋施展开去，于是，便把自己塑造成与大众格格不入的异类，梵高正是这样一个异类。

必须承认，在任何时代任何环境中，有一种人，非常善于人际交往，他们能够在尔虞我诈的人群中左右逢源，八面玲珑。这种人交际能力如同庖丁解牛般高超，游走于平地波澜之中。他们将人的关系为我所用，趋利避害，说白了，真是一种天赋。有时观察他们，虽然其手法有些势力，滑头甚至卑鄙，却极为奏效，能够达到立竿见影的效果。而那些不具备人际才能的人，尽管他们也知道附庸强势、巴结达官贵族有着事半功倍的效果，但是，他们无法心安理得去做，不能把恭维的事情做得漂亮，手腕笨拙的连自己都接受不了。他们绝望的叹息道：让擅长此道的人去做吧！结果呢？几十年下来，他们发现会搞人际的都飞黄腾达了，三教九流也经营的硕果累累，要风得风，要雨得雨，活得滋润风光。那些老实巴交的人，现实却无情的淡忘他抛弃他，这能说明什么？老实人除过叹息世道不公自己缺乏人际斡旋能力外，还有什么办法呢？然而，对于梵高这样的天才而言，与现实的紧张关系恰好促进造就了他在艺术上的成功。

人生中，人际关系对人的消磨是极其可怕的，它会轻而易举地将一个有血性、有个性、有激情的才俊变成一个察言观色、逢场作戏、见风使舵的庸人。人际上的那些讲究、算计、尔虞我诈会费尽一个人的青春才华，会扼杀他内心种种冲动，最终他（她）必定会被世俗训练得成熟而无用。

卢梭因为天性浪漫而反对人世上的不平等而过着颠沛流离的生活，他说："全欧洲起了诅咒的叫声向我攻击，其情势的凶险，是前所未有的。他被人看做基督教的叛徒，一个无神论者，一个疯子，一只凶暴的野兽，一只狼。"一个不与世俗合作的

人就是这样遭到庸人的群起而攻击，人们把他的自由表达和写作看成是一种潜在的危险。

所谓人际交往的能力，其实就是适应、顺从和屈服残缺的现实能力，而这对于执著于精神耕耘的人来说，无疑是一副毒药。法国社会心理学家古斯塔夫·勒庞在《乌合之众——大众心理研究》一书写道："群体种类加在一起的只有愚蠢而不是天生的智慧。""一切感情和思想都受催眠师左右"。可见，那些在人际关系方面技艺高招的人无非是善于控制自我个性的流露而已，为了被周围的人所接纳，不惜扭曲自我以适应蜚短流长、尔虞我诈，以获取权利、钱财、名誉等资源，而其精神资源则大面积流失，最终成为不可救药的人"。

人以群分，物以类聚。每个人都有自己的生存环境，我们不能苛求每个人都用极端的方式来和周围对立，用这种方式是少数人的事业，不该去提倡。但乌合之众所认同的"成则王败则寇"，"有奶便是娘"的潜规则，作为一种权宜之计，常常是在不得已的情况下而实施的，又有几人学得来用得恰当？还得把自己融入大多数人之中，防止成为别人的靶子，这大概是一种最可靠安全的自我防护措施了。

帕斯卡尔说："对于寻求它的那些人来说是可见的，而对于不寻求它的那些人来说则不可见。"从这种意义上解释，我们应当感谢上苍没有赐予梵高一个人情练达的头脑，一张油腔滑调的嘴巴，一群俗不可耐的酒肉朋友。一肚子不合时宜的人注定要付出巨大的生存成本，胸中悲愤郁积，只能靠艺术创作、靠写作来寻求宣泄；而那些忙于应酬、忙于交际的人则无暇去静思、想象，去关怀终极的价值。梵高活的痛苦，由此便一门心思专注于绘画，在寂寞中体味人生的意义，在孤独中测量着艺术的深度，正因如此，世上才少了一个势力鬼，多了一个伟大的艺术家。

当然，最痛苦的人是那种在理想和现实的夹缝中挣扎的人。身在山林，不忘朝市；手握笔杆，一心赚钱。用政客的阴谋经营学问，必然会不伦不类；用市侩的伎俩从事艺术，必然会出卖灵魂。既不想舍弃现实功利，又想竭力维护自我个性和追求，将这不可调和的矛盾进行到底只能制造一出又一出人生悲剧。学者叶加莹指出在王国维身上，就"存在着一种既不喜欢涉身世务而却无法忘情世乱的矛盾"。一个人既想做一个真诚的理想主义者，又想投资名利场并获取十足利润，这几乎是不可能的。

你追求着什么？保持着怎样的人生立场与人格魅力？要清晰的认知你是哪类人，如果长期将自己置于两难境地之中，注定会形成痛苦的人格分裂，将一事无成，这是现实对暧昧者的惩罚。

一部《潜伏》想说的

看过《潜伏》电视剧，憋了许多话不得不说。

这类老掉牙的谍战片，到处听人夸好，报纸上也吹。架不住好奇心折腾，跑音像店六元钱买了两片三十集的山寨版，躺沙发上一集连着一集看。其实做的蛮好的，完全可以满足欣赏欲，还不愁广告片骚扰，愣是被这剧情拉着一口气看到凌晨两点半。要不是考虑次日上班，估计会一口气两通宵把它看完！这与看韩剧完全不同，韩剧台词精巧，只是剧情太慢，边看边睡觉，醒时故事情节照样衔接的上。《潜伏》不一样，三十集的剧情，悬念不断，跌宕起伏，调侃的段子好台词层出不穷。可以说没有一句废话，没有一个多余的演员，没有一个拖泥带水的镜头。情节紧凑，一环套一环，一个事儿挨一个事儿，看《潜伏》，就觉得编导没把观众当弱智，人物鲜活，无论是正派还是反派，性格鲜明、心态可掬，哪怕只有三场戏的小地主，也让人过目不忘。

演技超好的姚晨，翠平的扮演者，这妮子看来要出大名了；吴站长、路桥山跟真的一样，然后是孙红雷！对于孙红雷，地球人都认识，演黑帮游刃有余，这次逼真的扮演了高智商的共产党潜伏者余则成。这部戏让许多人对余则成这样的男人着了迷！我对他的细腻丰富和责任感也非常喜欢。说实话，有点同情李涯，李涯是军统成功洗脑培养出来的人才，有着信仰，一心报效国家，回到天津后，工作兢兢业业，整天就睡在单位，即使是在天津失守之前，他为了黄雀行动到处奔走，用精神意志来激励自己的同志，鄙视拜金分子，到了落得个可悲的下场。客观上讲，他是一个有信仰而且敬业的人，只是不识时务，逃不脱被算计的惨败结局。

《潜伏》好看，不仅是作为文艺片，而且在于它是一部不可多得的职场教程片。余则成的经历，有绝对的现实意义，他的言传身教，告诉我们如何在险恶的职场中生存。现今的职场，比余则成面临的环境更险恶，我们其实都处在尔虞我诈的机关环境中，是职场潜伏的小人物。

《潜伏》有几个段子震动了我，比如说跑龙套不但没发展前途还会忽然被有权者利用去送死。我理解身在职场想图轻松省劲，只配一辈子跑龙套。结果是你不能踩着别人肩膀，就只能做别人的垫背。职场上，如果没有一个奋斗目标，就不可能进取，啥叫目标？譬如余则成的信仰，站长的贪钱，马奎和陆桥山要当副站长，李涯为了党国事业，这些都是奋斗目标。如果糊里糊涂瞎混，到最后只配打杂跑龙套。《潜伏》里，不管站长还是戴笠，甚至是余则成都会提到党国的事业。实际上，他们心里都清楚，一切以自己利益为先，所有言行围绕着自己的利益打转。站长说：每个人都有解甲归田的时候，如果不是为了钱，谁要当这个官呢？这句话十分耐琢磨，揭露了历来职场当官和利益的密切关系，绝对有借古讽今的意义！

《潜伏》告诫：笨拙时把事情做得差一些，不小心随时会触犯别人的利益，到那时，穿小鞋受整治都不知道为什么。例如翠平，表面傻骨子聪明，可她最后还是暴露身份，主要是不

小心。所以，能风花雪月的时候就少议论同事，能说人好话时就别说坏话，这是余则成的生存之道。因为职场上每一句对领导的议论，最后都会传到领导耳朵里。所以你跟任何人说话时，想说什么，不该说什么脑子要清醒。别奢望你私下说的话领导听不到，就像余则成给左蓝写信，自以为夹在书里没人知道，实际上，他落下的每个文字，每句话都有人注意。此外，偶尔跟领导交心是必要的，余则成和站长关系亦师亦友，可谓是站长的铁杆亲信，两人之间时不时有促膝长谈，可促膝长谈只是余则成的手段，不是真的什么都说。偶尔的交心，说些无关紧要的私己话，能让领导觉着可靠就行了，事实上，没一个领导会对你真的交心。切忌兴奋时竹筒倒豆子，被出卖的，永远是交出真心的那个人。

刚开始时，余则成向左蓝隐瞒自己是军统特务，向吕宗芳隐瞒左蓝是激进分子。余则成觉得自己能掌控大局，可实际上，他才是对方棋盘上的棋子。左蓝和吕宗芳早就决定把他发展成共产党员了。所以，不管什么时候，装傻最不易犯错。余则成看起来傻傻的，当别人问起一些紧要问题时，都会装傻，罔顾左右而言他，这实在是很高明的生存术。别担心装傻的样子很拙劣，即使每个人都看出你在装傻，依旧拿你没办法。真正倒霉的是那些明确表态的人，枪打出头鸟。

在职场上，把自己当成最聪明的人，往往是最笨的。总把自己当最聪明的人，一定是跑龙套的命。真正聪明的高手，是大智若愚，该精明时精明，不该精明时装傻。

职场上，一定要有靠山，但比靠山还可靠的，是让自己有价值。《潜伏》里余则成向来是有靠山的人，一开始的吕宗芳，后来的站长，甚至是戴笠。正是这些靠山的存在，才让余则成多次转危为安，不引人怀疑。但比靠山更重要的，是余则成本身的价值。

如果没有军统背景，吕宗芳绝不会拉拢他，如果没有立下大功，戴笠也不会另眼相加，如果他不能帮站长敛钱，他也不可能获得庇护。

所以在职场中，和上司们搞好关系是一门必需的功课，为自己找好靠山很重要。而比靠山更重要的，是让自己有足够的价值，以至于每个上司都必须拉拢你。

当然也要记住，你是上司的人，上司却不一定是你的人。当一个上司对你说，你是他的人时，心里一定要清楚，上司并不是你的人。你是他的，他是他自己的。在《潜伏》里，马奎曾经是毛人凤的侍卫，按说有此大靠山该有恃无恐才对。但马奎一出事情，毛人凤立刻就躲了。当你的事情与上司的利益有冲突时，他们会毫不犹豫地出卖你，无论何时都要记住，你是你自己的，只有你才能对自己负责。别相信上司故作亲近的话，那随时都会是陷阱。

《潜伏》里站长经常对余则成说，我对你很放心。可事实上，站长对余则成的试探调查从没停过。上司真正的信任，是通过行动表现的。当上司愿意把害人的事情，把职场斗争的事情和你一起做，那才是信任的表现。而上司口头说对你放心，则反而要当心了，很可能你做了什么，让上司产生你不忠的怀疑。

因此，要站在上司立场上想问题，站在自己立场上办事情。当上司相信你，让你做一些事情时，心里必须要有本账，别傻乎乎的什么都做。你要站在上司立场上去考虑问题，了解上司为什么要做，能达到什么目的。然后再以自己的立场抉择，有些做，有些推脱。像余则成这样看似对站长忠心耿耿的人，也

不是什么都去做的。选择符合自己利益的事情去做，不符合利益的就设法推搪。

如果上司突然垮台，不要惊慌，再找新的靠山。《潜伏》里，余则成和吕宗芳被派去南京刺杀叛徒。而吕宗芳突然牺牲，余则成并没有慌张，反而独立完成任务，成为军统大功臣，完成了事业转折。在职场里，经常发生上司突然垮台的事情。如果你不幸遇见，千万别惊慌，独自完成手上的工作，而且要做的漂亮精彩。而这就是你将来安身立命的资本，你可以借此找到新的靠山。还是那句话，必须要让自己有价值，这比有人罩着你还重要。

"做事做得好，干活干到老。"《潜伏》里的这句话是至理名言。你看，余则成并非总是聪明的，他与党组织相比就是弱者。余则成不懂得"做事做得好，干活干到老"这个道理，所以他从一开始做潜伏工作，一直到大陆新中国成立后还必须做下去。甚至与妻子翠平及亲生孩子生离死别，没有人去管他。所以，永远干得好，就会一直干下去，会让人觉得，你只有做庸常工作的才能，就算干到累死别人也没觉得你该提拔了，这就是"做事做的好，干活干到老"的道理。

在职场，一定要有缺点。即使像余则成这样，也并非完美，他会故意暴露一些缺点给人看，譬如感情，譬如贪财等。一个完美而毫无缺点的人，会遭人嫉恨，会被人敬而远之。如果连上司都对你敬而远之，那职场之路就危险了。所以，聪明人会故意暴露些缺点，尤其是无关痛痒的缺点，让上司以为他能拿捏住你，那才是最安全的。如果已经有一官半职，像余则成那样，高你半级的人，往往是最危险的，同级的是天然敌人，比他高半级的马奎、陆桥山甚至李涯都十分危险，处处拿他当假想敌。

因为高你半级的人会有危机感，怕你随时都可能与他们平起平坐，所以有机会他们就会打击你限制你。而不管高半级还是一级，都是上司，他们给你穿小鞋就危险万分了。而同级的人是必然的敌人，只要你们的上司不是傻瓜，就一定会挑拨手下争斗，这是中国五千年来的帝王术，是国粹。

职场中，九真一假是最佳法则。一个满嘴跑火车的人是得不到上司信任的，只有忠心耿耿，几乎不说谎的人，才能够在最关键的时刻骗倒所有人。你看《潜伏》中余则成说话并不总是假的，反倒有九句是真话。正是这样，他才能得到站长的信任，导致站长去台湾都要带着他。十句里要有九句真话，这样说一句假话才有人信。

说谎只需要在最关键的时刻，能少说一句就少说一句。狼来了的故事，大家都应该听过，把每个谎话都当成性命攸关，这样说谎才会帮到你。

女人的上帝是自己

　　新千年第一个国际劳动妇女节莅临，这天，想必不同层次、不同肤色的女人，都将以喜悦的心情庆贺自己的节日。

　　当二十一世纪的劳动妇女随着文明的发展，已经在政治、经济领域展现了无比的风采和才能，真的扬眉吐气时，我就想起了母亲或比母亲更早的那个时代的女人。有位作家用幽默的语言如此描绘："原始社会，是以母亲为中心的，人类只知道有娘，不知道有爹。盖那时没有学堂之故，大家懵懵懂懂，认为生孩子乃出与老天爷恩惠，跟臭男人无关。女人拥有大批儿子做打手，自然称王称霸。臭男人孤苦伶仃，形单影只，只好吃瘪。后来，他们联合起来，把女人统统拴到家里，规定她们责任有二：一是服侍丈夫，二是养育小娃。最初，管理还不太严格，妻子腻烦了便可以再嫁。稍后儒家大腕之一朱熹先生提倡理学，把女人踩在铁蹄之下，要她们嫁鸡随鸡，嫁狗随狗，嫁给混账王八蛋，就得跟混账王八蛋过一辈子，连丈夫老爷把她卖啦宰啦，都不准喊哎哟，喊哎哟就是大逆不道，人人得而诛之。为了预防女人叛变，学问庞大分子还发明了'女子无才便是德'的学说，作为兽性大发的理论依据。那时，当男人真舒服，当混账王八蛋男人尤其舒服。"每读至此，我的眼前便呈现出那个时代男人的影子，他们在吸大烟、玩赌博、逛窑子，浑浑噩噩混日子，他们活着的乐趣是找发泄、找麻醉、找刺激。而那时代的女人却在阴暗如匣的社会背景和家庭背景下养儿育女，逆来顺受。想象那时代的女人的精神苦痛一定折磨得她们形如枯槁。幸哉！幸哉！幸亏生在文明之中，免了受罪！

话说回来，现代的女人相比现代的男人，活的还很不公平。大男子主义的封建残余在许多男人的意识中仍然根深蒂固，无论在家庭还是在社会，男女并没有达到真正意义上的平等，还存在女人受压制、受歧视的现象。

目睹身边的中年女人，整日在事业和家庭中忙碌，长期置身于上有老下有小的缝隙中，操持一日三餐，浆洗清扫，生活琐细压得她们不敢有一丝的懈怠和倦容。时常，男人们云游四方或在酒桌麻将桌前消遣去了，女人们还在为家忙碌着。夜深人静时，才悄悄抹去脸上的汗水，慢慢放下疲惫的心绪。想哭吗？哭给谁听？还要重振精神呵护自己，抚慰自己，女人的上帝是自己。

明白了这一点，就有了平静面对生活的心情，就少了许多倔犟和无谓的挣扎。知道如何去改变自身世界单调的色彩，保护自身世界的独立自在，忙中偷闲，捧书博览，握起手上这支笔，写点什么，让心里激荡起一股豪情温暖，让脸上多一份书卷气。

极喜爱美国作家米切尔的小说《飘》里的女主人公郝思嘉这个人物。郝思嘉常穿绿色衣裙，她说绿色包含了生机与流动。喜欢她，不因为她放浪的人生，而是她在挫折面前顽强的态度和坚忍不拔的精神。眼下，我虽然也有很多不尽如人意和欲速不达的事情，没有炫耀的资本，没有财富和地位，但作为女人，时常追求将贫瘠缺血的心变得丰富多彩，让自己拥有充实的精神家园，这样活着，不是很惬意吗？

与名人的缘分

郭文斌老师

两千年的钟声敲过以后，从佛山文艺期刊出版社寄来的《历史的定格》，厚厚一本精装书，包括陕西作家贾平凹等作家写的文章收录其中，宁夏郭文斌的散文《庆祝》，与我的散文《新世纪第一天》收在一起。银川著名作家不少，只看见郭文斌、季栋梁的名字，很想认识他们。过了很久，宁夏日报副刊发了我的一篇小说，编辑为季栋梁，获悉他从南部山区调来，小说散文写的极好，赶紧跑到报社去看他，人长得高高的憨憨的，幽默，总逗得与之对话的人捧腹不止。届时，郭文斌是南部山区六盘山文学杂志的副主编，离银川还很远，无缘相识。但是咀嚼着他清新如诗的文字，止不住的喜欢和欣赏。过了两年，揣着小说《吻火》打印稿，惶恐的第一次走进《黄河文学》编辑部，在三楼走廊靠阴的一间办公室，见到一位清瘦儒雅的青年，不知是郭文斌，搭讪了几句话，放下稿子夺门而逃。过了两天，他电话打来，告知稿子已被采用，问还有其他稿子可一并送来？才知崇拜的那个人到银川了，这么巧？郭文斌什么时候调进银川了？他文质彬彬的好谦虚。《吻火》2002年被《黄河文学》刊出后，不但引来一些文朋学友关注，还把电视台的人也招来了,盯着要采访,推辞不过,一番梳妆打扮站在镜头前,惶恐的前言不搭后语。之后,时常从媒体得知郭文斌的文章在全国获各类奖项的消息,也总读到他发在报刊上的短文。没几年,他当选为市文联主席,凭着《吉祥如意》几千字的小说荣获鲁迅文学奖。之后,名声越来越大,位置越来越高,心里对他有多少感激与敬重,也不容易见到他了。

2008年7月,酷热。获悉他携带文联全体编辑,在本市光明广场举办以支援汶川灾区重建的义卖活动。如此的公益活动他是第几次举办了?真的佩服他。急忙伙了几个朋友赶去购书,郭文斌被围在人群中央,低着头一本本的给人签书,满头大汗。紫红色提包装着五本郭文斌专集,我们一人一包提回家来,捧起郭文斌的集子,一篇篇读下去。《我是一杆什么笔》《点灯时分》《大年》等。再次体会小说语境的纯粹美,与故事结构的含蓄、隽永、空灵、简约,对生命价值诗性的追求。就觉得哪里是在读书么?就是接受一个舒服的心灵按摩。再读他的《孔子离我们有多远》,认可了某评论家形容的:郭文斌的孔子像中医,能解决患者的里证,于丹的孔子是西医,解决患者的表证;郭文斌的孔子是粮食,于丹的孔子是花朵。无论怎么评论,郭文斌的文字总是带给读者意想不到的心灵收获。我希望郭文斌的作品更有力量更有思想性,飞得更高更远,向世界级作家靠拢。

彭阳桃花与诗人舒婷

2007年4月,应邀参加宁夏宣传部与文联在宁夏彭阳县举办的春潮笔会。正犹豫着去山区小县城参加文学笔会有无

必要？获悉著名诗人舒婷、雷抒雁也到会交流，便兴致勃勃的前往。

是日，宣传部租的大巴车一路向南跑了五小时才到达目的地。车上闲着便想象舒婷是怎样一个人？要知道舒婷那首"致橡树"在我心里珍藏多久？还有雷抒雁，他写的悼念张志新的诗歌《小草在歌唱》当年曾轰动大江南北，一直以来，都崇拜他们。

待到彭阳，坐车绕行在大山里，颇为吃惊的是漫山遍野的桃花，万枝丹彩娇艳媚红！初将鲜美笑答春风！亦明白宣传部为何将文学笔会放到彭阳举办。彭阳四月桃花红！我竟孤陋寡闻。彭阳虽为山区县城，细细的雨雾将无边无垠的草地染绿，让空气格外的清新湿润，在丛林苍翠与粉色桃花的围绕之中，山水显得玲珑妩媚，洋溢着文化味儿，让人仿佛置身于江南某个小镇，走在街上，有种追逐灵魂本性的渴望，若不来真后悔不迭呢！

舒婷是开会时见的，与想象中长发飘飘，明眸善目，充满忧思，特立独行的舒婷完全不一样，届时她已经是五十五岁的女人了，短发、苍白、清瘦。紧随其后的是她的先生，高挑精瘦，会议介绍其为福建某大学教授兼文学评论家。即便如此，大概福建口音过于浓重，讲话十几分钟听众席嘤嘤嗡嗡好不耐烦。轮到舒婷发言，妙语连珠，机智幽默，赢来阵阵掌声。什么是说话的艺术？是让你意识到语言魅力的说话，是可以带给人听觉享受的语言。舒婷即此，语言功夫了得？大庭广众面前，自信而娴熟的驾驭着听众，运用着说话的技巧。雷抒雁也一样，无所不谈，学养渊博，而且不拘形迹，是真诗人！

似乎大家都比较期待舒婷和雷抒雁，黑压压的礼堂除过参会代表与当地宣传部、文联作协工作人员以外，一半是痴迷文学穿校服的学生。相信他们定然读过舒婷的《双桅船》《会唱歌的鸢尾花》《祖国啊，我亲爱的祖国》，或者像我一样喜欢舒婷的《致橡树》，这首诗曾让我沉醉万分。

我如果爱你／绝不像攀援的凌霄花／借你的高枝炫耀自己／我如果爱你／绝不学痴情的鸟儿／为绿荫重复单调的歌曲／也不止像泉源／常年送来清凉的慰藉／也不止像险峰／增加你的高度／衬托你的威仪／甚至日光／甚至春雨／不！这些都还不够／我必须是你近旁的一株木棉／作为树的形象和你站在一起／根，紧握在地下／叶，相触在云里／每一阵风过／我们都互相致意。

舒婷1977年3月27日发表的《致橡树》，以橡树与木棉的意象构成中合理地引申出人与人之间相互理解、相互信任，同时有着平等的地位与各自独立的道德理想。舒婷以橡树为对象，把自己比作一株木棉，作为树的形象与之站在一起，同甘共苦、风雨同舟；上至枝叶，下至根基紧紧相融；枝叶的摆动，相互的致意，没有人能够听得懂，只有他们两人明白这种无声的语言，无语的意会。此种达到了极致的爱情观，令那个时代的年轻人，魂牵梦绕都盼着得到这么一份理想中的爱情。

而今，时迁物转，爱情与那个时代相比大相径庭。灯火霓虹的世界里，人们渐渐有了一种难治的病，爱情成了奢侈品，物质与现实，爱情与金钱，欲望与道德混淆视听，追求迷乱。似乎大家都在寻找靠岸的地方，可有多少人？没有找到靠岸的码头，已在海里迷失了自我。

《致橡树》向人们提出了爱情的一个高标准，显示出高雅的爱情观与人生价值，虽然有点唯美，但如今再次品读，依然散发着无尽的魅力。

　　记得那天散会后，终于在桃花下与舒婷、雷抒雁合影，他们谦和平静，一次次站在不同人的身边，满面笑容，舒婷甚至搂住与之合影人的肩膀，似朋友般亲密，仅此，我赞赏舒婷。

太极高人

　　四月，浅紫的丁香花灿烂的开放，公园墙上悬着五彩斑斓的幅语，实现中国梦，健身最重要！如今，越来越多的人追求身心健康，银川公园植被茂密空气好，每日清晨，唱戏的拉琴的、K歌的跳舞的、摄影的素描的、打拳的练功的，生龙活虎的景象撩拨人心。柴先生一口浙江口音教人练习太极，老先生在公园健身二十多年，一年四季天天健身，一天不落。

　　退休以后，柴先生痴迷上太极，二十年如一日练习拳剑。他常说生命在于运动，身体好，一则个人活得舒服，二则减轻儿女负担，保证儿女安心工作，利国利己！所以，无论严寒还是酷暑，他每日坚持两三小时健身。如今，近七十七岁的柴先生身手敏捷，精神矍铄。

　　十二年前结识柴先生并拜师习剑，同时亦领略了他的做人之道。先生精通三十余套太极、武当、八卦剑术，在我看来，他的剑术已达虚实莫测变化无穷之境界。他恭谦有甚，性格开朗，只要有人跟他学习太极，他便极认真地去教，不论年龄大小身份高低一律诲人不倦，教人剑术从不取酬，故而求教者十几年来已有四百余人。门下弟子有省级干部、普通干部、更有专家、知识分子、退休群众。还有热爱中国太极功夫的法国在宁留学生克璐德、日本留学生上田恭典等。

抗美援朝初期，十六岁的柴先生瞒着家人报名当兵，欲奔赴战争前沿杀敌报国，却被分到部队医院工作。他从行政、药剂做到领导，转业回地方后接着在医院干。五十年代末期，全国掀起支援大西北的建设高潮，柴先生从浙江宁波市卫生局报名支援宁夏边疆，他的父母说啥也不同意，认为他抛弃江南水乡去西北风沙连天的地方不值得。柴先生说服家人执意向组织要求去艰苦的地方工作，像所有热血青年一样，他坚信好男儿志在四方，携妻登上了西去的列车，从此后再也没有回到宁波家乡。

往昔的岁月对柴先生来说去日苦多。患上心脏病、肺气肿、关节痛等多种疾病，是在经历了各种生活的磨难后身体向他报警！经历"低标准"与"文革"时代，柴先生与所有同辈人一样，感受过深刻的灵与肉煎熬。

九十年代，他开始学习太极，源远流长的中国太极文化牢牢吸引了他，令他痴迷极致，他边上班边学练，练习太极拳剑过程中，心境平稳豁达起来，许多疾病不治自愈。

尝到练太极的甜头之后十几年，柴先生不断钻研提高太极剑术，同时教学相长，常年指导晨练群众操拳习剑。他从功架、腰身、基本动作教起，将自己十几年苦学的基本功无偿授予他人。在带出众多弟子的同时也交了许多真朋友，增进了自己与他人的身心健康，为此，他的身边总是流动着快乐。

每年除夕，柴先生的法国徒弟克璐德总不忘记从国外打越洋电话给他拜年。地球那边，一个外国人在中国的传统节日里倾诉着对柴先生及太极拳剑的思念。克璐德是1997年从法国来宁夏大学学习语言时认识柴先生并随之习剑。克璐德喜欢太极，先生不仅教他太极，还在生活上给了他许多的帮助。在柴先生热情耐心的指教下，两年后，克璐德的太极推手及太极剑术已经演练的娴熟地道。为了表达对先生的感谢，克璐德将先生舞剑的样子画了一副油彩画儿，嵌入自制的画框里送给先生留念，那幅画至今挂在先生的客厅里，惟妙惟肖的，挺有保存价值。

由于柴先生几十年不辍练习太极，身体极好，虽为耄耋老人，长相比同龄人年轻二十岁不止，骑辆自行车满城转悠，银川的旧城改造哪里增添新建筑，哪里有了新变化，他一清二楚讲的趣味无限。他爱看报，眼界思路都开阔，牙口好胃口也好，麻辣烫冰激凌不忌口，想吃就吃。不信到公园找找，尤其腊月天的清晨，除过高耸的针叶松泛着绿色，在隆冬中显示着生命的活力外，其余一概萧条的感觉。寒风习习，日日可见柴老先生在一处飞檐红柱的楼阁附近操拳习剑，他步履轻灵，双臂舒卷，姿态安详。舞剑似行云流水气势含蓄，具动力，显韵致，招式眉宇间，显示着坚韧、机警、顽强，给人以神形兼备、内外合一的意境之美。

是日，再观柴先生舞剑，那起如急浪，跳若腾云，落若春燕的身姿剑法，优美潇洒，随心所欲的剑术，让你不觉得他已至"古稀"之年，不觉得他是单纯的舞剑，而见到的是他的精神、修养、学问、气质。

示弱是智慧

最近，一对熟悉的夫妻再次吵得鸡犬不宁，无非是鸡毛蒜皮，谁干活多了谁干活少了，谁说话夹枪带棒了等等，各执一理，哀叹相处的难受。其实，我清楚他们不快乐的原因。女人太强心眼太窄。俗话说：男主外女主内，一个男人拼尽全力打拼生存空间，并不希望背后站的女人总有一对儿挑剔的眼睛，一条尖刻的舌头，或者一双挥来比去的手。男人希望背后安静地站着一个女人，这个女人柔弱宽容，善解人意，很值得他爱恋庇护。如此，男人必定想方设法让她活的快乐幸福。

看过《蜗居》的人一定都知道，有两个精致的男人爱着柔弱通情的海藻，一位是小贝另一位是宋思明，小贝是个天使般的男人，他对海藻呵护备至，会做可口的饭菜给海藻吃，会把菜碗里的肉拣出来给海藻吃，怕水凉不让海藻洗碗，会为了和海藻周末的出游提前洗好被子，会把平淡的不花钱的逛街安排得妙趣横生。而宋思明呢，成熟稳重，有修养有风度，思想深刻有钱有势，就像一个七十二变的孙悟空，他不但帮助海藻解决任何难题，而且还倾心爱着海藻！

可是海藻又是怎样的女人？既不是天仙也不是才女，他们为什么对一个相貌普通的海藻如此用心？答案很简单，女人要想被男人爱上，必有可爱之处。可爱之处越多，被男人爱上的几率越大，被有档次的男人爱上的几率越高，海藻就是这么一位可爱的弱女人。

如此引出一个话题，女人身上究竟有哪些东西算得上可爱？很简单！女人区别于男人的特质，就是女人特有的可爱。比如温柔、细腻、脆弱、顺从，有母性！作为一个女人，表面上你可以不温柔、不细心、不脆弱、不顺从、缺少母性。但是，你骨子里必须温柔、细腻、脆弱、顺从、有母性。假如有人问一句，什么样的女人不可爱？我告诉你，那些动不动暴跳如雷的女人就不可爱；那些颐指气使的女人不可爱；比老爷们还粗糙的女人不可爱；自以为自己是天下第一的女人不可爱；把男人控制的畏首缩尾口袋掏不出几元钱的女人不可爱；虚荣愚蠢恶毒的女人不可爱。

可惜的是，如今，柔情似水善良宽容的女人越来越少了。都说中国男人越来越阳痿，我就想说，为什么不去看看那些男人背后都站着些什么女人？是不是有一些颐指气使的女人？是不是有一些自以为是的女人？是不是有一些疑神疑鬼心胸狭窄的女人？一些整天琢磨如何整治男人的女人？你都颐指气使了，你都女王了，你都武则天了，还指望你的男人外面是三头六臂无所不能，屋里是烹饪打扫体贴入微，低眉顺眼把你伺候的舒舒服服？能么？不是异想天开是什么？也幸亏现在房价昂贵，男人囊中羞涩。不然，那样女人身边的男人会重购一屋开始新生活吧。所以，别怨围在你身边转悠的，除了太监，还是太监。终了，你只能落个怨妇的悲凉下场。

一个男人会尊敬什么样的女人？不是貌似强大的女人，不是无所不能的女人，而是一个活生生的女人，一个温柔、很脆弱、很细腻、很顺从的女人。我在某篇小说中看到"文革"时，

一个大家闺秀被下放扫大街，在那个疯狂的年代，她保持着一种异常的沉静。每天清晨，她都把自己梳理的整整齐齐，和过去一样动人，她握着扫把，安安静静的扫着地。有人冲她吐口水，有人大声谩骂，却没人敢打她。甚至，那些人都不敢和她对视。在男人眼中，女人温柔、脆弱、顺从，其实就是一种力量。

挺简单，把琢磨男人，抱怨男人的时间花在自己身上，梧桐树就枝繁叶茂了，凤凰就不请自来了，男人就心服口服了。

观《新水浒》散记

近段日子将《水浒传》电视剧看了一遍，等于读了一遍水浒演义。假设抱着原著读，还真没那个耐心，一是静不下心来揣读文言文，二是故事熟的再忘记不掉，水浒中那些个英雄好汉，好男人的那点事记忆犹新，盯着新版水浒看是好奇心！想知道现代那些演员如何诠释水浒人物。

一、大碗喝酒，大盘吃肉与水浒

小时候总听前辈说，少不看水浒，老不看三国，大概家长担忧少看水浒会学习打家劫舍从而触犯法条惹事犯罪，长大后看三国则容易钻营钩心斗角抢地盘做不得好人。但偏偏四大名著，青少年最喜欢水浒，至少我那个时代是这样，流行哥们义气、兄弟情深，切一盘牛肉，温一壶酒，大碗喝酒，大盘吃肉，附和纯爷们性格特点。想起小时看水浒小说，正赶上每月国家供应半斤肉，靠票购买，每读书中人物喝酒吃肉，就馋得流口水，书里简简单单的描写，让人无限向往。

说到此，先说老版的水浒、老版的三国剧，至今这两部剧的主题曲旋律还在耳边萦绕，像"滚滚长江东逝水"和"好汉歌"，非常之经典，目前新三国新水浒剧的插曲根本无法超越。

虽说老版三国平铺直叙，角色比较脸谱化，人物细节刻画也不深，情节粗糙，但片头片尾的插曲的确是脍炙人口，经久不衰。

去年新三国播放，也是看碟，随心所欲观赏，不受鸟广告的折磨。过瘾！边看边把原著找来对比，最欣赏于和伟饰演的刘备、陈建斌饰演的曹操、张博饰演的孙权，角色心理把握得准，演出了书中人物的神韵。现在新水浒也如此，把原著里描绘的战争场面，以及围绕各个英雄人物展开的打斗场面做的活灵活现，人嘶马叫，刀叉棍棒各类短兵器使用中将敌人从马上挑到几丈开外，看的惊心动魄，真的一样，细节也耐琢磨，基本忠实原著章节。恕不赘言，书归正传。如今新版《水浒传》正在荧屏热播。在原著小说中，宋江的出场被安排在第18回，而此次新版《水浒传》改动颇大，开篇第一幕就是张涵予饰演的宋江运送花石纲遭奚落，随后晁盖、吴用等相继登场。

看过新版《水浒传》，不难看出无论是宋江、李逵、林冲、武松、鲁智深这些贯穿始终的男性形象，还是潘金莲、闫惜娇等边缘化的女性身影的改编都是采用了一种理想化、情感化的路数。原著中能够解读出的阴谋、自私、阴暗等人性灰色都被淡化了。编剧温豪杰承认，新《水浒传》的改编的确是在有意剔除原著的所谓"四大糟粕"："一是暴力杀戮，二是对妇女的歧视，三是封建迷信，四是真正仁义的薄弱。"但他最后也强调，"相信总有一天，会有人专门拍这些'糟粕'给人看，里面一百零八单将是真正的强盗不是好汉，或许那样才足够真实。可今天不行，社会还有强势和弱势群体之分，仍然需要英雄。"

所以，新水浒剧为了满足现今时代需要，拿水泊梁山这批男人说事，年轻力壮的，智勇双全的，身手矫捷的，老谋深算的，个个英雄豪气，助人为乐，打抱不平，成瓮吃酒，大块吃肉，论秤分金银，异样穿绸锦，豪爽快活至极。

说到新版《水浒传》台词，基本忠实于原著的半文言台词，虽然谈不上非常满意，还是比较满意的，听起来像是历史剧。其次，对于大部分人物性格的刻画感觉还是不错。张涵予饰演的宋江不逊于老版的李雪健，反而较之于江湖义气的英雄人物气概更加胜出，更加充满人格魅力，尤其是宋江的口音，大概张涵予是播音出生，把宋江的声音传递的浑厚脆亮，有回音有磁性，十分迷人，至于其他人物？且听下回分解。

二、小恩小惠大仁大义的宋江

新版《水浒传》是否拍出新意？观众自然要看怎么安排宋江，按照原著表现只知道小恩小惠，没有大领袖气质的宋江？势必让观众觉得一百零八位好汉瞎了眼。我翻过资料，获悉编剧温豪杰的意思是：《水浒传》讲的是英雄好汉，那就要让美男来演，所以看新水浒极为养眼，美男一堆。头条好汉宋江由美男张涵予饰演，他把原著中宋江的内心戏放大了，主要展现兄弟情、英雄气这些好汉特点。原著中对宋江的描述是"身材矮小，面目黝黑。新版《水浒传》张涵予挑战了一下宋江"身材矮小"的形象。虽然剧中宋江的台词仍然是"这个又小又黑的小吏"，无奈张涵予一米七九的身高，着实让人感觉不出矮小来。张涵予扮演的宋江从施小恩小惠，变成了大仁大义，具有高于其他好汉的领袖气质。其实宋江是一个大韬略的人，讲究权谋，精通厚黑学、江湖气重，要不也不可能那么多人信服他。连徽宗皇帝都能交朋友，肯定有他圆滑的一面，而且他也

是一个内心能够隐忍的人。关于他热衷招安的问题，张涵予版的宋江不甘心兄弟们被埋没，接受了招安，宋江心里知道历来被招安像他这样的首恶都没有好下场，但大体可保兄弟们无虞，所以最终选择了招安。

从现实分析，招安有当时文人的局限性。你想啊，那么多弟兄在梁山这个孤岛上，虽然不愁吃，不愁穿能够坚持个三五年，但在当时历史环境下，名不正，言不顺，逃不过一群盗贼流寇名声，宋江的性格哪里容得下这样的结果？所以，他把赌注全部压在皇帝身上，绕过高俅，找机会和皇帝面谈，表达忠义之心。其实宋江一直犹豫招安的后果，不招安永远有污名，像逃犯一样惶惶不可终日，招安吧，后果不堪设想。攻打方腊，唇亡齿寒，本来可以和方腊合伙，但已向朝廷保证过了，要以正压邪，只好硬着头皮打下去，两败俱伤后宋江便失去了利用价值，加速了其灭亡的后果！

记得以前看京剧《坐楼杀惜》，大师那令人叫绝的念白和唱腔把宋江刻画的淋漓尽致，尤其宋江"怒杀阎婆惜"，把水浒第二十一回宋江怒杀阎婆惜情节心理表现的恰到好处！现在新水浒剧将这段改成宋江误杀阎婆惜，有点胡改。

在阎婆惜眼里，宋江不是爱人也不是情人，是靠山，是透支卡，所以根本没指望得个名分。说白了情愿充当二奶，小三儿。宋江呢也没想过要把小阎转正过来，又不是父母之命，媒妁之言，只是被那婆子纠缠的紧，所以安排了乌龙院，就是如今的复式楼，让这娘俩儿住了进去。当时的情况，宋江是个重伦常的人，水浒里的英雄大都如此，新水浒让宋江先和小阎焚香结拜为兄妹，而后又乱了伦理上了妹妹的床，继而纳之为妾，这样胡编乱扯，太失真了。原著说："宋江于女色上不十分要紧.这阎婆惜水也似的，况十八九岁，正妙龄之既，因此宋江不中那婆娘意！"这句话什么意思？是宋江又老又丑又没心思调情，形成"枯枝梨花压海棠，鸳鸯被里无水戏"的局面，对吧？导致小阎爱上张文远，那个年轻有才艺的小白脸。宋江戴上绿帽子并不十分在意，本来宋江对这个小阎也没放心上，这符合宋江的心理。这段儿新水浒剧体现的还不错。说到此，插句题外话啊，别以为谁找个有钱男人就指定进了保险箱了，以为大款找个漂亮女人就找到爱了，事实证明，有钱男人不一定性能力好，漂亮女人拿你的钱找个性能力好的小白脸享用，这事自古至今层出不穷，除过阎婆惜这一例，不信看水浒，杨雄的老婆、卢俊义的老婆均是这等货色。

话说宋江要杀小阎这一刻，最体现宋江性格的杀法是怒杀！因为小阎藏了晁盖的书信找宋江要那一百两金子。宋江好话说尽，加上这妇人之前的种种龌龊和嫌隙，还威胁宋江要把这天下第一号大官司报官，这才让宋江动了杀机！一刀下去，怕不死又复一刀！那颗头伶伶仃仃地落在枕上！一个怒字也体现了宋江是有脾气的，有胆气，不是个懦弱之人。而新水浒剧里的宋江哀求了小阎半天两人争执不下时误杀了小阎，而后宋江还双手发抖吓得胆战心惊，直到小阎关怀备至的说：你快走！这才匆匆离去，这不是胡改是啥？

三、世界级冤屈之人林冲

水浒我最崇拜林冲，专情而真英雄，贯穿始终的战役全有他的身影和战功。我大致统计了一下：
一打祝家庄林冲为第二拨人马领军统帅。

二打祝家庄林冲神速生擒扈三娘，救得宋江。

三打祝家庄林冲为主力之一，击败祝氏三杰之一的祝龙。

高唐州救柴进林冲为主力之一，消灭高廉的所谓"神兵"。

大战呼延灼连环马林冲为第二阵主将，与呼延灼大战五十多回合不分胜败。

曾头市救晁盖，晁盖不听林冲劝阻，中计失败，林冲断后，拼死救回受伤的晁盖。

攻打大名府——林冲为主力之一，后军主将。

收关胜之战——林冲为主力之一，与秦明大战关胜，并率部击败关胜副将郝思文并生擒之。

二攻大名府救卢俊义林冲为主力之一，第二队主将。

东昌府收张清之战林冲为主力，活捉张清副将龚旺，并率军将张清逼下水，由水军活捉。

整个水浒就那么几场战役，场场林冲武功盖世，战绩卓越。

可他又活的悲哀压抑，令人同情。林冲生性耿直，爱交好汉。做个东京八十万禁军枪棒教头，本应活得很好，因妻子长得漂亮，被高俅儿子高衙内调戏，自己也受高俅陷害，发配沧州。幸亏鲁智深在野猪林相救，才保住性命。被发配沧州牢城看守天王堂草料场时，又遭高俅心腹陆谦放火暗算。终于，林冲忍无可忍，一幕风雪山神庙中灵魂深处的"匪魂"，如睡狮猛醒，在漫天的风雪中，在火烧草料场的熊熊大火映照下，林冲猛下杀手，血溅山神庙前的风雪大地，遗下一幅惨烈森冷图景，然后冒着风雪连夜投奔梁山泊。这场戏那叫气壮山河呀，充分表现了林冲从温暖的小康之家走上梁山聚义厅这么一条极为艰苦险恶的人生道路过程。

新水浒剧的林冲，由四十一岁的胡东扮演，据悉，胡东是演员胡军的胞兄，身高一米八六，国内著名男模。1986年，胡东从杭州市建筑学校毕业后，就被特招入解放军八一划船队。此后六年的专业运动员生涯，使胡东练就了健美的身材和打硬仗的意志力，为他日后戴上世界模特冠军的桂冠打下了基础。世界名模来演林冲？以前没见过他演戏呀？还真是不敢小觑，他竟将林冲委曲求全谨小慎微、救弱济贫多情侠义、机智果断敏锐勇敢等性格刻画的准确生动。

四、大哥风范的晁盖

晁盖是《水浒传》中很悲情的一个人物，死得突然又很悲壮。他虽然不在梁山一百零八将之内，但又是梁山过渡时期的统领，地位特殊。从某种程度上说，这个角色需有大哥风范，才能压得住场，也才能让观众信服。吕良伟饰演的晁盖以忠义做人，凡事重视兄弟情义，为大家都过上好日子而打拼，这种情怀十分开阔，境界也很高尚，是一个非常理想化的人物。

出道三十年，吕良伟在屏幕上塑造的形象多是警察、黑帮老大这类人物。而在水浒中，由于晁盖是古典四大名著中家喻户晓的英雄，观众心中都有一个既定的形象，要赢得观众的认同很难，吕良伟说出演这个角色十分具有挑战性。他理解晁盖始终视兄弟情义为最重要的东西，处于领导地位时，更多想的是怎样让弟兄们都过上好日子，让弟兄们的家庭都生活得更好。这种情怀实际上比吕良伟以往饰演的英雄角色更加开阔，也更加理想化，境界也提高了。提到晁盖要朋友要兄弟，唯独不要钱财不要个人利益这一点，吕良伟表示和自己性格很像，他在现实中热心公益的事迹已为公众熟知。所以这个美男演的晁盖

俊美而豪气冲天，无论从形象还是内心，把英雄豪情都展现得细致准确。

五、疾恶如仇聪明过人的鲁智深

水浒原著的鲁智深，是个体恤下人，勇气中夹杂着直率和坦荡，掺杂着暴躁和鲁莽敢爱敢恨的人。至于拳打镇关西，也是气冲牛斗之后下的手。

晋松以美男形象把鲁智深演得比较出彩，外粗内细，好抱打不平，疾恶如仇的性格刻画比较成功，原著鲁达鲁智深从头到尾保护弱小，无私帮助他人，完成征讨方腊的战斗后，不愿跟宋江到京城接受皇帝封赐，他的清醒聪明至今让我敬佩。

据悉，晋松曾被誉为中国版的施瓦辛格，凭借行云流水般的武打身手，得到了成龙、唐季礼、张纪中等著名导演和制片人的赏识。曾在《天龙八部》《倚天屠龙记》《汉武大帝》《狼毒花》等剧中出演重要角色。撇开从艺生涯，他还曾是一名有着赫赫战绩的运动员，共获得过三十二次云南省游泳冠军，两次全国现代五项锦标赛冠军和一次上海市健美比赛冠军。晋松经常在影视作品中出演大侠，本人也有着非常浓厚的侠义色彩，时常参加慈善义举，以此看来，演员与角色已经达到了身形神的高度融合。

六、被导演粉饰的武松

原著武松，最值得一提是景阳冈打虎一节，至于他亲手剁了其嫂，再后来已经杀人如麻不值得敬佩。从这个角度讲，水浒不是一个和你讲道德的书，它一开始就强调了大的环境，在那个政府腐败，官场黑暗，民不聊生的大环境里才会产生那么多所谓江湖好汉杀人劫货，所以不要用一般道德体系去衡量水浒中人物，更没有必要为这些人涂脂抹粉，那样只会适得其反和画蛇添足。比如血溅鸳鸯楼那一场，武松已经杀红眼见人杀人，见佛杀佛，可新水浒安排这个天伤星提着血淋淋的刀抱着玉兰扮演铁汉柔情，违背了武松当时的心理状态，无法令人相信。

七、潘金莲变成屈死鬼

几十年来，潘金莲的故事屡屡被搬上荧屏，新水浒的潘金莲显得清纯无辜，不过是做错了事情受到了惩罚，她并不感到羞耻，像包法利夫人和安娜·卡列尼娜那样。对比旧版的王思懿，甘婷婷演的潘金莲似乎是个渴求爱情的少女，完全捉摸不到潘金莲那股骚到骨子里的女人味。对于不幸嫁给武大郎的委屈、无奈，继而被挑逗偷情以及歹毒都表现不出来！杜淳版的西门庆既英俊又惜花怜玉，一点没有轻佻下流味，像韩剧男一号，挺可爱呢。记得我小时候看小人书什么的，印象潘金莲就是一恶毒妇人，让武松杀而后快。而新版水浒看后感觉潘金莲是在追求恋爱自由，和封建礼教做抗争，潘金莲和西门庆才是真爱真配的一对儿！被王婆教唆后误入歧途，成了武松刀下的屈死鬼。这样表现，都是导演的一厢情愿。

总之，看过改编的水浒，像其他改编的名著一样，差强人意的东西不少。但是，名著人物在一千个人的心中有着一千种印象和理解，也不能指摘什么，仅凭再现一百零八将形象，已知足。

和孔乙己在一起

女人四十的韵味

　　曾经在《读者》上看到这样一段话，二十岁的女人什么都有，二十岁的男人什么都没有，四十岁的男人什么都有，四十岁的女人什么都没有。我忘了这段话的作者是谁，但是这几句话足以反映出当下社会男女还是不平等的。意思说女人如果没有了青春美貌，就意味着从此失去了一切。男人则不同，他们可以年老，可以体胖，但四十岁的男人将拥有着事业的成功和职位的提高，以及财富的增加，四十岁的男人魅力会跟着他们的年龄与日俱增。

　　四十岁的女人是什么？我说是成熟与沉思的韵味。

　　这个年龄的女人一脚踏在现实里一脚踩在理想中，欲和着时代的主旋律奏响自己人生的凯歌，向理想人生冲刺，幻想从天上、海上、陆地环游世界，看遍名山美景；想得到最美丽的霓裳丽服，让自己天天光彩动人。但转念间，意识到自己已不是一位只会憧憬未来的年轻女孩儿，而是一头担着工作学习，另一头相夫教子赡养老人，活着已不是为自己活着的家庭主妇，顿感人生的沉重与艰辛，尤其面临竞争激烈的现代社会，四十岁的女人不敢乐观。

　　一直以来，好女人的概念一直与中国的传统文化联系在一起。对于家庭来说，大多数女人要做出比男人双倍的付出，为

194

孩子、为长辈、为锅碗瓢盆。男人们往往都不希望自己的女人在事业上超出自己，他们忍受不了女人比自己强，自己在家庭中处于从属地位，婚姻中大男子主义还普遍存在。虽然，法律规定"男女同工同酬"，男女一样上班，一样挣钱养家。回到家，男人可以不扫卫生不买菜，不洗衣服不做饭。女人则不同，工作养育孩子是硬道理，下班回家漂洗打扫采买做饭、成为女人的天职。女人操持过多，岁月磨蚀了往日的娇媚，为着家庭前景，女人省吃俭用，却甘心把老公打扮的衣着风光潇洒，耗尽青春沦为"半老徐娘"，还全心全意挑着家庭的重担在人生深处走着。

如果遇到一个好男人也罢了，他懂责任懂担当。若遇到一个爱完美爱享受的男人，嫌弃你庸浅琐碎而移情别恋，四十岁的女人正处在这危险关头。该怎么办？瞧瞧时下这个社会里，酒场、牌场、按摩房、休闲馆、KTV 包房里满是恣意男人们欢娱场所，他们借口工作应酬，便夜不归宿，男人可以把家当客栈，要求妻子上得了厅堂下得了厨房，女人们可以吗？男人们有了钱可以在外面包养情人，女人允许吗？女人打扮时尚，人家对你说三道四，不修边幅呢，男人们又说你缺乏女人味，到了四十岁，辛辛苦苦把孩子养大了，女人们可能随时面临家庭解体的危险。

四十岁的女人怎么与男人竞争？单位里，领导会毫不客气地将你列入即将淘汰的名单中，船靠码头车到站，这便是四十女人的现实。社会的发展讲求优胜劣汰，所以下岗分流成为必然趋势。这个年龄的男人冲力十足，他们流露着充分展现个人价值的自信，像飞入蓝天的雄鹰般展开了翱翔的翅膀。

俗话说四十而不惑，女人没有活到四十岁对许多事看不透，天真地以为每天都有五彩缤纷的亮丽景色在伴着前行。活

过四十岁，才明白人生短暂而平淡。陆游在《诉衷情》中说："当年万里觅封侯，匹马戍凉州。关和梦断何处？尘暗旧貂裘。胡未灭，鬓先秋，泪空流。此生谁料？心在天山，身老沧州！"这诗对人生的难以预料和人生的缺憾、失落、无法抗拒表达得十分透彻。相信也罢不信也罢，平平淡淡是每位普通人的人生。回首往日几十年做人妻为人母的付出，此时，迎来的也非是掌声和鲜花。学不会忙里偷闲，也不屑投机取巧，淳厚的性格赶不上社会的节拍，转换命运或改变境遇的良机便被一一错过。到了不惑之年虽洞明人生每一环节的重要，可前景已不是充满生机，而是布满灰灰的色调，索性把自己交给命运去摆布，就像大海里浮着的木块，浪头推向哪里就算哪里，女人此时面临不容乐观的现实，就是如此心境。

做女人不易，必须选择豁达坚强，无疑，每一份成功的人生都含着很多机遇，而每份缺憾的人生一定未能一睹机遇的芳颜，所以有时势造英雄的喜悦，也有生不逢时的浩叹，无须悲观，关和梦断是一种觉醒，适应社会需求，调整自己心态，珍惜每一天，勤奋读书内练素质，努力工作恪尽职守，相信造物者不会将万千宠爱集于一身，更不会叫沉沉夜幕压抑希望的一线光明。四十岁的女人尽管失去了竞争场上的活力，但还可以不间断奋斗的步伐，可以活出深沉的美丽。

作家毕淑敏对女人说过：少年时要像露珠一样纯洁，青年时像白桦一样蓬勃，中年时像麦穗一样的端庄，老年时像河流入海一样舒缓而气势磅礴。

四十岁的女人加油！

我带老年人游世博

一个夏天，似乎整天看的听的都是世界各地闹水灾的事情，今年怎么那么多的大水横流？报载国内二十七个省份遭受洪涝，国外几十个国家遭受暴雨袭击，房子汽车都泡在水里，无数居民无家可归，人们惊慌的逃跑撤离，水火无情，自然灾害面前，人显得十分弱小。

难道我们生活的地球遭到了人为的破坏，人类遭到了大自然残酷的惩罚？

各地闹灾害的时候，银川还好，可能是海拔高的原因，天总是蓝蓝的，太阳亮灿灿的。虽说今夏雨水少，比往年旱了点、酷热些，总体还是比较平顺，没有像受灾的地方那样，百姓柴米油盐的日子都保不住了，无家可归的日子太难过了，站在干地方看水淹的地方，觉得银川小城市真是哪里都好。

八月的时候，上海世博会开的如火如荼，似乎有不成文的说法，全国人民支持上海办世博会。故此，各个单位此起彼伏的组织参观世博。据说世博园是世界各国的浓缩体，进了世博等于看遍世界。一天逛遍全世界？太开心了！大概所有人的激情与好奇心都是如此被煽动起来的，当全国的人涌向上海争先恐后看世界，世博园的大门外，反映的景象就跟某部记录"文革"时期毛主席接见红卫兵的电影儿差不多，摩肩接踵人挤人，

波涛起伏极其壮观。

刚刚经历了这个场面从世博回来，领导通知我带队老干部参观世博。据悉老干部强烈要求去上海看世界！领导说，平均年龄七十岁的老干部参观上海世博，必须满足他们的愿望，他们是国家的财富，而绝不能当成包袱，一定把他们安全带去安全带回来。阻止么？老干部肯定不理解，与我们当初急着去世博的心情一模一样。再说在职的去过了，不让退休的去，讲的通吗？领导已经研究决定了，服从吧！老干部工作是我的职责范围，没什么好说的。二话不说跑药店开了一堆药，救心丸、消炎片、治肠炎的、感冒的、便秘的等等，全凭经验而为，曾经带队老干部去井冈山，什么情况没碰到？预防万一。

按照行程计划，十几个老干部坐硬卧直达上海，由当地导游派车转载苏州一日游，重点是狮子林。玩过大半天，加上长途奔波，老人喊着回去休息，于是放弃夜游苏州古运河，回到郊外度假村，周围景色美妙，却偏僻的没有吃饭的地方，想打车去苏州市区看看，几十年前来过苏州，印象好极了，这次总得看看市区街道的模样吧！去不了！出租车竟然不通这里，也没有公交，只好沮丧地回住宅吃泡面洗澡九点入眠。

清晨六点叫醒，收拾行装在宾馆用早餐，七点出发。导游是位女孩子，嘴巴挺伶俐的，尽心介绍苏州人文地理风光，介绍大上海变迁及进世博的事项。说好下午四点必须出园，之后要去外滩，登世贸大厦并夜游黄浦江。行程内容挺多，如果效率高会玩地高兴。实际情况是带老人玩比带小孩玩费劲得多，老人有主意有自尊，听他们的不行不听更不行，让他们玩好还要保证身体不出问题不是件容易事。事实证明，人老了，就是不行，园子太大，走走停停，他们不是腿痛就是疲乏，脑子也不灵了，眨眼间就丢掉一个，或者迷路了，不断用电话联络，这天下来，就有两个受不了，喊着不要再游世博要睡一天。

第二天的世博游，气温三十几度，非常热，还是那么多的人，据悉入园三十余万人。带着老干部排队进园，举步维艰，三小时排队进去，园区馆所到处是人，许多馆并不开绿色通道，七十多岁的人排不起队，找个凉快地方歇下来，观观五颜六色的建筑吧，过过眼瘾。很辛苦的来到世博园，时间大多在休息中度过。之前，我是进过很多馆的，中国馆沙特馆一直进不去，人太多，这次带着老年人更无缘进去。园内在兜售中国馆的票，二百元一张，很是郁闷，神圣的世博也有投机倒把的事？不可思议！这天收队，一位老干部丢了，指定地点指定时间不见他的踪影，电话联系不到，等了一个小时不见人，很担心地带着其他疲劳至极的老人打道回府。深夜了，宾馆在上海宝山区，挺远的！大巴行驶一个多小时才到驻地。不敢休息，和导游反复打失踪者的电话，总算回话了，他进了中国馆玩兴奋了忘记了时间，他不但进了中国馆还排队进了沙特馆，所以觉得丢了也值得。等出来傻了，不知搭什么车回宾馆了，接到导游的电话他惊喜万分，被电话指挥着乘地铁倒公交。幸亏他年轻时多次出差来上海，退休十年，还算聪明，这是大上海啊，半夜三更总算摸了回来。

第三天的豫园游和中午赶火车，一切都在赶路中。一位八十岁的老干部终于不堪连日劳累在返途中突发心脏病，搞得大家虚惊一场，带的药吃罢睡过一觉终于缓了过来。因为是带队，责任重大，担忧的一宿不敢睡觉，设想了种种后果与处理方法，随时想与列车长联系，靠站下车，将老干部送到最近的医院救治，或者坚持到银川，及早通知他的家人在车站等候。

纷乱的思绪随着列车飞奔，终于列车平安到达，带去的所有人全部平安带回来。正值中秋，月儿悬于空中，单位派人接站，顺便给每人送来了月饼，圆满之意溢于心上，看看那些顽强的老人，感触最深的是，我们的老年，将会怎么样？老年人生活的环境太单一，不然他们这个年龄怎会如此挑战身体，去参观人挤人的世博会？老人的精神需要丰富和关怀，但愿社会保障体系能够让他们心情舒畅老有所乐。

曾经武侠梦

喜欢太极不是一天两天了，太极的刚柔相济，轻灵飘逸，自然舒展，为之痴迷。有年春晚太极功夫表演，一帮小生丝质白拳服，勉裆灯笼裤，飘飘然跃若虎兔，行若猫鹤，大显龙腾虎踞之快意，看的崇拜嗟叹不止，恨不能跳上台成为其中一个。

曾经，读过金庸的笑傲江湖和越女剑等武侠小说，被恩仇江湖儿女出神入化的太极玄功蛊惑着，幻想前生或许是武侠高手？若不，怎会如此喜欢太极功夫？李连杰主演的《太极张三丰》《少林寺》，神泰安详，目透琥珀光，来去若鸿毛！群敌围困，依然无招之处胜有招，四两拨千斤，于是眼里便剩下玄妙功夫，无视石头孵不出鸡鸭的事实，一厢情愿摩拳擦掌，买书、拜师、开练，坚信可以练出个人五人六。

拜到师傅买了书籍和名师的光盘，学着前辈制了几套行头，业余的苦练开始了！拔筋压腿蹲马步，照着拳谱练套路。一年又一年，夏练三伏冬练三九，练的兴趣盎然，兴致勃勃。到头来，功夫还是梦，身体强壮不少。脸色红润，行步轻灵，原来的腰痛病隐匿了，电脑打字三四小时不累，免疫力提高不感冒。一晃间，学练十年，2007 年，怀揣雄心壮志参加石嘴山市举办的太极拳国际邀请赛，与不远万里来参赛的十五个国家太极拳爱好者，以及全国各地的太极拳爱好者在一个赛场比高低，还荣

获了陈式太极拳一等奖，杨式太极剑二等奖。没白练呀！总算考了个证书回来。那证书考量起来颇专业，每行烫金汉字下面一行英文，给洋鬼子当教练一点问题都没有。问题是我没机会当教练，更不靠此谋生，自知半路出家的花拳绣腿，索性教老头老太太吧。因此将证书往杂志堆里一插，再无问津。俗话说曲不离口，拳不离手，三天不练，手脚生疏，自从拿了证书，便松了气疏于习练，毕竟每天早晨伴着太阳起床开练是件顶辛苦的事，歇歇再练吧。

至于始练之初迷恋的功夫，早已经随着对太极拳的认识而抛之脑后，明白功夫不是一朝一夕练来的事，非一般人所能，靠天赋靠长期规范训练而成，起码付出铁棒磨成针的毅力才达气候。于是，将妄想练太极功夫的重点转移到健身养心上。通过坚持，达到心境平和，随遇而安。之后，选择了每一个双休日或节假日清晨，去附近的公园，迎着芳香宜人的桂花柳、郁郁葱葱的针叶松、茂密的国槐、笔直的大白杨、艳丽的刺玫瑰，聆听鸟儿的鸣叫，呼吸新鲜空气，让自己融化在自然里。等身体发热了，筋骨打开了，便抽出太极剑，静静的练习陈式或杨式太极拳。那一刻，宝剑亮闪闪，拳脚爽歪歪，太极扇子哗哗响，人已进入了神话的境界，于无人处视有人，与有人处视无人！全神贯注操练着，身手灵活通身透气，外练筋骨皮，内练一口气！不练的人焉如此感受？

有时候，拳友们穿着传统的太极服同步开练，颇见气势，盘架子进退转换虚实分明，云手挪步稳健轻灵，天地间，尽显一份儒雅的精气神。经常被人围观，却视而不见，美哉！这点小技艺加胆气，还被演绎到单位或系统的重大节日庆典上。尤其三八妇女节，舞剑耍扇子，成为独特的保留节目，在熟悉的同事领导面前，抱拳行礼，轻轻呼吸，随着音乐，走进太极，风头出尽，仿佛自己就是张三丰。

有人说，练太极拳像似摸鱼虾，看起来绵柔缓慢不值得练。据研究表明，实际上绵柔缓慢的太极拳内里像婴孩、小草、树苗、活水，表面柔软内藏张力。太极拳的松柔状态像是人体归根复命的不二法门，在松柔状态中细胞和神经丛才可以再生和保持鲜活灵敏，人的汗腺毛孔和肌肉在长时间的拳式运动中处于开合松柔状态中，练拳使身体的小宇宙空松而元气充盈，天地人同体，从而能够永葆生命的鲜活灵动。所以，久练太极拳的人，脊背笔直显得年轻。

当然，太极拳是中华民族优秀传统文化中的一块瑰宝，源远流长，内涵丰富，蕴含着中国古典哲学、美学、伦理学、中医学的精华，习练太极拳，从养生的角度讲，能达到陶冶情操、修身养性、健身祛病、延年益寿的功效，还能够领悟中华武术博大精深的文化内涵。

练太极最快乐的事情，是与素不相识的健身者走到一起，共同学习切磋拳艺，成为朋友。喜欢练太极的，有工程队经理、退休教师、给领导开车的、报社记者、银行工作的、美容店老板、当医生的、做厨师的、公务员、画家、水电行业的职员等。周末聚在一起切磋拳艺，交流修身养性心得，朋友相见格外高兴。不在一个单位工作，少了许多利益纠葛与人际纠结，交往变得单纯高尚，彼此都很开心。如此，忽然意识到，这些拳友成了世外桃源的朋友，没有功利企图的朋友，这个圈子景色宜人，滋养心性。

快乐太极，我要练，练到身轻好比飞来燕。

学会放弃

许多事情，经历了才懂，一如感情，痛过了才知道保护自己，傻过了才学会放弃。当女人要懂得，生活不需要无谓的执著，没有什么不能割舍的，任何事必须学会放弃，才会感受新的快乐。

在小鹏的婚礼上（我暂时叫她小鹏吧），我这样深刻的感受着。如果不是她选择了放弃，年华将会无谓的耗费，将会错过眼前这位优秀的男人，没有机会穿着婚纱跟他走进婚姻，体味当女人的甜美。看着小鹏脸上洋溢着幸福的笑容，我情不自禁为她庆幸能够开始新的人生。

小鹏是位出类拔萃的女人，名牌大学毕业，才华美丽兼而有之。不知哪根筋短路，她爱上功成名就的已婚上司。不可否认地说，那男人成熟有魅力，明眼人都看得出，他是在妻子的欣赏中，滋养了自己的骄傲和自信，他的眼神里因有妻子的柔情而显露出安宁和温馨，与妻子共同的生活中，磨炼了他表达感情的方式……小鹏遇见了他，对他的成熟一见倾心，而那个男人熟练的驾驭着婚外情，心里只想占有她寻找新的感情刺激，体验不同女人带来的爱情甜蜜。肯定说他绝不会幼稚地和小鹏结婚，不然小鹏怎会辛苦的等了他六年还等不到？他是那种和老婆同船渡的男人，家庭对他来说，好比一件很安全很合身很随意的贴身背心。他在茫茫人海中苦苦寻觅着被他称之为高尚的爱情，不过是一幕幕黄色的插曲而已，只能评价他的道德出了问题。他本来有着一个对他很欣赏、很信任的妻子，这种信任更鞭策他加快步伐找到一位红颜知己。他对他的妻子不能说没有爱，就像《蜗居》电视剧里的宋思明一样，他甚至对家庭还有着较重的责任感，为小孩的成长付出过很多心血，会因为妻子家人有一天突然得了急病而鞍前马后，他在家人和外人面前绝对是一个好丈夫好男人。他时时也想着妻子的处境，出差在外会买上两份礼物，妻子情人各一份。在家里他可能常常因为情人而对妻子心不在焉，可在关键时刻，妻子还是最值得信任的人。宋思明即此，将家底与重托全部交于妻子，这正是男人要的感觉，他希望在他稳定的生活状态下，有着年少恋爱时的激情和生活的多姿多彩。有时，在激情时也会动过和情人结婚的念头，但事后又会理智地回绝自己，聪明的女人会发现，那种一有外遇就要离婚的傻男人是越来越少了。

　　小鹏没有经历过生活的磨砺，对男女感情的本质知之甚少，她以为那男人懂女人也懂得爱，每时每刻惦记她，浪漫热情，如胶似漆的缠绕着她就是爱她，就一定会给她幸福，是她万里挑一的白马王子。多么单纯幼稚的想法，明明是错误的相遇和错误的选择，她错当成爱情，陷进一个已婚男人的感情漩涡里无法自拔，是她的不幸！是迷失的不幸。小鹏失去了理智，判断不清前面的路有多危险？

　　与所有出轨男人一样的表现，他发誓会在某年跟妻子离婚会娶小鹏，离开她活不下去等等。直到小鹏等不住了，再等下去红颜衰老了，这才决定脱离他。其实，女人是为爱而生的动物，是依靠感觉和听觉判断爱不爱一个男人的动物，男人的甜言蜜

语最能封存她们的心蒙蔽她们的眼，使她们沉迷在男人对她爱的那段日子，海可枯石可烂也绝不变心！这就是女人为了一句空话而情愿飞蛾扑火的全部心态。

还好，小鹏终于懂得了放弃！放弃！其实很简单，就是在落泪前转身离去，只留下简单的背影。因为那个男人再好，无法给你一个完整的爱情，不能带你步入婚姻的殿堂，婚姻才是女人的堡垒，带来幸福和满足。小鹏等了六年，人生有几个六年？我觉得我有责任劝告她在人生路上更清醒，希望她能明白，真正爱她的男人不是逛街购物买房子，而是实实在在承担起法律的责任。

学会放弃，意味着将昨天埋入心底，重新轻松的开始。

曾经谁说过：今世只爱你。只是爱你，却永远不能和你在一起。

一如冰山上的雪莲，心仪它，却不能携它归去。

谁说喜欢一个人就永远要在一起？有时，强求喜欢的人与自己终身相伴，其实只会令身心疲惫不堪。有些人，只可放在想象中，一旦你如愿以偿得到他（她），未必有想象的那么好。所以，才有这句话：得不到的东西永远是最好的！在交往过程中，大部分女人用直觉都能判断出身边的男人是否懒惰、爱撒谎、脾气躁、幼稚、花心、控制欲强、好妒忌、性无能、或者不负责任……问题是，要不要离开他？在犹豫中，在男人的海誓山盟中女人被套牢了，失去了撤退的机会，造成与错误的男人在一起生活，生活中遇到比想象还糟糕的处境后，女人就把一切归给命，那是自己的命。

应该分清楚，一个表白着为爱你而存在的男人，未必是爱你的人，他或许只是荷尔蒙周期高的强烈占有者而已，或者是善于用美丽虚假语言包装自己玩弄女人的伪君子。他的爱，来时如暴风骤雨激情浩荡，去时如疾风卷云无影无踪。想当初，口口声声表白爱一个女人到生命最后一刻的男人，一转身真不知对着哪个女人讲着同样的话。偏偏这样的男人，哪一个都牵挂着，哪一个都是他生命中不可缺失的支撑，疼爱女人的同时塞一把绝望。这样的男人，值得女人为他付出终身么？每一份感情都很美，每一程相伴都很珍贵。感情是一份没有答案的问卷，苦苦的追寻并不能让人生很完美，或许拥有一份得不到的伤感和遗憾，情感的回音才会更久远。都说女人一转身，男人就去找另外一个了，殊不知有多少女人一转身就不会再回头。

拿小鹏来说，她不拒绝那段没有出路的感情，主要原因是她害怕最后一个人生活，年龄大了找不到心爱的人，再结婚怕生不了孩子，担心伤害对方等等。现代社会，女人应该学会一个人快乐独立地生活，有底气拒绝嫁给不合适的男人，甚至拒绝跟他们约会。继续等待、寻找更合拍的男人。有时候，这个男人对你不合适，对她来说可能是天赐良缘——你憎恶他整天歪在沙发上打游戏，而另一个她就喜欢跟他并肩作战打僵尸打到天亮。合不合拍，只有自己明白。当然，女人太急躁，等不下去，怕做"剩女"的怪心理一定会促成自己失败的婚姻。

错过日出，还有彩虹，懂得放弃，才会有更多的机会看见最美丽的彩虹。选择放弃，是一种高级的人生态度，也是一种美丽的意境。

偶然当基民

　　当基民实属偶然，我这种见数字便眼晕，对经济一窍不通的人，在菜市场买菜都算错账，哪里懂什么股市？但是我跃跃欲试想炒股，是因为2007年，股市进入牛市，所有炒股买基金的人仿佛都在赚钱。单位一个退休的女人，早先做会计的，就在这一年赚了二百万，已经买了本市高档小区一套带电梯间的超大住宅。类似股民像标杆上挂的旗帜哗啦啦的飘，诱惑着不知多少想暴富的人？

　　早先，看过港台一些炒股电视剧，脑子装的全是炒股输尽资本又负债累累的典例，那些走投无路跳楼的，神经错乱疯掉的，倾家荡产沦落的，给了我很深的印象，便觉得股市恐怖的很。可就在这一年，我对股市的观念大变，只看见股票大摇大摆进入寻常百姓家，身边有点钱的人几乎都跑进股市了，眼见着不少熟人，有的纯粹是闲在家里的老太婆和糟老头，竟然也在股市大显雄风一夜暴富，又买房子又置地还把轿车嘟嘟开回家来。这阵势，好比七级台风刮来，刮走呼呼一片人，他们争前恐后取光银行存款另加借贷的，涌入股市抢购股票基金，生怕迟一步，堆在地上的黄金便被别人挖走了。

　　就是这一阵风，把我吹得头晕眼花，心动神摇，判断炒股嘛我还需要历练，还需谨记手机短信说的，"杨百万进去，杨白劳出来，宝马进去，自行车出来，蟒蛇进去蚯蚓出来……"
等股市有风险的提醒。此刻炒基金是件时髦的事，不行试一试？
赚了最好，赔了也亏不到哪去。恰好身边一朋友买了十万元基
金，两年不到翻成十八万，还有一些投资小点的同事朋友也赚
了钱，整天欢天喜地的谈论着基金。

所以，从网上对基金做了初步了解，获悉基金是专家拿你
的钱帮你运作，虽然利润增长慢点，风险不大。还等什么？有
利润增长的事如果不去碰运气？投资赚钱这辈子算没戏了！

实习开始了，小心翼翼先期投入三万元，进账时旁边有位
小伙儿提醒，股点进入六千了，你该卖出不能买进了。这话说
在关键之处似乎是神仙在提醒啊！可人的欲望一旦井喷九头牛
也拉不住？我轻视的对小伙儿回眸一下，心烦他多事，毫不犹
豫地跳进了股市。

这大概是所有没有经验初次入股人都持有的心态吧。这天，
股市大盘指数的确已经攀高六千点，明眼人已经看出要崩盘了，
我和几个外行兴高采烈的冲进去，光荣地加入了基民队伍。

毫无疑问地，我们是前脚进股市，后脚被套牢的。刚开始
看行情时高时低，足足心跳了一阵子。可在雪灾之后的一个月，
大盘暴跌，指数直线下滑，市场抛售气氛高涨。我从网上获悉，
造纸，农业，创投等题材板块相继补跌狂潮，中国人寿、中国
平安等大盘股虽然偶尔飘红，也不免在减仓盘的冲击下扭头杀
跌。三月份，股指重拾跌势再次逐波下探。途中虽有中国石油，
中国石化，中国中铁，中煤能源等大盘股再次于盘中强力反弹，
但弱势市场之下，流失的人气再难以回拢，股指于跌途之中仅
做回光返照即再次疲弱，尾盘中国人寿等保险股大幅跳水使得
股指再度扩大跌幅。

就这样，股市说翻脸便翻脸了。我等幸亏拐了个弯买基金，没有一步到位买股票，避免了血本无归的打击。在侥幸心理支配下，回望周围，那些不顾一切在股市拼搏的人，结果鼻青脸肿一片呻吟。一个熟人卖了家里十头牛，借了父母十万元冲进股市发财，梦想捞个盆满钵溢，不承想，亏的跳楼的心都有了。而我的三万元一直等待翻本，随着时间流逝，在此后的四年里，似剥笋般最后剩下一个核儿，眼看没有翻身的可能，盯着无可救药的惨跌股市，狠狠心抛了出去。发誓，从此远离股市。

几年过去了，我已经懒得关注股市，期间，证券公司的朋友多次劝告指数跌低尽快补仓，手机短信也天天发来各类基金讯息。可如何重建信心？在现实昭示下，我等心里只盘算着再也别碰这个烫手山芋了！股市的钱不是那么好赚的，保持心态平常最重要，国家经济还在发展中，经济增长的空间还很大，哪一天，股指跌幅正常了，我们闲钱无处打发了，再进股市玩玩不迟！

辑三　山水之间

参观上海世博会

2010 年的上海世博会，从扑面而来的各类信息中感觉到似乎与我很密切，总是格外的关注。真正的原因我知道，缘于上海那些熟悉的人，我先生的大学同学孙志保、毛善惠、徐惠芬、徐斌、周晓珊、老高兴、钱汉东等，他们生活的城市办世博会，强烈地牵动着我们的心。

晚饭后，全家在电视前心潮澎湃的观看上海世博开幕式，想起几年前，上海市要在约五平方公里的区域召集近二百个国家和地区来参加世博会，表示能够举办一届成功、精彩、难忘的世博会，我们有点将信将疑。可现在，看看形似飞碟的世博文化中心举办的世博开幕晚会，《相约上海》《江河情缘》《世界共襄》《致世博》，便知道，上海成功了！现场明星大腕云集，灯光服装典雅时尚，各项服务彰显人性化。据说演职人员三千五百人。在黄浦江两岸"四围之合"区域内进行的室外灯光喷泉焰火表演《中国欢迎你》《欢聚在世博》和《世界共欢庆》更是令人目不暇接，感觉欢欣鼓舞。据说技术人员就一千五百人。舞台是开幕式的另一个高科技看点，巨大的 LED 显示墙根据节目切换出立体、绚丽的四维场景，墙面灯光时而七彩转换，时而展开绿叶画卷，色彩斑斓的令整个舞台熠熠生辉。晚会最后，五大片的 LED 幕墙合成一个蔚蓝和翠绿色的地球，

使气氛达到高潮。烟花表演也是惊喜不断，惊奇啊！十五分钟前烟花燃放的密度相对疏朗些，牡丹、垂柳等视觉图案悄然绽放，十五分钟后相对比较密集和壮观，气势磅礴，象征着热情和爱的"心形"像花瓣雨般洒向黄浦江两岸。与此同时，黄浦江几百艘亮着灯、挂着参展国国旗的帆船在航行，中心广场的音乐喷泉伴随着烟花起舞。

从报道获悉，海关已总计验放一千五百七十批世博进口物资，价值超过八点六亿美元。七千万游客希望在世博会上看到各自国家的顶级成就，从中窥探未来。对于大多数中国人来说，这将是感受世界各国生活的机会。

中国真的强大了、富裕了，有能力举办这么盛大的晚会，令所有中国人激动的晚会，上海不愧为国际大都市，以阔大的视野和胸怀，展示出中国的文化经济盛况与主流方向。

本来，通过电视了解世博会情景便可以了，看过电视现场转播，忽然间决定，去上海！现场体验！不然后悔错过。

大概是受先生拉西的影响，他一个月前已经蠢蠢欲动，买行头购礼品，借口去上海观看世博并会面同学。有时奇怪，上海同学是他亲戚么？究竟是什么样的感情，使他经常挂在口头上，惦在心里边，两年设法去趟上海会他那帮大学同学。有了世博，去的更加名正言顺，他说新疆同学蒴塔姆、李世勋先后离世，上海之外只有他一个同学了，人生难料，此生要多几次见上海同学。

如此，全家计划请假去看上海世博会。还未成行，传来单位组织参观世博的消息，同事们为领导的举意欢呼雀跃。据悉许多政府机关都喊出给上海加油给世博拉票的口号，以公费形式参观世博，成了一项组织活动。2010 年 6 月 9 日晚上，我跟随第一分队到达上海，正遇瓢泼大雨，上海地导已等在那里，接送我们的大巴向上海松山市驶去。据说市区周围的宾馆早已爆棚，游客被安排到上海郊外。车开了近两小时才到松山，虽为上海的一个县区，环境倒十分好，宾馆三星级，房间配备齐全，洗浴、上网俱有。世博开馆以来，全国各地来参观的人太多了，只能住离市区越来越远的地方。当我们热水沐浴后，躺在宾馆的床上已达深夜。

次日，早早出发，一行人抵达世博园八号门入口处是八点半钟，场景令人震撼和惊叹，人山人海呀！中国人的百年世博情结和期盼最终梦圆，引来八方宾客争先恐后的前来参观，我们也是揣着极大热情与好奇心来的。此刻，还没有放人，据说九点开始安检，排在长龙般的队尾等候。多少年没有见过这么多的人挤在一起的感觉，幸亏有九曲八道的铁栏杆把人群隔开，有降温水雾，才会使人群在放行时有序而快速的进园。

终于进到被比喻为地球村的世博园了，眼前鲜明的中国元素和活泼的外国特色，绘就了一幅色彩斑斓的世界。纵观东西的世博轴，居高耸立；身披红装，雄伟壮丽，坚如磐石，稳若泰山，联系天地万物，层层叠叠的斗拱式建筑，是中国馆；流光溢彩，千姿百态。建筑风格奇异的是外国馆。真想尽快进去一饱眼福，可惜，哪个馆都是人群，到处都是排队的人。来时记忆的游园秘诀早已经丢到脑后，比如先预约中国馆，然后排队中小馆等，进来就不是那么回事，据悉不在清晨五点排队，根本预约不到中国馆。于是，便选择排队相对少的馆参展，看到了亚洲联合馆和非洲联合馆。之后，又参观了壮观而有创意的美国馆、印度馆、埃及馆、澳大利亚馆和俄罗斯馆、奥地利馆。虽然没有进去中国馆，依然怀着无限憧憬和向往的心情一次次

走进它。站在高低起伏、绵软舒服的英国馆广场上，不论从哪个角度看，硕大的蒲公英内潜藏着米字造型，给人很多遐想，不自觉地称赞其英国设计师的独具匠心和奇妙构思。

作为宁夏人，特意寻找宁夏馆，馆内上下两层，黄河、水车、贺兰岩画、西夏石雕、绵羊骆驼、葱郁的草原，回乡风情和塞上江南展现充分。身着白绿混色回族服装的姑娘，仪态优雅大方的表达着回族人的热情好客。

世界原本不大，上海世博园把世界各国的现代科技、古老文明、自然景观、田园风光、精神追求，在不到四平方公里的土地上展现。当夜色来临，在返程的车上，从高架路举目四望，各国馆尽在眼前，可以说，上海世博园如同未来之舟，承载着世界远航。

在后面几次进园中，五大展区几乎全部涉足，把"寓学于游""寓学于玩""寓学于乐"融于游园中。参观中学习参展国的民族精神，了解参展国的科技成果、发展概貌，人民生活情境，形象展示等。即使如此，时间依然匆促，虽然只是浮光掠影的参观学习，但比起身边排队六小时参观沙特馆，排队四小时进日本馆和韩国馆，我认为要合算的多，至少我看到了更多内容的众多国家馆。此刻，你若问我什么印象最深？我还会毫不犹豫地告诉你，那就是排队等着进馆的人群气壮山河。

至少，我记住了上海世博会的主题：城市让生活更美好！怎样才能让生活更美好？那是循环经济、节能减排、低碳生活、绿色出行，清新的空气，干净饮水。

人间仙境青城山

2000年夏天，放了长假全家人带着母亲去旅游，途中转车成都会朋友。被朋友邀请上青城山。"青城山有什么好看？不是五岳归来不看山，黄山归来不看岳嘛！"朋友说："人外有人，山外有山，青城天下幽是闻名遐迩的。"

朋友的车从成都出发，往西南行至六十八公里左右，便看见万顷平原上耸立的海拔一千八百米的青城山了。朋友说："登到山顶有呼应亭，上面可观日出，看云海，点点圣灯尽收眼底，极目远眺，岷江滚滚，川西景色壮阔优美。"听朋友对青城山的描绘，我们便急不可耐地想爬山一览山景了。可朋友又说："不急，凡事要讲事半功倍。先乘缆车到半山腰，在宾馆住下，明天一早儿精神饱满地爬山，下山时可慢慢欣赏山景"。

"山上还有宾馆？"我向峰峦叠嶂的山上看去。"是啊，还有街道呢！"朋友笑曰。我诧异，"有街便有商业网点，有消费人群。难道山上有个小城吗？"朋友说："还有让你奇怪的呢，山上还能荡舟呢！"他介绍说："青城山是著名的游览避暑胜地，夏无酷暑，冬无严寒，每年接待的客人约一百五十万人左右，所以，青城山早已成为吃住玩的极好去处了。"

哦！看来不虚此行了。踏进山门便看见，通畅的柏油路曲

曲弯弯伸向大山深处，远远近近的苍翠，古树参天，浓荫蔽日，清溪奔流，幽深莫恻。

据说，青城山虽位于具有火炉之称的成都却凉爽极了。原因在于它的气候条件得天独厚，它属于亚热带温湿季风气候区，年平均气温十五度左右，年平均降水量在一千毫米。

缆车可谓登山的极好工具了，当我们乘上缆车，徐徐滑行在奇峰峻岭间，人便像生了翅膀的鸟儿一样，在郁郁葱葱中飞翔。耳旁，隐隐传来寺院的钟声，也才知道山上道教文化为主体的道佛文化已存续多年。青城山上的古建筑，古遗址很多，经常有着一些宗教活动。于是，那钟声带来的千载占意和神秘感，真的让我有些迫不及待地想赤脚踏上青城山。

走出缆车站，我选了一处居高点远望。只见峰回路转，曲径通幽，佳木秀丽繁荫，令人陶醉。以朋友之意，先选了一处宾馆下榻，果然，这个宾馆门前有条街，店铺林立，生意兴隆。宾馆之内，通讯电视洗澡娱乐应有尽有，于都市毫无差别。夜晚，若不是树叶的沙沙声，潺潺溪流响，就不觉得住在了山上。

清晨，山后红日初露，林间薄雾渐失，上山的第一目标是"天师洞"。它居于青城山腰，为青城山著名景观。相传因东汉天师张道陵曾于此讲道而得名。走过泉水从高峰急泻而下的峭壁石廊，便来到了"天师洞"。洞内有天师塑像，不远有一个重檐回廊，雄居高台，气势宏伟的殿宇。殿内供伏羲，神农，轩辕三皇石刻造像各一尊，高九十厘米。据说现存殿宇建于清末，石刻造像却早于唐朝七百二十三年间。观内历代石木碑刻甚多，著名的有唐玄宗诏书碑等。观前右方有高数十米的银杏树，枝叶扶疏，相传是张道陵所植。观东不远处有三岛石，相传是天师降魔所劈，石上"降魔"二字清晰可见。岛旁泉水环流，浓荫遮日。碧绿中四处可见红砖青瓦的房舍，楼宇，那是避暑的去处。美丽的色彩，现代化的建筑，与大自然和谐地掩映在一起，既不拥挤沉重，又不松散淡漠，好似一幅幅山重水复，飞阁流丹的图画，使大山少了空旷与寂寞，多了诱惑与活力。

在山上遇到了几位夫妻，身着运动装，像是晨练的。攀谈中，得知他们或来自海南，或来自深圳重庆等地，专程来避暑，在山上租了房子已住多日。每天，他们选一个地方游玩，打算走遍青城山。看着他们游兴浓厚的样子，我想，怨不得许多游客在山上一住便是一月。他们必定是为了逃离都市的繁杂喧闹，让心灵在广阔深厚的大自然中得到休憩，体味超凡脱俗的感觉才深深依恋于山的。

行走于青山秀水之间，心境忽然变的恬静而优美。在乎山水之乐，青城山的酒食何尝不是令人吃过难忘呢？进了餐挡，最喜欢听的川话是像唱歌一样的问候，"吃啥子？"然后是一声余音绕耳的长音，"要得！"那问和答都伴着笑脸，荡漾着舒缓热忱，尤其那川味菜的麻和辣，让吃的人大汗淋漓，却是通体透气舒畅。

为了寻求一番野趣，在青城山一家阔大的竹楼内，我们点了深溪中的活鱼，当天狩猎来的山鸡，从山岭上采撷来的野菜，麻辣豆腐脑儿及清泉酿制的酒。然后，宾朋相围，欢歌笑语，觥筹交错。虽吃的汗流浃背，眼泪直流，但那种热烈的感觉却久久在心中升腾回味着。

没有时间过久逗留，在朋友的引领下，我们登上了青城山的著名景观"建福宫"，居于青城山麓的"建福宫"两院三殿内，树木假山亭阁廊檐，结构紧凑，布局独具匠心。宫外有明庆符王妃梳妆台古迹及一些现代化建筑，一条溪水终年不涸透明见底。四周，林木苍翠，浓隐铺天盖地。据说当年诗人陆游曾到

此一游，被恍若仙境的景色深深陶醉。他题诗一首："黄金篆书扁朱门，夹道巨竹屯苍云；崖岭划若天地分，千株眈眈压其垠。"可见当日景况之盛。

要问山上何处荡舟？实际是三山环抱的一处水雾茫茫的湖泊。虽湖光潋滟，水波流动，却是死水一潭。湖中荡着一条大船，将游客从此山送往彼岸。

当我们登上地处青城山巅的"上清宫"，游过麻古池、鸳鸯井、跑马坪、旗杆石等古迹，看山门外西侧石壁上黄云鹄所题"天下第五名山"，"青城山第一峰"的刻石，一股豪迈从心而起。一口气登上山顶，俯瞰川西景象，一览众山小，那博大高深的情景，竟让人有种超越一切，征服一切的情怀。

是啊！谁说高峰不可攀呢？人在高峰面前是那样渺小，当你把畏惧抛在脑后，勇往直前，高峰算什么？不是照样被踩在脚下了么？

俗话说：上山容易下山难。下山的路是窄窄的石梯铺成，被碎雨打过，又湿又滑。石梯之上有铁链扶手可拉，平缓之处也有竹子似的扶手。可细瞧时，却是水泥制作的竹子形状的栏杆。在青城山，处处都能见到古铜色的大小树根，坐落在山林中，草坡上。可那并不是被锯断的树根，而是造型极为独特的与大自然浑然一体的垃圾筒。这些既是大山的点缀，也为游客提供了方便，你不由得为川人的构思叫绝了。回忆上山所到之处，随处可见有人将游客丢弃的果皮、塑料袋、饮料罐捡起扔进背篓或垃圾筒后默然离开，便又为川人爱山如爱家的精神肃然起敬了。

黄昏时分，夕阳把柔媚的光束投向青城山，在碧翠与红霞的簇拥中，该下山了！匆匆与一片美景挥别，我不说再见！我想，不久的明天，我会再来青城山。

红楼梦与自驾游

最近，以好奇心观赏李少红版的红楼梦，每天五集看碟，并找出原著及评论书籍，尾随电视剧阅读，增加对情节和人物的理解。

以前，读过两版的红楼梦著作，人物故事也全知道，只是理解不了，里面世态人情以及眼花缭乱的菜谱药方子，看的瞠目结舌云里雾里。看电视剧的好处，是借助形象解读原著。结果越看越难懂了，不过，红楼梦如果随便被什么人一读便通，就不是传世的名著了。

至今，八七版红楼梦电视剧插曲刻骨铭心，不止一次的学唱欣赏。只是那版电视剧受当时经济条件限制，虽宝黛钗外表气质与原著人物八九成相似，但细节或服装等都显得粗糙。李少红这版红楼梦，整体讲还是不错的，忠实原著，尤其是语言的叙述、场景、服装、物件细节上都精致唯美耐琢磨。遗憾的是，剧中音乐太忧郁沉闷古怪鬼魅，扮贾政王夫人的演员太老与宝黛钗少年扮相年龄差别悬殊，看起来差强不协调！起初看贾母的扮演者太妖，看完50集，觉得这部戏也就是贾母演得最出彩，功底了得，人物内涵诠释的深刻，其他人全是过戏，角色内涵理解浅薄，表演浅薄，似是无魂的宝黛钗王熙凤，边看边叹息，糟蹋名著呀，挥霍钱财，沽名钓誉！遗憾李少红夫妻付出那么

多的心血，读不透红楼梦书里的魂儿，选的演员对原著囫囵吞枣式的理解，拍出的电视剧哪里会传神灵动，只能拖沓平淡，无甚新意。

看完红楼梦电视剧，恰逢国庆长假，便兴致勃勃计划驾车出省旅游。现在小区的空地、通道、楼下似乎一夜间停满了私车，不买车反而落伍了。这个月，儿子易斯玛仪从福建调回来，银川的路还稀里糊涂没弄清呢，急着要买车，他说买个车做代步工具，想到做到，他在车展上看中一款香槟色的'名爵'，便订了下来。

之后，他挂了个零照满城兜风过车瘾，信誓旦旦拉父母出去玩。周边城市景区全去过了，要去哪里才新鲜开心？你拒绝他。准确说，是对他驾车技术不放心，他大二考的驾照，如今刚摸车，实际半个月的驾龄，哪能开长途？

国庆第一天，按惯例陪母亲过节，享受过美食，全家围拢拉家常，母亲去做礼拜。一阵敲门声，弟弟和弟媳进来说，次日驾车去天水，已和天水、兰州的姨妈及表妹联系过，天水那边打算人凑齐后一起开车去陕西玩。我们两家结伴出行怎样？呀！我急忙提议。弟犹豫，说你家的新车跟不上的。弟弟开"丰田"越野，对我们的"名爵"有些轻看。我反驳，又不是参加汽车拉力赛，比什么汽车？别忘后生可畏，论年纪，易斯玛仪才二十几岁，反应敏捷，论开车，他三岁就开着儿童电动车飙车呢。玩笑！

次日清晨六点出发，两家说好在第一个高速缴费口集合，易斯玛仪开车在指定时间地点给他舅舅苏哈拨电话，苏哈还在他的家门口呢。于是，易斯玛仪进入高速路一路撒欢往前冲，他车上有导航仪，按照兰州方向驶去。

第一次坐在新手驾驶的新车里旅游，挺紧张的。我在车上反复调整坐姿，倚窗而坐，看着眼前逐渐豁朗的天地，把脑子里的杂事甩在车窗外，专心赏景，调节神经，慢慢感觉自驾游的快乐。

兰州原来很近，中午便到了。导航仪指挥到白银路。国府一品清真餐馆的详细位置，导航仪标不出来。于是，两部车子在繁华街道瞎转了两圈费掉一小时。兰州的车流人群实在拥堵，横冲直撞，远不如银川交通秩序好，坐在车上被惊得冷汗直冒。表妹电话催得紧，丈夫拉西说干脆打的带路，我们觉得主意不错，目睹他跳上一辆绿色的出租车指望他前面带路。忽然，一辆高大的公交车超在前面，巨大的身躯挡住了我们追踪的目光，变戏法一样，满街跑的绿色出租车，不知哪辆是我们追踪的车？结果，把拉西跟丢了。他怕我们找不到他，兜了一圈又在打车的位置下来等我们。我们也不敢瞎跑了，将车停在路旁"盲人学校"门口，等着兰州表妹小芳来接驾。兰州太大，地主小芳对"盲人学校"具体位置也不清楚，不敢贸然开自己的车来找我们，打辆出租来引路，一通折腾，把大家找齐领进餐厅，快中午两点了，肚子饿的咕噜噜叫。

小芳选了兰州比较有特色的回族餐馆，环境温馨精致，饭菜色香味俱全。

下午三点继续开车奔天水，高速下来进了国道，路况又窄又弯，货车频繁，山洞一个接着一个。小芳的姐姐小惠怕我们迷路，专程从天水赶到兰州，代替儿子开车走过这段差路。她虽为美女，但车开得很棒，经常驾车出省游玩，经验丰富，不是她，这段路我们是不敢连续赶的。

晚上九点，到老姨家，老姨准备了大闸蟹、鲜虾，一应蔬

菜美酒等候。

次日，游逛仙人崖、麦积山、伏羲庙、品尝农家乐。

第三天小惠开车载着她的父母儿子，前面带路，我们两辆车随后，三家人途径天水、宝鸡、凤县、徽县、穿越秦岭西部，一头扎进大自然，在自由快乐的心境中畅游，中间大家下车赏景、拍照、休息、聊天。

当夜入宿凤县不夜城，农家乐一家挨着一家，独立的小院，整洁干净，来这里旅游的大多连车带人入住农家乐，我们十口人包了四合院三间套房，车人安放统共四百元钱。

凤县四面环山，嘉陵江穿城而过。夜晚只见两岸人声喧哗，个个仰首望天。月儿高挂山顶，时缺时圆，灯光不时呈观"凤县明天更美好"的字样。茫茫天宇，令人眼花缭乱，满山灯光像是繁星点点，勾勒出环山的起伏轮廓，东北两个最高的山峰被修造成西游记里的天宫和广寒宫，夜空中，那两座宫的灯格外明亮闪烁，像是神话一般。

凤县环城一周，沿江两岸，分为上下两层的通道，上下皆可行人，观赏江面夜空之景。上层为人行便道，沿江道路栏杆立柱之上，镶嵌着圆月形景观灯，另一侧的机动车道旁，亦悬挂着的景观灯，皆饰有凤凰造型，不时变换色彩。山下有座长桥，走在桥上，桥下江面也是灯火点点，游船来来往往，空中探照灯七彩变换。音乐喷泉，时歇时起，直射山顶。返回时得知，此喷泉花费一千万人民币，堪比西安大雁塔喷泉，但其喷射高度达一百八十米，其壮观润泽，超过大雁塔喷泉。县城周边有一山，据悉山上有一寺，寺中的和尚看喷泉，也需仰首而观。我看这县城虽小，吃住行俱全，极有特色。

从凤县出来进入秦岭西部，柏油路弯弯曲曲伸进郁郁葱葱的大山深处。翻山越岭，出陕西入甘肃，回到天水，又赶二十公里，去天水泡有名的温泉。

开车五小时回兰州，在兰州市几个景点走马观花，晚上驱车三十公里，品尝有名的'阿西雅'羊羔肉。完美之中稍有不足，期间，易斯玛仪开车太疲劳，闯一次红灯被警察拦住，小芳交警队有熟人，打个电话给放了行。在繁华地段易斯玛仪车的后视镜把行人胳膊碰了一下，被追了一条街，如果停车，人生地陌，肯定会被赖住，易斯玛仪的车顺着车流卷进了另一条通道，甩掉了后面狂追之人。

此次出行，有险有乐，熟悉了山路、坡路、W路和S路等各种路况，历练了易斯玛仪的车技，为下次自驾游打下良好的基础。年轻人果然胆大，对车的感觉好，来回六天，顺顺当当把车开回来，往返奔波两千多公里，两家人安全归来！

两次去延安

多少年来，渴望着走进革命圣地，去感悟"延安精神"的神奇魅力，听听悠扬动听的信天游。

在我心中，延安是打着红色烙印充满神秘的地方，而第一次读到著名作家贺敬之《回延安》"几回回梦里回延安，双手搂定宝塔山"的诗句时，便被感染着。后来，脑海里的延安全都是电视剧以及小说描写的那样，以毛主席为首的中国共产党人建立的红军部队，历经周折，被蒋介石穷追猛打，落脚陕北。神奇的在延安十三年，推翻蒋家王朝，建立了新中国。延安！勾起我无限的神往。

1997 年 7 月，机关组织干部去延安，零距离触摸延安的梦想终于如愿。

那是难忘的一整天，三十位同事从银川驱车往延安方向疾驶，天高、云淡、风清。我们在汽车里唱歌调侃，昂扬的心情随风飞翔。快到延安时，有一段路凸凹颠簸，尘土飞扬，车走的极慢，仿佛晃悠着前行，颠的我们犯晕。终于到达了目的地，已经是下午四点，平生第一次踏上了延安的土地，映入眼帘的是一望无际的枣树林，火红的石榴花、延安城周围光秃秃的群山十分扎眼，满眼的土黄色似乎又在告诉我，这里每一片土地都有着厚重的沉淀。

在宾馆住下，急不可耐的上了街。延安的街道宽阔整洁、楼房鳞次栉比、城中人群熙攘，一切充满现代繁华都市的气息，这是革命圣地延安吗？我瞪大了眼睛寻找，的确是延安！那耸立的宝塔不就是延安标志吗？虽历经沧桑，穿城而过的延河水依然缓缓流淌，延河桥的风姿一如当年，清凉山上的道观、半山腰的新华社旧址、山脚下的广场都表明，这就是曾经的革命圣地延安！

看得出来，高楼大厦在土山的衬托中，尽情地向游人展示着延安的古朴，抬眼便见山上古老的窑洞，宁静的庭院，赶着羊群的百姓。

次日清晨去枣园，十来分钟的车程已经站在枣园里聆听讲解。1943年10月，中共中央书记处由杨家岭迁往此处。毛主席、刘少奇、周恩来、朱德、任弼时等亦迁入园内居住。

在硝烟弥漫的战争年代，四年多毛主席一直住在这里，领导了抗日战争、整风运动和大生产运动，筹备了党的七大。写了大量的著作，著名的有《为人民服务》《论联合政府》等。来延安之前，想象中，破窑洞、黄土坡、菜园子。没想到，枣园里绿树成荫、枝繁叶茂、环境幽静、风光秀丽。千余棵枣树、桃树、杏树苗壮生长，适于养生，毛主席眼力不错呀！再往前走，进入一个小广场，老远就看到了毛主席、刘少奇、周恩来、朱德、任弼时的塑像；广场后面一片参天大树；顺坡而上，一排一排窑洞。毛主席住的窑洞，分卧室、办公室、会客室。毛主席生平图片展览室，图片大都是没有公开发表的。过去看到的照片，领袖形象高不可触。今天，从另一个侧面看到了领袖的风采，穿着打补丁的军服，头发凌乱，其中，有一幅毛主席和家人的合影引人注目，领袖也是人啊！离不开油盐酱醋茶，摆不脱儿

女情长。

曾经，无数热血青年奔赴延安的景象已经隔世了。现在，印象最深的是大门口那个敲腰鼓、唱信天游的老人，一身陕北农民的打扮，向游客展示着当今延安正日益消失的东西。随着历史车轮的前进，最美好的东西或许只留存于记忆中。离开枣园的时候被大门口丰富多彩的剪纸吸引，从一位大娘手中买了一些，作为观光礼物保留。

休息的时候，我和一位戴羊肚巾的演员攀谈起来，是个四十来岁的中年人。从延安历史到现状，安塞的腰鼓，甚至还说到了"米脂的婆姨，绥德的汉"。感谢他，让我对陕北的民俗有了更加深刻的了解。随即，与一帮同事兴致勃勃的租了红军衣裳，扎紧腰带，戴好军帽，挎把盒子枪，摆好姿势，在窑洞前，纺车边拍照，活脱脱的红军战士，真像！大家指点着哄笑着结束了参观。

晚上，走在街上，延河自北而南静静地穿过古老的城市，像一条丝带，为古朴的延安增添了亮色。对面的山上散落着无数的窑洞，在秋日的阳光下显得异常清晰，建筑缺乏整体规划，不仅杂乱，而且土洋结合。整个老市区也是陈旧凌乱的，古朴之余居然隐隐然透出荒凉的味道。城东是唯一例外的地方，从远处望去，不仅有着不少新兴的工厂，还有不少整齐规划的居民区，给略显沉闷的延安城带来了一丝生气。宝塔山是延安唯一一座有树林的山，不禁感叹这里资源的缺乏。联想延安还未能走出革命老区经济落后的怪圈，一个疑问在我心里盘旋了很久，仅靠"革命圣地"这一旅游资源延安的经济还能支撑多久？

第二次去延安，时隔十四年，2011年7月，纪念中国共产党诞生九十周年，单位再次组织去延安。这次去延安，路况大不同，天高、云淡、高速路。早晨七点半出发，中巴在高速公路撒着欢往前冲，四个小时到延安，中午十一点半已经坐在延安市的清真餐桌上等开饭了。没有小米饭南瓜汤，大米饭新鲜筋道，有肉有蔬菜，汤菜一概味重，菜菜有辣椒，是宁夏吴忠人开的饭馆，没有延安口味。

延安已经变化太大，似乎与全国各个城市一样，高楼、街道、广告牌、商铺拥挤、车水马龙。虽然高楼林立，有了现代化的火车站、飞机场，但是现代化的楼群依然处于黄土高山包围中，历史的延安与现代的延安堆砌在一个画面上，是延安却不像是延安，延安在城市化进程中加快着脚步。

中午太阳强晒，用过餐直奔革命纪念馆和杨家岭王家坪等景点参观，窑洞前人头攒动，来者均走马观花，匆匆穿梭。

王家坪革命旧址已被修缮一新，土木石结构的平瓦房，整个礼堂可容纳二百多人开会，现在还保留着当年延安军民庆祝抗战胜利大会时的场景；绕过军委礼堂，向东是毛主席会客室旧址。

北院分为前后两院，前院有军委会议室，墙壁上挂有当年拍摄的很多照片。朱德同志经常在此召开重要会议，后院有一排窑洞，再后有总政治部组织部办公室、毛主席居室，林彪当年也住在这里。

在此期间，毛主席发表了《以自卫战争粉碎蒋介石的进攻》《集中优势兵力，各个歼灭敌人》等重要文章。朱德为七大起草了《论解放区战场》的军事报告和《克服困难，向前迈进》等文章，并在《解放日报》发表了著名散文《母亲的回忆》。1947年3月初，蒋介石调集了三十四个旅二十三万军队，向延安和陕甘宁边区出动了大批飞机轰炸延安。毛主席镇定自若地

坐在窑洞工作，警卫人员请他到防空洞去，他说："不要紧，窑洞这么厚"。这时，警卫员石国瑞拣了一块弹片给毛主席看，他接过弹片在手里掂了掂，说："噢，这个很好啊！可以打两把菜刀用"。过了几天，延安城里已能清楚地听到枪炮声，彭德怀几次催毛主席动身，他说："吃罢饭再走！敌人要来就请他来吧！我们把窑洞打扫干净，桌椅放端正，茶壶茶杯摆整齐，告诉胡宗南，延安是我们的，我们还要回来的。"领袖自信而乐观！一直到下午六时多，毛主席、周恩来等领导同志才离开延安，踏上转战陕北之路。1948年4月22日，人民解放军光复延安。国民党军队仅仅占领延安1年1月零3天。又过了一年，中国人民推翻了蒋家王朝，建立了新中国。

延安不少有影响的事件，令人难忘，八年抗战胜利结束，军委和总部在此举行了庆祝抗战胜利大会。1946年，毛岸英从苏联回国，在毛主席旧居门前的石桌向父亲汇报了学习情况。毛主席听后说："你已经大学毕业了，但学的是书本上的知识，只是知识的一半，你还需上劳动大学，在那里你可以学到许多书本上学不到的东西。"这次谈话后毛岸英一直奔波在基层。当年夏天，国民党中央航空第八大队三十五中队机长刘善本上尉，不愿为蒋介石打内战，驾驶B24式飞机起义，从重庆飞抵延安，延安总部在这里举行欢迎晚会，并称赞刘善本驾机起义的壮举。1947年3月中共中央决定组成西北野战军，由彭德怀任司令员兼政委，习仲勋任副政委。彭德怀带领西北野战军抓住战机，以少胜多，一连打胜了著名的青化砭战役、蟠龙战役、羊马河战役、沙家河战役等。经过七战七捷，歼敌三万余，粉碎了蒋介石对陕对甘宁边区的重点进攻，有力地配合了全国各战场的军事行动。毛主席重新写下了他初到陕北时对彭德怀的赞扬诗："山高路远沟深，大军纵横驰奔，谁敢横刀立马，唯我彭大将军"。

复习高考的时候，上述关于延安的故事就深深印在了我脑海里。我知道，在杨家岭那狭小窑洞的油灯下，毛主席写出了《矛盾论》《论持久战》等光辉著作，为夺取抗日战争的伟大胜利提供了强大的思想武器。而今，穿越历史，踏上这块黄土地时，"杨家岭的灯火"风采依旧！

重新跨进杨家岭沟口中央机关大门，绿树环抱下的中央大礼堂，红旗在蓝天下猎猎飘扬。礼堂当年由杨作才设计，中央机关同志自己动手建成，可算是杨家岭最辉煌的建筑了。时至今日，礼堂依然保持着"中国共产党第七次全国代表大会"会场旧貌，主席台正中悬挂着毛主席和朱德的大幅画像及六面党旗。抚摸着会场一排排简陋的座椅，我仿佛看到了当年的革命前辈们正在商讨中国革命的重大决策，仿佛听到了领袖们抑扬顿挫的讲话声，站在毛主席站过的讲台上拍张照片，最多找找感觉。

毛主席旧居门前有一方小石桌，标牌注明是毛主席和美国记者安娜·路易斯·斯特朗会见处。针对当时流行的"恐美病"，毛主席谈笑风生，提出了"帝国主义和一切反动派都是纸老虎"的著名论断。毛主席幽默风趣的语言在陆定以准确流利的翻译下，不断引起美国记者的笑声。后来，斯特朗在她的记录里写道"党的负责干部住着寒冷的窑洞，凭借微弱的灯光，长时间地工作，没有讲究陈设，很少物质享受，但是住着头脑敏锐、思想深刻和具有世界眼光的人。"

漫步在这儿，思绪不由又飞到了当年烽火连天的峥嵘岁月，眼前浮现出的是革命先烈们在硝烟弥漫的战场上、在雄壮激昂

的冲锋号声里，赴汤蹈火、前赴后继的画面。因此，更加怀念和崇敬为新中国的诞生而流血牺牲的革命先烈们，更加珍惜来之不易的幸福生活。

仰看宝塔山，近观延河水，夕阳西下，结束旅程。一条延河把本已不大的延安市区劈成两半，河里并没有水，满眼望去全是土黄的滩涂，滩涂上间或夹杂着各式的垃圾，延安已是现代的延安。站在延河大桥上往南眺望，整座宝塔山便呈现眼前，印象中曾有伟人以此为背景拍相片，于是伸出双臂和远处的宝塔山合影。

此时，远处传来久违的老歌《延安颂》："夕阳辉耀着山头的塔影，月前映照着河边的流萤，春风吹遍了平坦的原野，群山结成了坚固的围屏。"

麦积山的魅力

　　天水？天上之水么？那是什么样的地方？小时候我常常遐想，倒两班火车能到天水，从银川到兰州然后兰州到天水，长个翅膀飞过去多好。老姨十七岁从银川嫁到天水，在那里安家，成为天水人。期间，姥姥偌大年纪几次去天水看老姨，最后一次去是秋天，之前，她的一条腿在四舅家干活摔倒骨折，一直好不利索，她惦记远方的女儿，拄着拐杖执意去天水。倒火车怎么办？母亲派十二岁的弟弟专送姥姥，倒火车时弟弟为了给姥姥抢座位，把姥姥扔到原地独自扛着拐杖跑上车，男孩子就是粗心，回来他讲起这个细节，我后悔没有陪姥姥去天水。那时，家里穷的没有钱多买一张火车票，父母也担心女孩子单独外出不安全，所以，到结婚，我还无缘去天水看望老姨，看望据说长得像仙女一般的两个表妹。可几十年间，天水无时不藏于我的心间。

　　2007年"五一"后，市委老干部局把培训班办到了天水。缘于做老干部工作，天赐良机，我首次来天水，时间短促，联系了一路的表妹小惠，培训结束后只匆匆见了一面，便跟团队去游览天水名胜了。

麦积山在我眼中

　　去过那么多名山，泰山、峨眉山、华山、三清山等，没见过麦积山，这哪里像是山？猛看形态如农家堆砌的麦垛，又似一朵硕大的蘑菇，其形上突下小，望之圆团，长满植物，有着浓郁的绿。距天水四十五公里，秦岭西端北侧，海拔一千七百四十二米，便看见这座山，典型的丹霞地貌。据说以险、奇、秀和独特的石窟文化而著称，麦积山石窟与敦煌莫高窟石窟、山西云冈石窟、河南龙门石窟被称为我国佛教四大石窟，而麦积山石窟则以独特的泥塑艺术独树一帜。怪不得山小名气大呢！回来翻史料，麦积山之所以著名，主要石窟最特别。从公元384年到417年的三十三年间，十六国后秦时期就开始凿窟造像，经北魏、西魏、北周、隋唐、五代、宋、元、明、清等十多个朝代的不断开凿、重修，让麦积山石窟成为仅次于敦煌莫高窟的我国第二大艺术宝窟。天啦，古人为什么在半空中开凿一个紧挨一个洞窟，是拜神仙还是给神仙安家？看的似懂非懂。史料载：自公元四世纪末到十九世纪初，几百年各朝代制作了一百九十四个泥塑、石雕七千八百多件，壁画一千多平方米，北朝"崖阁"八座。数量多质量佳，于是，麦积山以其精美的泥塑艺术闻名中外。2010年秋天，我又去麦积山，两回登上麦积山，映入眼帘最多的依然是洞窟里的泥塑，高浮塑、圆塑、影塑、壁塑四种。大泥塑高达十六米，需仰着头看，小泥塑仅十多厘米，玲珑的看不够。众多泥塑不论是北魏时期的"秀骨清像"，还是隋唐以来的"丰满圆润"，鼻子眼睛神态各异，栩栩如生。被赞为"东方艺术雕塑馆"，名不虚传，的确是古丝绸之路上的一朵艺术奇葩。

走进麦积山，石窟层层叠叠。顺着陡立的梯子往上爬，石窟大都开凿在二十至三十米或七十至八十米高的悬崖峭壁上，最大洞窟横宽三十多米，最小洞窟仅能容身，洞窟之间全靠架设在崖面上的凌空栈道连接通达。我便费解，古时的匠人靠什么立在悬崖峭壁上完成石窟泥塑壁塑？不幸坠落山底的匠人知多少？那会儿多落后呀？完成石窟的匠人或许付出了几辈人的艰辛血泪呢，如今，后人一代代围观欣赏麦积山石窟，远近山崖拔地而起，翠柏苍松遍山，古人的功绩跃然跳进眼帘，不由得追忆古人的不凡。

伏羲庙的骄傲

伏羲庙比较有名，距天水十公里，是华夏人文始祖之一的香火之地，与女娲、神农并称为三皇。

追寻民族的根，有几个伟大的名字是无法回避的，那就是"三皇"——伏羲、神农、黄帝。伏羲位居"三皇"之首，中华文明史上一些重大的发明创造如画八卦、结网罟、兴嫁娶、创乐器等都附着在伏羲身上，因此伏羲也就成了文化的化身，古往今来被尊称为"人文始祖"，民间称"人宗爷"或"人祖爷"。当然，现代意义上的伏羲文化内涵更加广泛，凡和伏羲事迹相关的事或物，诸如祠庙遗迹、民情风俗、轶闻传说、史籍记录等都属于伏羲文化范畴，所以，伏羲不得不看。

关于伏羲的传说至迟在春秋战国之时即口传心授，长久流传于黄河上下、大江南北。伏羲开天辟地第一帝的地位确立，其文化通过三个层面传播：其一，典籍传承层面，经、史、子、

集各类典籍代不绝书；其二，图像传承层面，伏羲女娲交尾像被广泛采用，频频出现在墓室雕刻、建筑物彩绘、工艺品加工等各种艺术形式中；其三，祭祀传承层面，从官方到民间都是设祠祭祀，绵延不绝。由此，形成了内容博大的伏羲文化，而对伏羲的钦崇自然而然成了几千年来信仰民俗中最有生命力的部分。伏羲文化既是一种历史文化，也是一种地域文化。关于伏羲及伏羲文化的发祥地，多种史籍都指向同一地方，那便是地处渭水本源上游的甘肃省天水市境，规模宏大的伏羲庙古建筑群和相传伏羲画卦的古画卦台都在天水市。

伏羲的故事及相关遗址遗物遍布祖国各地，这些都是中华民族文化交流融合最好的见证。尽管伏羲的形象或事迹被传说和神话缠绕一起，尽管学术界对伏羲是人、是神以及功业等众说纷纭。但有一点是共同的，那就是伏羲的身上蕴含着丰富的历史文化基因。《汉书·古今人表》称之为"上上圣人"！的确实至名归。伏羲的发明创造是人文之根，以伏羲八卦为基础的《周易》是思维之根，作为六经之首，构建了我国古代认识主观世界和客观世界的基本模式，伏羲人面蛇（龙）身所代表的龙图腾是中华民族强大凝聚力的维系之根，也是海内外华夏儿女团结奋进的标志。

话说回来，伏羲和伏羲时代已成为遥远的过去，而伏羲的精神仍涌动在中国人的血脉中。历朝历代对伏羲的崇拜，就是对文明和进步的礼赞，对劳动和创造的肯定，对无私奉献者的感恩。由此，我为伏羲的精神和生活在伏羲家乡的老姨一家骄傲着。

仙人崖的神秘

仙人崖美极了！这是我看见它时第一眼发出的感叹！2010年国庆节，我全家和表妹一家再到仙人崖，我们一起惊呼着！举着相机拍个不停，似山水画一般纯粹的美丽润着心灵，崖间有峰，崖上有寺，寺又开窟造像，石窟造像掩在绿水翠色之中，寺内香火缥缈。每于夜晚时节，天然萤火点点烁烁，与寺庙中油灯烛火交相辉映，有"仙人送灯"的传说。

据悉，仙人崖景区与秦岭山脉连接，距麦积山石窟十七公里，东联秦岭，西接东柯谷，群山俯仰，山势奇伟。东崖、西崖、南崖组成仙人崖；玉皇峰、东崖峰、西崖峰、宝盖峰、献珠峰组成五峰；木莲寺、石莲寺、铁莲寺、花莲寺、水莲寺、灵应寺合称六寺。沿石阶盘旋而上，苍松翠柏，赤壁丹崖，山势奇特，鬼斧神工。东、西、南三峰参列，宛若天成。三崖五峰之上据悉保存有北朝、宋、明、清等朝代塑像一百九十七尊，壁画八十二平方米。南峰上有玉皇顶，四周群峰，若揖若拜，其壮观景象被称为"十八罗汉朝玉帝"。

被导游带到了西崖，崖长约九十米，深十米，中起平台，可容万人走动，殿宇楼阁无数。而东崖内建花莲寺、睡佛、十八罗汉堂，侧有僧房，左有高梯通莲花洞，内凿石莲、石桌、石凳、石炉、石棋盘，披发仙人坐石上，神态迥异。献珠山孤峰突起，两家人顺羊肠小道曲径盘旋到达峰顶，便见望云楼，无量殿，钟楼等景。悬永乐铁钟一口，那么重,怎么挂到山顶了？尤其对面突起一高峰，四面绝壁，山腰有南天门，崖顶古柏茂密，野花幽香。往下走，崖下庙宇毗连，飞檐斗拱，崖底清溪畅流，

造坝拦水，形成仙人湖，山水倒影，峻奇秀丽，还能在里面划船。不是导游催着，买张船票从此山划到彼山，不是另有一番滋味在心头？罢了，留点遗憾下回来满足。

　　天水的美景几年来挥之不去，多次翻阅资料加深领会，唯恐枉行天水，轻慢了美景和亲人，索性记录在此，以留后念。

美丽的红石峡

"五一"的时候，跟团去榆林，来去三天，路途不远，费用九百元，吃住游全包。朋友是榆林人，把榆林吹绝了，说红石峡为世界级奇观，如果不去看，一辈子后悔。那去吧，现在纯自然的荒凉越来越少，据说去榆林的路途十分荒凉，荒凉加奇观，榆林对于我来说成了一处非常有魅力的地方！

准备了简单的行装，沿着陕北的路进发，四个小时转着走，差点没晕死。陕北的路没有沿着黄河修建，而是在土塬上绕弯子。荒凉的黄土高原，来之前就想到了这里的地貌，像电视里的黄土高坡，但是真的见到，比想象的还荒凉，对于我这个城市长大的人来讲，眼前裸露的贫瘠是我想象不到的。

之前，看惯了富饶的平原，车窗外面满眼的黄土堆砌，远近不见绿色。不敢想象山洼洼里住的百姓靠什么活着？

陕北的路不很宽，还算平整，多是柏油路。车也少，客运车进入佳县通镇就不一样了，好像是老街的清石板路，比搓板路还搓板，汽车颠簸着缓慢行驶。司机说，因为镇子里的学校就在马路边，公路修到这里的时候，村子不让修了，担心车速快，孩子们上学放学不安全。立即感慨，人家偏僻的村子这么人性化，不免对这个古老村子的村民产生了无比的敬意。

陕北的树木稀少，公路沿线偶尔看见一片树林，树林近旁

一定有条渠，水流湍湍，养育了这片绿色。这些树长的怪得很，像柳树，又和柳树长的不一样，主干不高，古铜色的老树根上面发了无数个枝杈，笔直冲天，好像是排列好了似的，就像一个大粗瓶子里插了一束枝条。问了当地人才知道，这是专门把几十年的老树拦腰砍掉，让树长枝杈，等长几年就可以把枝杈砍了用了。这些树东一棵西一棵长在黄土高原上，样子格外的招人，显得特别忧郁。据说这是陕北特色！后来发现某著名画家画了一棵这样的树，镶在镜框里挂在宾馆的墙上，粗糙的古铜色矮树干显得饱经沧桑，冲天的枝杈密密匝匝的缀满翠绿的叶子，那树怪的让你新奇让你喜欢更让你难忘。

等到了黄河边，司机说，河对面就是山西了，哦！站在这边看那边，挺得意！一脚在陕西一脚在山西，原来踩在两省的边界线上很容易啊。山西那边依然没有绿色，崖畔上的窑洞高高低低的，看得见人出人进，热气腾腾，一幅火热生活的图景。

当车子进了榆林城，城市的文明凸现眼前，一路的荒凉全被城市的灯红酒绿掩盖了，城里城外两重天，百姓们也生活在两重世界中。

次日清晨，直奔红石峡而去。红石峡在榆林城北约三公里的红石崖上，车子依然穿梭在黄土地里，沙尘飞扬，真想象不出红石峡有什么好？待车子转过一道土山，眼前便豁然一亮，目睹两山相望，石峡中开，一条清流，穿石而下，飞流瀑布，水石相击，轰鸣如雷，波翻浪滚，云雾腾飞，似乎是绿洲自天而降，我似渴急之人忽遇甘泉，那种清爽痛快直浸心底！

顺着石路往前走，便见一寺门楼子上额镌刻着"红石峡"三字。沿着红石峡拾阶而上，到了东崖，进入宋元古刹雄山寺。庙门在峡南，内有石台阶，寺依山傍水，复道飞檐，楼、阁、

240

亭相望。殿宇都是悬崖上凿的石窟，约十多个。有"天门"、"地门"各一，都是隧道。"天门"从寺通至峡顶，中间有一阁叫"翠然阁"。从石崖内登台阶而上，站在峡顶俯视寺内广泽渠，只见水圃成荫、宛然如画。"地门"从寺内通到峡底榆溪河岸边，人们通行时须弯腰行走。寺内有石刻佛像，工艺精巧。峡两岸普度桥飞架东西，势若长虹。峡内树木青翠，群花争艳，流水清冽，景色宜人，有水的地方和没水的地方景色相比，我又感叹是两重天了。

到了北峡，两壁中分，获悉上部是榆溪河聚结而成的天然湖泊，浮金耀银的天然湖泊，一股清流溢出湖面，有"水帘飞雪，石洞栖云"之称。站在岩头，水声相击，进入洞内，顿觉寒气扑面，一道暗渠自洞内经过，水深多少？用树枝探不见底，扔枚石头回音渺渺，似乎是流动的深潭，水清幽幽，沁凉爽人。洞内通往向上的石梯，沿石梯进入一个个石房子，里面有窗有炕，石桌石凳，听说共产党在此地闹革命时，曾隐藏在这里面开会，部署重大活动。便佩服早期共产党领导人眼力不凡，选了这么个有山有水的山洞做根据地，只要把粮食背上山，吃住不愁，易守能退，不取胜也难。

红石峡峡谷景观也极其养眼，有黑龙潭、青龙潭等八潭构成九龙溪，还有幽瀑、穿石洞、相吻石、双狮汲水、孔雀开屏、棋盘石等景，穿越黄土沙尘来这里观赏景色，真是值得，假如不来，一定非常的后悔，朋友说得不错。

沙枣花开红寺堡

对着瞬息万变的大自然，诗人常有"无计留春驻"的感叹，然而，"风景这边独好"！五月的暮春，去往红寺堡的路上，杂花生树焕发着勃勃生机，山崖水边、城头路旁，色彩缤纷的繁花密朵竞相争艳，而让我留恋的花，当数沙枣花了。许多年来，特别喜欢沙枣花那扑鼻的花香，有种浸入心扉的爽快。今年的沙枣花开时，到处可见米黄色的花朵竞相开放，肆意在空气中弥漫着浓烈的馨香，这让我联想红寺堡，想起红寺堡的建设者和建设者们坚韧高尚的精神。

说起红寺堡，这些年总是有着既陌生又向往的心灵冲动，至少感觉红寺堡的名称很神秘，有红区的意味。常常听到有人对红寺堡的描绘，断断续续获悉，在这个兔子不拉屎的地方，先后有二十万人被成功地从西海固等贫困地区迁移过来。把黄河水引上山，把荒原变成米粮川；红寺堡的建设者们，其拼命精神与当初延安自力更生、丰衣足食的情景殊途同归！逐渐地，又知道了红寺堡人用了十年时间，在荒漠上"变"出一座现代化城市，一步步实现着让贫困人民富裕的梦想。每每听到这些，我的好奇心都快速地骚动起来；真想亲眼看看，亲耳听听，红寺堡人是如何实现这一切的？

机会终于来了，2009 年的春天，自治区作协通知去红寺堡采风，真是很兴奋的感觉啊！说实话，一方面要与红寺堡近距离接触，另一方面与搞文学的人在一起交流是件愉快的事情。毕竟，文人心中涌动的东西是一些传统的、思想的精华，做人也讲求君子风度，这一点与职场的人大不相同，职场深处的人讲求计谋手段，笑看名利场上鹿死谁手？倾轧之中谁能掌握输赢？混迹其中，心乏神疲。我想红寺堡人没有那么狭窄，他们追寻和实现的一定是奋斗和奉献，是更高级的人生大梦想，不然，短时间内，荒原崛起一座城，那是无法想象的事。

次日清晨，外单位的会员与余光惠、高耀山、了一容、葛林等本市著名作家从区文联机关大楼门前乘车，一同前往红寺堡，一路我和银川晚报副刊编辑、银川市文联副主席平原并座同行，交流彼此的写作及生活体验，不觉间，红寺堡已出现在眼前。

到了红寺堡，始知它的名字始于明代，意为屯军之地。几百年来，红寺堡因为地处干旱的核心，风沙肆虐尘土飞扬，贫瘠的土壤在荒凉中无限期的延伸，唯有沙棘和蒿草在炙烤的骄阳下疯长。1998年随着国家改革开放的深入，机遇忽然降临，西部大开发把红寺堡推到全国生态移民扶贫开发区的前沿；红寺堡成为中央确定的"扶贫扬黄灌溉"工程主战场，自开发建设历经十余载，已经实现了从风沙危害区演变成今日防护林网纵横交错，渠路田配套成形的新型移民开发区。尤其是葡萄酒厂与万亩生态园葡萄基地的建成，加快了特色农业的步履。发展葡萄基地三十万亩和红枣、高酸苹果为主的经果林二十万亩，设施农业十万亩，黄牛十万头，被红寺堡人称为实现"3211"目标。多么宏伟的蓝图啊！听说，建设者们起初的待遇是，一把钢锹、一身劳动服、一套测量工具，搭个帐篷，垒个土炉子，

土豆熬白菜，喝汤常见沙沉碗底，睡觉常见铺盖压沙，在万分艰苦的工作生活环境中，迎着烈日狂风，造屋、栽树、开田、修路，把黄河水引上山来，把希望的种子撒在荒漠的土地里，硬是把红寺堡滋润出一片勃勃生机，这难道不是红寺堡人的壮举么？

由此，不得不说红寺堡境内的罗山自然保护区。

当汽车沿着崎岖的山路爬上罗山顶端，最惊讶的是罗山顶上的"好汉疙瘩"，海拔二千六百二十四米，几乎是与世隔绝的地方，有一个电视中转站，向周边城乡辐射收转二十八套数字模拟电视。群山如海，中转站好似泊在深海处的小船，有几个人吃住工作全在山上。据说二十天换班下山回家一次，山上寂寞，艰苦一目了然，令人感动敬佩的是，他们流露出对工作的热爱和执著，对环境的不在意，让你很感慨。抬眼看天，云卷云舒，附身山下，丛林含绿，当车行走在弯弯曲曲的盘山路上，电视中转站被淹没在密林深处，山上那几个人还在我眼前晃动。想想看，他们远离城市和家庭，在一个个白天及夜晚，听着猫头鹰凄凉的叫声和野狼的嚎叫，尤其是刮风下雪的山上，他们是否忧虑过自己宝贵的年华被时光淹没？焦虑过个人价值的无法实现？其实，一个城市的文明建设离不开小人物，千万个小人物组合起来，就是文明建设的生力军，他们值得我们铭记。

下山的路上，又看见了沙枣树，联想它一株株、一排排、拔地而起，在山坡上、田野上、房前屋后顽强扎根、生长、开花、结果。它们虽然土俗，却适应性强；虽然身披粗淡，却蓬勃生长，无论在白僵地、石砾滩、漏沙地和盐碱滩全部成活。据悉，沙枣树的叶、根、果还是良好的中草药，具有清热解毒的功效，可以为人医治痢疾、腹泻、肠炎等症，秋天成熟的枣儿，嚼在嘴里甜酸香涩，具有健脾止泻的疗效，可以医治脾虚胃寒消化不良等症。沙枣树的朴实无华、默默无闻造福人类的精神，与红寺堡建设者们执著坚韧的艰苦奋斗精神何其相似？一样的不因风沙的无情肆虐而黯然憔悴，更不因寒冬的压迫而失去对生命的热烈追求。

有人说，红寺堡曾经是野蛮的代名，也有人说，世界在野性中才得以保存。红寺堡是中华民族文化的一部分，它的神秘迷人，孕育了一代英雄豪杰，我们这个民族是崇拜英雄的民族，从女娲补天的神话到黄河源上的岩画，处处回荡着人世悲壮的旋律，有着气吞山河的阵势。是的，体验红寺堡人的拼搏努力，我感到有种崇高的思想动力在激励，感到有种崇高的意念，在深深融进我的脑海。

今年是建国六十周年，希望红寺堡早日建设成为全国最大的酿酒葡萄基地，自治区最大的节水示范区，中部干旱带最大的生态区，那美好的一天一定会到来。

山景人

    龙年中秋国庆相连，律师朋友们在所主任带领下驱车外出，景点不远！车程三小时，报了旅行社，图方便省心。第一站中卫寺口子，虽近，没去过。景点位于中卫宣和镇南二十公里处，古称北海。据说险、幽、奇、绝的自然风光使寺口子得以独秀天下。

    寺口子的名字挺有意思，什么出处？问过导游，听她讲了一个传说的民间故事。"相传很久以前，有位秀才娶了美貌的女子，两人相亲相爱，婚后女子怀孕。女子本是个孝顺之人，看着肚里的孩子一天天长大，而娘家又路途遥远，担心生了孩子后没时间回娘家省亲，便央求秀才牵着怀孕的驴驮自己回一次娘家，探望娘亲。秀才是知书达理之人，见妻子有求他，痛快允诺，早早收拾了一番，次日天未亮就把同样大腹便便的草驴牵出来，在驴背上铺了一床褥子，扶妻骑上去，自己牵驴，出村向岳父家赶去。

    正午的时候，他们来到一处山口，妻口渴难耐，吩咐秀才找点水喝。秀才扶妻下了驴背，安顿好，拿了水具去寻水。走出很远了，突听妻恐惧的尖叫："啊呦呦，山动了！"秀才回头看时地动山摇，妻和草驴刹那间被压倒山下。秀才悲声大放："我的四口子呀——"。山谷内回荡着"四口子……四口子……"，听到的人一传十，十传百，时间久了，人们就把这儿叫成了"四口子"。因山后有一寺与山口相对，故又称"寺口子"。

啊哦！好凄美的故事，地名得来有缘故。

走近寺口子，但见荒山连着荒山，一根草都不长，灰突突一片石头。导游讲这是喀斯特地貌，进了山才能见景。顺着山道转了十分钟拐进山后，惊讶地发现，一条奇险优美的寺口大峡谷出现眼前，大峡谷分为下峡、中峡和上峡，峡与峡之间的交通靠陡立的铁梯过渡。在大峡谷，最好看的是"一线天"、"神仙脚印"和"宁夏版图"。这里的一线天有西北的豪放，线的宽度稍显开阔，但险峻之势足矣。"神仙脚印"分左右两只，一步跨越整个峡谷，每只都有9米之高，足迹深深陷入岩石，足掌与足跟界限分明；最妙的是"宁夏版图"，一处岩壁上天然而成的形状竟和现在的宁夏地图，形似神似，可谓天绝。要说险，下面是几十米的山沟，而悬桥宽仅一米多，长有三十米，用木板铺就，两头坡陡势危，由天梯铁栏通接。走在悬空桥上晃晃悠悠，步履蹒跚的感觉真叫险！

要说幽，过了悬桥，翻过山头，到沟壑间驻足，古刹名庵之上凭栏，一种远离都市、走入历史，融入自然的回归感使人凭发许多感慨。寺口子怪石连绵起伏，有的突兀耸立，有的光滑如镜，神态各异，石壁上刻着"寺口大峡谷""灵仙谷""仙人洞"，从这些怪石嶙峋的险道上下来，浑身流汗，神清气爽。

据悉，寺口子有着悠久辉煌的文化沉淀：西汉名臣苏武在这里牧羊十九载，其事迹催人泪下。"苏武断桥"、"苏武栖身石窟"等遗迹在这里举目皆是；宋代杨家将的故事在这里也是妇孺皆知。

第二站通湖草原。几年前随单位来过，集体乘冲浪客车穿越沙漠，刺激、新奇、浪漫。和同事们滑沙、骑骆驼、射箭、

住蒙古包、品尝烤全羊，参加篝火晚会，能玩的都玩了，兴奋劲过去了，这次感受不到通湖草原的吸引力，坐在沙堆上呆呆数骆驼。观赏朋友们四人一组租了越野车，一个常开车的人试了两次之后，在旁边师傅不满意的训话中将车子驶进沙漠。我体验过这样的越野车，开在沙漠里，有种驰骋疆场的感觉。如果车速快，从高耸的沙丘驶入谷底，有一种向悬崖下面直冲的刺激感，惊心动魄，此刻，朋友们在车上惊叫不绝。

第三站沙坡头。以沙漠风景及治沙成就闻名于世的沙坡头，被评为世界上最美的沙漠之一。集大漠、黄河、高山、绿洲为一体，既有西北风光之雄起，又兼江南景色之秀美。几年前来过沙坡头，没有现在修缮的漂亮和精致。穿过北区沙漠植物之间铺就的曲长木板路，起伏连绵的沙丘，如同凝固的波浪一样高低错落，柔美的线条显现出它的非凡韵致。绵延无际的沙漠像一片梦幻般的世界。世界闻名的治沙工程——麦草方格沙障就在这里。来到沙坡下，光脚登沙坡，沙漠的沙子很细腻，脚踩上面有按摩的感觉，不远处沙雕、木塔、海市蜃楼，奇妙浪漫。

从北区出来进入沙坡头南区，遥望黄河及对面山峰，感觉真好。入了门，南区游玩项目主要是自费参加羊皮筏子漂流黄河、黄河飞索、滑沙、骑骆驼。滑沙地点是一个高度超过100米的高坡，我乘缆车上去下来，朋友们年轻，将自己绑在飞索里穿越黄河。

乘坐羊皮筏子是我此行来沙坡头最大的心愿，印象中像漂流激浪一样，尽显浪漫。在黄河岸边的林荫道上，我看着整整齐齐排列着几十个羊皮筏子，又摸又打量，十四个气囊和上面一个木架组成的羊皮筏子，每个气囊由整张羊皮制成，羊头四角和头部被扎起来，气囊里灌了食用油，据说能防止气囊漏气，这难道是旧社会载人装货飞渡黄河的交通工具？一个筏子据称价值超过五千元，够贵的。每个筏子可坐四人，外加一名船工。我好奇心大发，相邀三个朋友一同渡黄河，费用八十元玩一趟挺值得，快舰送回来。我认为：乘羊皮筏子比不得乘公交车那么方便，渡黄河也是千载难逢？黄河距离城市很遥远，乘坐羊皮筏子只能抓住眼下时机，稍加犹豫放弃了，还不知哪年哪月才有机会来呢。有朋友担忧，吹得圆鼓鼓的羊皮气囊一旦漏水把人掉进黄河咋办？好不容易拼够了四人，穿上红色的救生背心，迫不及待下了河，一女三男加船工启动了羊皮筏子。

离岸越来越远了，波涛滚滚的水面，筏子平稳前进，远没那种聆听涛声不绝，轻舟已过万重山的险境，瘾还没过呢，靠码头了！快舰几分钟给送回了原地，不情愿的上了岸。

回眸浊浪翻卷的黄河水，体验与自然交融的情景，心像泊于无风无浪的港湾。我想，今年高速公路首次实现不收费，人们驾车扎堆出去玩，造成路上拥挤，景点爆棚，是什么心理状态？有评论说：十三亿人在同一时间进入假期，八千六百万人挤上高速公路。据统计：八天内，七百六十万人次乘飞机出游，六千万人次坐火车远行，四亿人次涌进全国大大小小的旅游景点，七千七百万人次迈出国门，一千八百亿元花在国内旅游市场，八百亿美元豪掷到其他国家……对于"在路上"的中国人来说，旅游意味着"逃离"，逃离朝九晚五的工作，逃离家庭、单位两点一线的生活轨迹。许多人出来游山玩景，花钱受累，图的是悠闲中享受景物带来的精神松弛。应该说，在人生平淡的季节里，多数游者希望把沉重和苦涩消融在心的容器里，以一个旅者的形象，行吟在岁月的风景中，找寻快乐，我又何尝不是如此呢。

云台山与少林寺

2010 年 6 月 7 日，出差路过河南郑州。

第一次来河南，对河南的印象仅仅凭着电影"焦裕禄"与"少林寺"，觉得贫穷而神秘。

出差任务是到郑州检察院学习技术装备及管理经验。到郑州已达傍晚，与三名回民同事寻找清真餐馆途中，匆匆的脚步草草浏览郑州城市概貌。还不错，比印象中整洁繁华，大都市模样。靠着出租车司机的引领，终于找到一家回民面馆，获悉此面是河南著名的"裤带面"，大厅内熙熙攘攘的食客，排在队尾等了二十几分钟才等到一碗牛肉面，香喷喷的汤水，精滑滑的寸宽面，几样小菜，周围食客蒙在热气腾腾水雾里吃得满头大汗。

回到宾馆已深夜，盘算郑州两天的行程怎么过？刚刚逃离刻板的机关，千里迢迢，不能继续坐在郑州办公室里听两天经验介绍吧？那将会在乏味中浪费宝贵的时间。此刻，心思早已在少林寺和云台山盘旋。少林寺多著名呀，"深山藏古寺，碧溪锁少林"，云台山是从网上获知的美景。20 年前，一部《少林寺》的电影至今让我神往，少林寺成了我久久向往的圣地。

不看少林寺，这趟河南算白来了。于是，打算向领队请求，公事压缩一天，剩余一天游览少林寺。

经过与郑州检察院磋商，才知行程安排里有一天游览国家地质公园云台山与嵩山少林寺，一阵的兴奋，心想事成啊！

那日清晨六时半，乘大巴驶往云台山，行程四百公里往返路程六小时，之间拐到少林寺参观。时间特别紧张，最迟当日下午六点半回来聚餐之后赶八点的火车，看景象玩命，即便如此，也乐不可支。

汽车很快上了高速，眼睛向窗外扫描，高速四通八达，树木郁郁葱葱，绿的似是江南一般。太多沿途的风景让我感叹着郑州的发展之快，而我的字典里只了解河南素有"九州之腹地"之称，倾慕洛阳牡丹花朵硕大，品种繁多，花色奇绝。

车上的导游是位皮肤黝黑爱说笑的河南姑娘，不断介绍河南人文景色给我们听，用河南话唱歌讲段子活跃气氛。车过加油站时，司机被多收了钱，他争执了几句交费跳上车，边踏油门边骂了一句"这鳖孙儿"！地道的河南骂，逗得满车人哄堂大笑。此后，遇到不顺眼的人和事，大家便模仿河南调调说："这鳖孙儿"，把司机与导游逗得捧腹。

九点半到达云台山，云台山风景，具有小寨沟之称，以山称奇，以水叫绝。女导游一口气说，云台山不仅是世界地质公园，而且是国家森林公园、国家猕猴自然保护区。等级够高的！获悉云台瀑布是亚洲落差最大的瀑布。

沿着通往小寨沟的台阶拾级而上，游人拥挤，他们或拾阶慢行、或纳凉小憩、或拍照留影、或在水中嬉戏打闹，给这个幽静而神秘的山谷带来无尽的生机和欢乐。我们没有时间欣赏美景，走马观花式的看景。传说云台山以水叫绝，素以"三步一泉，五步一瀑，十步一潭"著称。看过才知道，天门瀑、白龙潭、黄龙瀑、丫字瀑皆飞流直下，形成了云台山独有的瀑布景观。多孔泉、珍珠泉、王烈泉、明月泉清冽甘甜，使人流连忘返。

终于目睹三百一十四米的云台天瀑，犹如擎天玉柱，蔚为壮观。很远便见巨瀑咆哮而下，潇洒飘逸，瀑声震耳欲聋。感受是我无法形容的，只能用"飞流直下三千尺，疑是银河落九天"的陈词旧句描绘它的旷世奇景了。此时，最忙的要数相机了，咔嚓、咔嚓的快门声此起彼伏，周围惊叹声不绝于耳。而另一边的瀑布则温柔许多，从上面冲下，被错落凸起的岩石扯成几缕，形成了薄薄的水帘，急急下流，飞花溅玉般碰撞。

抬眼眺望，云台山满山覆盖着原始森林，深邃幽静的沟谷溪潭，千姿百态的飞瀑流泉，如诗如画的奇峰异石。山上云气缭绕，仙风回荡，山下清漪池、翡翠池、洗砚池一个接一个，或清澈见底，或色深如翠。水面有时静若玻璃，虹鳟鱼在宽阔的水面悠游的姿态清晰可见。奇形怪状的石头，在泉水的浸润下越发显得有灵性，静卧水底，泛着光芒。

奇怪蝴蝶石、试剑石、狮子石是怎么长的？真是蝴蝶变得么？不由得遐想，如果不是真的变的怎会如此逼真？

该下山了，回头望去，云台山红岩峡被抛在身后。

车子匆匆赶往久负盛名的少林寺，远远看见红墙黑瓦、青松翠柏，少林寺比电影里来得更加真实。

关于少林寺的传说，可谓家喻户晓，十三棍僧在李世民讨伐王世充的征战中，助战解围，立下了汗马功劳。唐太宗李世民特别允许少林寺和尚练僧兵，开杀戒，吃酒肉。寺内有一块《唐太宗赐少林寺主教碑》，记述了这一段历史。由于朝廷的大力支持，少林寺发展成驰名中外的大佛寺，博得"天下第一名刹"的称号。

少林寺整个寺院是依山修建的，在一条狭长的地带，长而不宽。越往上走，山势越陡起来，好像是爬坡一样。寺院中间，大殿一座连着一座，每座大殿供着不同身份的佛教人物塑像。我不懂佛教，不知这种排列是不是也有规矩，寺院左右两边是两排厢房，听说那是和尚的卧室，我却没有见到和尚的床铺，也许他们真的就像电影里描写的那样，睡在木凳或绳索上，或许是树枝间？

瞻仰寺院，古砖古瓦古树，一景一物饱经历史风霜，每一座建筑物都显得苍老高深，蕴含深广，飞梁画栋层层叠叠。据悉，那些木质建筑不用一枚铁钉，全靠各梁柱齿交沟含，互为抵御，稳稳妥妥地把一座建筑支撑了数百年，甚至上千年，如今似乎罕见这些能工巧匠。仔细打量梁柱上那些优美的艺术雕刻，如何雕上去的？佩服古代艺人的缜密构思。藏经楼里，存藏着多少古人的笔迹？怀着好奇回来后查阅资料，原来少林寺留存下来的文物相当丰富。如：北齐以后的历代石刻四百余品；唐至清代的砖石墓塔二百五十余座；北宋的初祖庵大殿；明代的五百罗汉巨幅彩色壁画；清代的少林拳谱和十三和尚救秦王等彩色壁画等等，都具有较高的历史，艺术和科学价值。

最吸引眼球的当推少林武功，功夫是刻苦训练出来的，听介绍，每天早上四点，武僧们已纷纷从四处集合到山门前准备跑步。一般是从山门前跑到后山的达摩洞。一般人的脚力勉强爬到山顶至少也要一个多小时，已经累得半死。这些武僧们跑上去用双手撑着下来，打个来回也不过半个钟头，似飞一般的上山下山，之后找个幽静的地方参禅习武。寺内除了武僧还有文僧，初到寺里的沙弥每天上午读经书、学语文、数学、历史、地理、英语……下午是他们自由活动时间，念经、参禅、练功、读书、上网。待到下午五点寺内所有的和尚都要到大雄宝殿上晚课，就像是向佛祖汇报学习心得一样。天天如此，周而复始。现代的和尚不简单啊！看似枯燥的佛教徒生活，僧人们却乐于其中。少林和尚功夫了得，受国内外追捧，绝对是经过千辛万

苦训练出来的。

坐在演艺厅，人头攒动，座无虚席，心动已久的一场令我激动的武术表演开始了。伴随着"铁头开路"一声断喝，少林小武僧的铁头功拉开了当天功夫展演的序幕。随后，各类少林拳、少林器械等精彩的内容逐一展现，引得游客掌声雷动，喝彩不断。当"打山门"这一环节作为压轴节目登场时，全场观众按捺不住内心的喜悦与激动，全体起立，为少林寺武僧们精湛的少林功夫鼓掌、叫好，气氛热闹非凡。

获知，少林寺近年来发生的事件，和它的香火一样日渐绵延炙热，商标案、大拆迁、申遗、开公司、注册商标、编排舞台剧《天下少林》到世界各地演出、独家授权网络游戏《少林传奇》、将互联网装进了藏经阁并举办互联网论坛……一桩桩一件件，千年古刹里的人和物都在发生着深刻变化。

少林寺内有株银杏树，树身过抱粗，枝丫丛生，节节向上，已有一千五百年的树龄，有神树的气质！赶紧照个相留念。为何少林寺要选种银杏树？获知，每到立冬之际，银杏叶开始凋落，漫天飞舞着扇形叶片，像是禅的意境，美的阐释。夏天，银杏的枝叶茂密，叶子绿得发亮，一团团的枝叶如同一把把撑开的大伞，为过往游客提供一方荫凉，也庇佑着少林。

一辈子或许只来一回少林，少林却一辈子装在我心中。

文学带我来昌吉

2012年8月26日夜11时，当飞机在临近乌鲁木齐上空降低高度时，我紧贴着舷窗注视着隐隐约约的山峦、平原、河流，看到了灯火辉煌纵横交错的城市街道，亮晶晶像萤火虫般飞奔的汽车，在夜色掩映下，霓虹灯闪烁着五颜六色的光芒，乌鲁木齐壮观的令飞机上的乘客发出此起彼伏的惊呼！

当飞机的起落架触地那一刻，我忽然意识到与其说应邀参加第八届全国回族作家学者笔会，不如说来赴一个善缘，可以说是一次企盼已久的聚会。

作为回族，作为一个写作的女人。

十年前就认识了《回族文学》，与它擦肩而过。

十年后声名鹊起的《回族文学》热情的召唤我。

已经第二次来新疆，美丽而神秘的新疆吸引着无数的外来客。天山雪松、绿洲白杨、戈壁红柳、大漠胡杨、空中草原、喀纳斯湖，它们以顽强的生命力，给新疆注入新的诠释。昌吉是怎样的？因为知道了《回族文学》，所以知道了昌吉，昌吉在脑海中还只是书里读来的印象，仅仅知道它是重要的回族聚集区，古代闻名遐迩的"丝绸之路"，新北道上通往亚欧各国的必经之路，边陲名城。见到笑容满面来接站的马国锋编辑，一起乘车自地窝堡国际机场驶向昌吉途中，方知道，昌吉正在

积极打造一批在全国有一定知名度和影响力的文化品牌。创刊三十三年全国唯一以回族命名的文学期刊《回族文学》，已被昌吉列为重点打造的本土文化品牌。

虽然已是繁星满天，但昌吉的文化形象却清晰的凸显眼前，原来昌吉领导如此重视文学啊！作为二十余年坚持阅读写作的回族人，我立即反问自己，对《回族文学》关注了多少？霎时，心间滑过一丝愧疚。

十年前，在《黄河文学》发表了一篇短篇小说后，接到了来自新疆《回族文学》编辑的一个电话。是位先生，嗓音很有磁性，不知他是怎么知道了我的手机号码，他简短介绍了《回族文学》并向我约稿。惊讶之余，第一次获悉了新疆昌吉有本《回族文学》，适逢在昆明出差，站在世界园艺博览会的花树前，心情格外愉悦，我请求先生，寄本杂志过来。

之后，《回族文学》如约寄来。我翻阅着，薄薄的页码，浅色的封面，不太起眼。那会儿互联网并不发达，对于《回族文学》在国内外的影响我知之甚少。

大约职业是个检察官的缘故吧，游移在法律和文学之间，泡在冷酷而理性的工作里，整天与黑暗打交道而偏偏是浪漫的追梦人，嗜好写作，却没有把回族的文学作为事业与责任来追求。

从云南回来，向《回族文学》投寄了一份稿件，写作水平不高，稿件石沉大海，当时我并不重视这份杂志要求浓郁的回族特色。现在读来，它还具有回族文化的指向性、指导性、品位高，视角独到、细致入微又宏观大气。回忆十年前那篇作品，跳不出编辑这道门槛是必然的。记得，我将关注力移向其他刊物，与《回族文学》迎面错过。

时光荏苒，一晃十年。当我在《民族文学》发表过一篇稿子后，去年八月某天，又接到《回族文学》一位女编辑的电话，我讶异地问她怎么找到我？她嘹亮的声音非常阳光，说通过宁夏作协认识的，她介绍自己叫马玉梅，向我约稿。

毕竟到了互联网时代，很快，我的一篇小说通过网络传到马玉梅的信箱。期间，她打来电话，对小说人物命运、事件叙述、环境细节、故事结局提出细致的修改意见。

肯定地说，《回族文学》的编辑在关注回族文学进步发展的同时，始终把目光投向回族作家或者在文学刊物以及学术研究期刊上发表作品的回民作者，并主动联络追踪他们，对每一篇来稿精挑细选，缜密把关，恪守职业精神，如此，才有了《回族文学》坚实的脚步与深远的影响。

我是抱着肃然起敬的心来到昌吉，想亲眼看看《回族文学》的编辑是怎样的不同凡响？

这天，全国来参加第八届回族作家学者笔会的代表被安排在昌吉园林宾馆下榻。早晨起来，忽然发现宾馆坐落于春华秋实的园林中，举目便见果实累累，苹果与海棠挂满枝头，树下碧绿的草坪上落着一层红果儿，鲜润润、圆溜溜的。忍不住摘了几个海棠尝尝，水灵酸甜的十分爽口。

笔会召开时，许多的领导也亲自到会祝贺。从新疆维吾尔自治区人大常委会领导、政协领导、文联副主席一直到昌吉回族自治州党委书记、州长、州党委宣传部等领导都来出席开幕式。笔会还邀请了来自北京、香港、宁夏、甘肃、云南、山西、浙江、内蒙古等地的新老作者，编辑。

见到《回族文学》的编辑才知道，从社长买玲到栏目编辑多是女人，不禁感叹新疆昌吉的回族女人果然非凡。

最开心的事是笔会安排的四场专题讲座，一场比一场精彩。

《小说月报》副主编刘书棋讲的《读者眼中的小说和小说月报》，清华大学中文系教授、著名作家格非讲的《小说的叙事》，南京大学教授著名评论家王彬彬讲的《文学的语言》，《散文选刊》主编葛一敏讲的《散文创作的潮流及前沿信息》，各有特色终难忘怀。平日里难得听讲文学课，尤其是听专家讲课，与我是一件极喜欢和享受的事情。笔会请的专家们各抒己见、妙语连珠，深入浅出，通俗易懂。他们从名家的创作实践以及创作体会，结合文坛现状谈创作，引起了课堂上强烈的共鸣和轰动效应，一阵阵激情难抑的掌声经久不息。期间，杂志社主编买玲及副主编王勇与参会代表们就当下回族文学发展存在的问题、创作过程中的经验与困惑以及《回族文学》的办刊方向进行了深入研讨，代表们为回族文学事业的大发展、大繁荣建言献策。

晚上，宿舍的各位文友相聚一起，围绕文学创作、发展这一主题侃侃而谈。在这里，畅己言，抒己志，享赏文学乐事。五湖四海的回族文友挤在一起，没有香茗一杯，但每个人的心却可以因为畅谈的激情而变得火热。由此我结识了创作《冰火雀儿山》的回族青年敏洮舟，创作《苍劲的松柏》的汉族归伊小伙儿樊前锋，八零后回族作家石彦伟等。这些取得骄人成就的轻年才俊，无疑都是敏锐而坚强的，他们是在真心实意的写作，作品和心跳与脉搏一样明晰可察。他们和我一样活在一个充满欲望的当下里，面对形形色色的诱惑，用眼睛，用心灵感受着黑与白的冲击，捕捉着瞬息万变的世态人情，揭露着世间的秘密，剖析着生存的理念，鞭笞着隐藏的昏暗，弘扬着民族的气概。努力！再努力！去克服自身的狭隘与偏执，以免被笔下那些悲观、忧郁，甚至是绝望性的文字所羁绊，坚守住孤寂与痛苦，立身于尘嚣之外，静静潜伏在心流的波涛之下，通过沉思体验生命。

无疑，回族作家也渴望通过交流来促进文学创作。此次笔会让每一位参会者走近《回族文学》，感受着《回族文学》的震撼，碰撞出智慧的文学火花，激励自己埋头创作，出作品，出精品，推动回族文学发展，为回族文学这朵艳丽之花在文学的百花园里蓬蓬勃勃开放而浇水施肥。

以文学为名，品读昌吉，这是第八届回族作家学者笔会的又一主题。

《回族文学》会务组安排代表们参观昌吉恐龙馆、昌吉高新开发区，赴天池、索尔巴斯陶牧场采风活动是值得一书的。

大巴车在宽敞的乌昌高速路上欢唱着奔行，编辑马玉梅承担了导游的角色。她不失时机口若悬河的介绍着昌吉："三面环抱乌鲁木齐，近年来加速推进乌昌经济一体化。乌鲁木齐自治区对昌吉提出"三率先"要求，即率先实现新型工业化、农牧业现代化、新型城镇化，率先实现农牧民人均纯收入超万元，率先实现全面建设小康社会。一个奋发图强，经济文化面貌显露着盎然生机的昌吉回族自治州，深刻感动着我这个初来昌吉的人，给我留下了难以磨灭的印象。

天山脚下，一条蜿蜒曲长通往天池的木板路上，我与清华大学教授，著名作家格非零距离接触，边走边谈。崇拜格非老师的作品也几年了，没想到这么著名的教授，刚四十几岁已花白头发，穿身灰色的运动服背个中学生式的双肩包，蹬双旅游鞋，普普通通扎在人堆里，怎么看也无法与文坛以及学术界名人格非联系在一起。期间听他讲座，似乎每一分钟都被吸引着，用速记的方式记下所有内容回去慢慢琢磨，现在总算可以面对面交谈了。我理解小说家又是艺术家，把直觉用艺术的形式展

现出来，不是作者决定人物的命运，而是人物决定自己的命运。直觉对作品往往是一刹那，致命一击的灵感。当然，这些灵感是需要一定文化底蕴和生活经历做积垫的。格非老师强调语言感觉的重要性，反复将《金瓶梅》与《红楼梦》的写作细节进行对比，强调写作的特点与个性，小说最终达到的成功是，传神，韵味，简约还要力求节制、有内敛，有张力，让读者能充分享受文字带来的美感与启发。与刘书琪老师也是途中边走边谈，请教小说的魅力，他讲了编辑过的小说《潜伏》，当时并不知道它的命运，那样的小说之所以红遍全国，是因为它像一座迷宫，把人们引进去，再绕出来，情节之间险像迭出，环环相扣，人物丰满，个性突出，如此才能引起共鸣和震撼，观众才会喜欢追捧。

联想从小说月报上曾经读过的那些文章：毕飞宇的《玉米》《玉秀》、马金莲的《掌灯猴》等，从《回族文学》上读到敏洮舟的《冰火雀儿山》等等，虽然时过境迁了，依然记忆犹新。这些作品里活生生的人物或者生命，就那么赤裸裸的走来，它不仅真实地袒露出了作者的内心感受和思想感情，更如同一个个深层的哲学命题，向着更高的关注，更深的诠释，将人性和精神的处境做了全面的剖析。读完一部好的作品，常常就对文字后面的那个人有了很多遐想，除了佩服和惊叹，更生出几多幻想，如果我能写出这样的文章该有多好！

葛一敏和王彬彬老师则提倡创作与思维的完美结合，认为每一个作品都应该有自身鲜明特点，让人物在平庸的话语世界里给人留下刀刻火烙的印象。好的作品应该有最好的语言，这是个文字构建起来的自由个体世界，展示的是人们的精神状态，特别是鲜活的生命状态及至情感生活的一种艺术表达形式，是艺术的叙述而不是生活的流水账，要真实，用心灵写作。

是的，老师们期待我们用更多的时间去感悟生活，打磨语言，写出真正"源于生活而高于生活"的文字，我欣喜参加笔会获得的如此丰硕的体会。

美丽的天池到了，站在博格尔达峰下海拔近两千米处的山顶上，看着云杉环拥，碧水似镜，风光如画的景色，欣赏着，赞叹着。

一路走，一路看，天山作为昆仑山脉的一支，之所以神秘著名，是因为巍峨的高山冰川、浩瀚的林海，一望无际充满生机的大草原，还有草木不生光秃秃的鸣沙山等各色景致迭现的缘故。环顾银波粼粼的天池四周，深绿的云杉林挺拔整齐扶风而立；晶莹的湖水雪峰倒映，竟像摆放的蓝水晶。湖水系高山融雪汇集而成，清纯怡人。据说神话中西王母宴群仙的蟠桃盛会便设在此处。每到盛夏，湖周绿草如茵，繁花似锦，最为明艳。即使是盛夏天气，湖水的温度也相当低，是避暑的好去处。

当乘游艇在湖面上行驶，一阵阵凉风袭来，八月的酷热被寒意驱走，拉紧围巾感受似音乐拨动的湛蓝湖波，看不够如诗如画的水阔蓝天。在天池彼岸下船，攀爬游览天池深处的风景，沿着石板与木板搭建的台阶登上峰顶再顺阶而下，曲径通幽，飞流直下的大小瀑布，形如宝塔的云杉。抬眼眺望，满山覆盖着原始森林，深邃幽静的沟谷溪潭，千姿百态的飞瀑流珠，奇峰异石，形成了天山独特完美自然景观。山上还云气缭绕仙风回荡，山下水流却在嶙峋的怪石间奔啸，水面澄澈见底汩汩跳跃，或青或翠，奇形怪状的石头，经水泽浸润越发显出灵性。

看见十几米高的水车时，该下山了，当一切趋于平静，回头望去，天山被抛在身后，浮上心头的美景悠然入怀……

在我心目中，海拔二千七百米的索尔巴斯陶牧场是块净地，宝地，圣地。据说开发不久，游客不很多。初到这里，山峦起伏，辽阔的大草原伸延至天际，木房子，火鸡、羊群、马队。神秘的远山风光独特、无尽的绿杉与似海的松林构成壮美的风景。住在木房里的哈萨克族升起了袅袅的炊烟。《回族文学》杂志社全体人员、讲课的专家教授，同程跟随的专职摄影师与演员、参会代表一起唱歌跳舞。文友们走在一起，聊在一起，笑在一起，醉在一起。看擀毡、姑娘追、听阿肯的即兴弹唱。采风活动开始后，从车上到天山再到索尔巴斯陶牧场，大家斗嘴说笑……不分宾主，不论辈分，不讲男女，都醉在互动的氛围里。马永俊的"八国语言"模仿秀、尹俊的维语笑话段子、白恩杰的谈诗论文、石彦伟的男高音着实令人难忘。

身材适中，慈眉善目，活泼美丽，言语幽默，能说善舞的马玉梅，出现在哪里，哪里便是一片笑语一片歌。

还有难忘的新疆美食，笔会从不同角度，在最短的时间里，安排大家品尝新疆手抓肉，拉条子，九大碗以及地方特色小吃。

当热闹的场面过去，留下的是悄然的回味与无尽的思念。

大家知道，滚滚红尘漫漫人生，年复一年日复一日地沉浸在纷繁的生活中，有机会出来参加一次真正的文化之旅，是十分难得的放松和享受。同时，坚定了为什么写作为谁写作的精神追求，获得了民族属性意识和强烈的民族使命感，这是多么有意义的事情。我想，把追求文学创作的民族化，应该作为首要的责任和践行。

感谢《回族文学》杂志社提供的机会，五天笔会一生将难忘记，我感到不虚此行、不虚此生……

我和草原有个约会

对草原的印象，来自长篇小说《草原烽火》，"在一个暴风雨后的早晨，太阳从东方厚重的云层下刚一露头，西方的云朵立刻染上红色，显出了一道新鲜美丽的彩虹。这时候，草原上呈现出一种宁静的气息，微风带着雨后的清气，爱抚地拂动着绿草梢头。阳光越来越强烈，像千万支金箭，穿过云缝，射向草原。"小说描写的贫苦牧民巴吐吉拉嘎热、乌云其其格、中共地下党员李大年等至今令我难忘。书里浓郁热烈的蒙古族民族风情、景物、动人的爱情故事强烈地吸引了我，多少年过去了，对大草原的印象还停留在小说里的模式。

"天苍苍、野茫茫，风吹草低见牛羊"，这首北朝民歌描述的经典画面让草原更加的迷人。作为城市长大的我，对辽阔草原的向往与钟爱由来已久，每次看到有关草原美丽风光的图片，听到赞颂草原的优美歌曲，久久不能释怀，恨不得插翅飞到壮阔的草原上，躺在它温暖的怀抱里，一睹它真实的面貌。

终于，厌倦了城市的喧嚣，对于城市的人情世故、车水马龙感觉压抑。不愿在高楼大厦之间寻找增添的绿荫和广场；不愿在充满汽车尾气和二氧化碳的城市中继续呼吸；不愿意面对拥挤忙碌的人群与那么几束喷泉。盼着去空旷的地方调换心境，

梦想有一处地方，下雨时，空气里浓浓的泥土芳香阵阵袭来，清晨，蛙声蝉鸣此起彼伏，看得见日出日落，草长莺飞，这个地方在哪里？

草原成了我最佳的选择，从地图上勾出鄂尔多斯草原与呼伦贝尔草原，再画出锡林郭勒大草原。相信那里有最蓝的天，最白的云，最清的风，最绿的草，有最独特的风情。

九月的天空，长途大巴行走于高速路上，尽可能观赏到天空下最空旷的风景。汽车穿过午后的太阳暖暖照着最后的绿色，柏油路在阳光下发出幽幽的光，路两旁碧绿的草甸，飞快地向车后闪去，远处的山脉手挽着手，站在草原腹地，连绵起伏，像穿行在薄雾里的驼峰。蓝天一直铺向远方，在邈远的地平线那里与草地相衔，碧绿的草原无可阻挡地扑面而来，在碧蓝的天宇下，牛羊悠然散步。我的心在一瞬间戛然静止，目光的触角，像一根藤，曼绕至心灵，眼前这绿茫茫的世界，远远近近，高高低低，浓淡不一的绿就这样坦坦荡荡铺在大地上，铺向天际。不知该向哪里行走，又不知能在哪里停留，第一次到新疆那拉赛提草原，呼吸似乎不能自己，整个身心宛如扑进母亲的怀抱，回到了梦中童年的时光。

而今，我站在呼伦贝尔大草原上，亲身感受草原宽广而温暖的怀抱，与我阅读过的大草原似相同又不尽相同。相同的是，依然辽阔、宽广。十月的草原，与春夏的草原相比，多了几分黄色，是醉人的金黄。云彩低垂着，大片大片的蘑菇云，似乎伸手便可触及，来自西伯利亚的季风，猛烈地呼啸着掠过头顶，衣服头发全被吹翻。感觉到冷，衣装显然有些单薄，有的游客把棉衣也穿上了，还是感觉冷，干脆把雨衣也套上挡风。不相同的是，这里的草原只有草，没有树，偶尔见到一棵树，长不高长不大，孤零零的。是草原的土地不够肥沃？还是草原的水少而干旱？辽阔的草原寂静无声，一群羊缓慢地啃着秃秃的牧草，草原如此么？这样的草原景象多少带给我一些惆怅的情绪。其实，草原是不缺水的，那大片大片的草原里，不乏弯弯曲曲的河流，也有更多的湖泊和沼泽，为何不长树呢？小说里描写的几百里茂密的树林与花香不见了，到底是生态的变化所致，还是人为的砍伐所毁？

继续寻找梦中的草原，在寻找中满足我对草原的执迷。龙年夏天，去往九寨沟的沿途上，山峦绵延之处，从山顶到低谷的地面形成了一片绿色的海洋，上面点缀着千朵万朵黄的、蓝的小花，细长的草茎中间露出丹青色的，粉色的和淡紫色的野菊，黄色白色粉色红色的灯笼花，蒲公英及满天星争相怒放，整个草原沉浸在馥郁绚烂的气息里。尽享着凉爽的风，我兴奋地漫步在厚厚的草地上，趟过没膝的草丛，与随处可见的星星草、野菊花等数不清的野花对视着，不远处就是悠闲的牛羊，散散落落的蒙古包，蓝天白云，好一幅优美的风情画。

那是我心中的草原，是梦中的草原；我情不自禁的躺在上面，望着蓝天陶醉着。

记起 2007 年四月，坐火车去西藏，可可西里进入视线。无边的空旷中，藏羚羊在茂密丰厚的草原上飞跑，兀鹰静止不动地停在空中，展开双翼浮游在蓝色的波浪里，广袤无垠的大草原更似天上的仙女，鬼斧神工编织出一块块的五彩缤纷的地毯，许多不知名的各色花儿竞相绽放，千姿百态，赏心悦目。在这里，没有了都市的喧哗，没有了炙烤的高温，有的只是昆虫的叫声，凉爽的风，间或游人的欢呼，这是怎样的人间仙境？如果住在这里多好！

最喜欢像星星坠落碧草的蒙古包了，2009 年去通湖草原，一座座洁白的蒙古包像静静躺卧的羊群，迫不及待住进去，遗憾的是，供游人居住的蒙古包已不是草原深处牧民住的蒙古包了，外面轮廓和颜色的确是蒙古包，包里却如现代宾馆。地上铺有木地板，墙上贴有壁纸，房顶是吸顶灯，现代化的卫生间，席梦思软床。这样的蒙古包完全迎合了市场需要，让来草原的游客住得舒服方便，商家还可挽留更多游客参与篝火晚会、骑马射箭、滑沙冲浪，游乐和赚钱两不误。

我是乐在其中了，夜晚，透过门缝看天空闪耀的星星，滋润的风一阵阵飘过来，听得见夜的隐秘模糊的私语声，树木发出的喧噪声，偶尔马鼻的响声，一切是那么新鲜、可爱和愉快。清早，太阳升起来了，天空明净，水汪汪的青草一望无际，依然一派草原风情。秋天的大草原，正是收获的季节，水丰草美，牛羊肥壮，牧民们正忙着用割草机收割青草，准备过冬的牛羊饲料，收割好的草卷，像一堆堆的麦子垛，堆在丘陵坡上。雄鹰展翅高飞，正在观察和捕捉食物目标。传说鹰是天的神鸟使者，它受命降到人间和部落头领成婚，生下一个美丽的女孩，神鹰便传授给她与天及众神通灵的神术，并用自己的羽毛给女孩编织成一件神衣，头上插上了羽毛做的神冠，让她邀游天界，成了一个了不起的世界上最早的"渥都根"。这是解释蒙古女巫来源的神话。崇拜雄鹰，把雄鹰作为民族的图腾，是蒙古族的性格使然，他们欣赏雄鹰的凶猛勇敢及翱翔蓝天的神奇技巧。

在蒙古包品尝独具特色的蒙古族风味烤全羊，欣赏蒙古族姑娘小伙儿，在马头琴的伴奏下，演唱着蒙古歌曲，《蓝色的蒙古高原》、《父亲的草原母亲的河》。我喜欢唱《鸿雁》和《天堂》，曲调优美、嘹亮、高亢、忧伤，传出很远，在山谷间回荡。

马背上的民族，都有一颗神游天下的自由心灵，唱出的歌也带有淡淡的忧伤和豪壮，还有对草原的崇拜和感恩。

获悉，一般牧民，都有三个以上的蒙古包，一个用来居住，里边有热炕；一个用作厨房，烧火做饭；另一个用来盛家具或杂物。毡房后边都有自制的风力发电机，草原上风的资源特别丰富，风电设备又很简便，自己发电自己用，节省而实惠。牧民的牛羊成群结队，有的还有马队。牧民不种庄稼，牛羊及其奶油或羊毛等副产品就是他们的经济来源。一年下来，一个牧民家庭，假如有三五口人，卖牛羊和副产品就能收入十几万、二三十万不等。富裕点的家庭，经营有方，收入四五十万的也有。现在屠宰场和食品厂比较普遍，专门收购牧民的畜类产品，价格一年比一年高，因此，牧民中大款者不在少数。

尽管，蒙古行帐的广场上，飘扬着当年成吉思汗的五彩战旗，风虽不是很强烈，但战旗却在猎猎地飘飞，飘满红布的敖包前人语喧嚣，马头琴悠扬的声音里夹杂着马奶酒醉人的香甜。

望着蓝天上飘浮着的朵朵白云，嗅着青青绿草散发出的阵阵清香，耳边偶尔传过是昆虫的叫声，那种宁静、满足、惬意叫人难忘留恋。时常一边拍照，一边欣赏大自然赐予的神奇，久久不愿离去。

当听到那首充满蒙古族风格的曲调时，是在城中央的蒙古包里。

　　停好车、栓好马，
　　喝碗格日勒阿妈奶茶
　　她烧的奶茶闻名乌珠穆芯草原，
　　大口喝茶大块吃肉，
　　所有烦忧都会飘散在草原。

　　在呼和浩特旅游发现了格日勒阿妈奶茶馆，外形建筑模仿着蒙古包，茶馆外墙悬挂着木轮和皮囊，标有明显的蒙文，室内的装饰蒙古族特色浓郁，一排排方形木桌凳及刀勺碗碟，浓缩了蒙古族人所有的生活特性。茶馆生意兴旺，奶茶醇香地道，它让我爱不释手，三番五次的去喝还舍不得离去。据说这种奶茶经过了泡、太阳出来泡砖茶；熬、将茶汁熬开；扬、将茶汁扬八十一次；澄、将茶叶从茶汁里澄出；炒、将小米用黄油炒到金黄；兑、将茶汁、炒米、祖传配料兑奶；烧、将奶茶烧开加入黄油七道工序，才制出如此香甜可口的奶茶。奶茶香，肉也香，奶茶馆烧制了大块酱熟的牛羊肉、酥油饼、小菜，留住了南来北往的客人。

春天港澳行

2013 年 3 月 6 日，与几位姐妹参加平安保险公司与北京青旅组织的一次港澳游，价廉实惠。虽为火车硬卧，时程较长，人称辛苦。但子非鱼，岂知鱼之乐？继西藏、上海世博会以及去年四川九寨沟火车游后，在一起工作过许多年的姐妹们再次结伴，乘火车快乐出行。谁说不乐呢？平日忙在琐碎中，时间被家庭分割的七零八碎，属于自己的并不多，离开单位后，一年三百六十五天，彼此见面聊天消闲都成为奢侈的事。上了火车则不同，好比选择了移动的吃住娱乐聚会空间，丢下家务，不操持下顿饭做什么，是不是轻松快乐？图的便是列车飞奔，窗外景色似万花筒般变幻，所有时间归自己，狂喜！三个女人一台戏，此刻，何止三个女人？海聊、打牌、品茶、看书、睡觉、成了精的随心所欲，巴不得火车开上一周再到终点。

据说港澳没什么可玩的，是购物的天堂。购物不重要，要紧的是感受春天的一次远游！港澳回归后，仅在电视里浏览，去看看的兴趣蛊惑着我们，不假思索，收拾行装走你！看看被英国葡萄牙统治上百年的咱国家地盘究竟怎样的不同？在深圳罗湖口岸过关出境，方体验进港手续繁杂，一道道的关口审查，一个章一个章的盖，自己人审查自己人那叫一个严，整一个上午都在排队盖章中耗费。

"三八妇女节"的中午，总算踩在香港地界上，团队拉着箱子等待地导的大巴来接，顺便填填肚子，精心准备火车上吃的食品这会儿才消灭。车来了，司机坐右边，车门开左边，导游调侃：香港所有的车门都在左边，千万别敲右边的门哦，大陆曾有旅客敲不开右边的车门，还埋怨香港车门接缝严密像是无门的车！当大巴行驶在郁郁葱葱的大道上，感觉远近有浓得化不开的绿。车上观赏香港市容、会展中心，看了毗邻的中银、汇丰和渣打三座银行大楼，至少五十层以上高，吓人的高，银行正对面就是有名的香港立法会。香港的环境整洁，地面干净的没有污迹和垃圾，街边没有乱贴小广告，说明港人的素质相对较高，另一方面也说明港府管理得力。导游警告，对违法者处罚很重，随地吐痰乱丢垃圾会被罚款港币一千五百元，因此众多观光客被有效告诫，小心翼翼，吃块糖都将糖纸捏在手心里。登太平山拍照，看见不少双层巴士穿梭于狭窄的山道间，很佩服他们的驾驶技术。游览浅水湾，获悉这个呈半月形的沙滩是香港最有名和最受欢迎的沙滩了，后面和两边的山坡都建有各式的豪宅建筑。香港地方小，跟延安的地貌相像，四周环山，不同的是，香港楼建的高城市精细豪华而已。香港据说凡是靠山面海的地方都建有私家豪宅，是富人的居住地。香港不仅是"购物天堂"，也是世界上房价最高的城市之一，2009年香港房价每平方米折合人民币三万五千三百六十元，比同期上海房价高出百分之八十六；去年十月，香港一套高层复式公寓以每平方米六十七万五千元的成交价刷新世界纪录。真是"寸金尺土"啊！名不虚传。浅水湾碧水蓝天，群山环绕，多有游客和外国人在沙滩上漫步或下海游泳。下午时，去亚洲最受欢迎的海洋公园，公园玩处颇多，最绝的是海洋馆的水族箱特别巨大，热带鱼品种齐全，由高到低走下来，先看鱼儿在水面上游，然后看鱼儿在水里游，接着看到五颜六色的鱼在头顶上游。新开的水母万花筒看得眼花缭乱。出海洋馆搭乘圆乎乎像玻璃罩子一般的缆车过山，四排钢丝绳上吊着的缆车在海上往来穿梭极为壮观，下缆车便见全世界最长的户外电动扶梯，超高的，建在山上，上山下山十分方便。在游乐区，我们童心大发，毫不犹豫地登上了七十二米高的观光摩天轮，这是个缓慢上升的圆轮，在上升和下降的两个回合中，摩天塔的顶层可以从三百六十度，毫无阻隔地眺望香港仔、山顶、大屿山的小岛、南丫岛及长洲的迷人景色。接着登上探险橡皮艇，体验刺激好玩的热带激流，欣赏雨林风光！淋得衣服头发都湿漉漉的，直呼过瘾。接着体验仿滑翔机设计的超速旋风。看表，时间不够了，顺着下山的指示箭头奔向电梯，十几分钟后在规定的时间赶到。

　　餐后，游览香港特别行政区回归标志金紫荆广场与星光大道，看到地面上百十位杰出影人手印和两米高的国际功夫巨星李小龙的铜像，还有奥运火炬纪念雕塑，玩得不亦乐乎。晚上，一幢酒店大楼前，游客熙熙攘攘，成群结队等住宿，一个多小时，终于在二十三层打开房间，真小！五步到床头，真可谓五星级酒店啊？可见识到了什么叫麻雀虽小五脏俱全的寝室，干净整洁，设施齐全，小而精致，让人满心喜欢。

　　次日早晨游览香火鼎盛，有求必应"黄大仙"庙宇，之后自由购物。女导游在车上用心宣传香港首饰，电子产品以及免税无假货之类，将大把时间留给购物，盯着游客买东西，真有资本家的味道。据悉，香港也有假货，专蒙大陆游客。晚餐后乘船夜游维多利亚，璀璨的灯光照耀着维多利亚港，游轮和帆船从港湾驶过，景色迷人。

晚九点半登船去澳门，坐上船，刚开始有点小晃动，开起来就没感觉了。连日疲惫，坐着便睡着了，一个小时，到达澳门了。行在去酒店的路上，午夜里，路上车稀人少，比香港相对宁静空旷。

"你可知'Macao'不是我真姓？

我离开你太久了，母亲！

但是他们掳去的是我的肉体，

你依然保管我内心的灵魂。"

忽然，那首著名的《七子之歌·澳门》回响在耳边，是的，它是澳门最具代表性的歌曲！

住宿比香港大许多，整洁温馨。正欲入寝，从楼上窗户忽然发现马路对面的建筑金碧辉煌，华丽典雅，风情万种，似童话世界一般，美得不真实。好奇心使然，姐妹几个呼叫着，背了相机直奔而去。

原来是皇家赌城，如果说白天的澳门还是一副懒散安逸的模样，那入夜以后的澳门就完完全全是另种风情。仿佛是一瞬间，人流随着初上的华灯从各个街口涌出，填满了日间遗留下的空白。当地人把赌场叫做娱乐场，有一点他们说的"小赌怡情"的意思。赌场听起来好像电影里的黑社会据点，不如娱乐场听上去轻松活泼。据悉，澳门的赌场日日爆满，本地人不多，来的多数是港客、国外大亨，或是大陆老板。除去在各个赌台前穿梭的相当数量的观光客之外，对于那些稳坐台前，一脸镇静的老赌客们来说，整个澳门的激情，已经全部浓缩在骰子的翻飞中了。原来，澳门人都有昼伏夜出的习惯，难怪白天的澳门竟会如此冷清，夜晚又是如此的热闹非凡。马路两边绵延的霓虹为澳门的夜镀上了艳丽的色彩，闪闪烁烁，于不经意间掳获住人心。进去转悠了一圈拍了些照片，赌场里面富丽堂皇，环境优美的养眼。外面四处生长着茂密的奇花异草，浓荫蔽日的大榕树，一切植物绿得那么理直气壮生机盎然，赌场的辉煌与霸气在夜色中令人震撼。

　　导游说，到了澳门不看大三巴牌坊等于没来。次日早晨九点在酒店用过早餐，被导游先带到妈祖庙。妈阁庙原称妈祖阁，是澳门香火最旺的建筑，也是世界文化遗产之一。每年春节和农历三月二十三日娘妈诞，妈阁庙香火至为鼎盛。除夕午夜开始，不少善男信女都会前来拜神祈福。为什么妈阁庙的香火如此旺盛？海外华人也都信奉妈祖呢？据悉，妈祖是人，也是护航海神。妈祖在海上舍己救人，为民消灾解难的博爱精神受到人们的尊敬，信众就把她当做神来朝拜。

　　很远地，看到了"大三巴"顶上的十字架。这是澳门最具代表的标志性建筑，也是世界文化遗产之一。"大三巴"不同于中国传统牌坊，作为教堂的前壁，它的墙面上刻满了圣经故事，精美的浮雕让整座建筑物笼罩着浓重的宗教意味。为什么叫"大三巴"呢？是因为葡语"圣保禄"发音接近当地方言中的"三巴"，所以也称"大三巴"。这一名胜古迹是1580年竣工的圣保禄大教堂的前壁，此教堂糅合了欧洲文艺复兴时期与东方建筑的风格而成，体现出东西艺术的交融。雕刻精细，巍峨壮观。据说，原来广场上落满了鸽子，现在，只见拥挤的游客，拍了照片便撤离到远处观赏。

　　之后，前往澳门手信店随意选购澳门物信礼品，参观盛世莲花及澳门娱乐场，重点进了威尼斯人水城。外观一座西方的美丽豪华殿堂，气势雄伟超群。不进不知道，进去才知道，澳门所有赌场与威尼斯相比简直小巫见大巫。听介绍，这是澳门

最现代化的赌场建筑，是由赌业巨头金沙集团投资二十四亿美元兴建，占地十一万平方米的会展场地，是全球第二大、亚洲最大的赌场度假村综合建筑。它以意大利水都威尼斯为主题，酒店周围充满威尼斯特色拱桥、小运河及石板路，充满威尼斯人浪漫狂放享受生活之异国风情。值得一提的是，博彩大厅和赌桌数量据说全世界第一。这里有黄金屋顶，更有世界最大的全天候人造天空，跟真天空一模一样，进去二十四小时都置身于蓝天白云之中，没有黑夜来临的概念。殿堂内极尽奢华，巴洛克式风格的穹顶，美丽的壁画，金色的雕像，整个威尼斯运河都给搬了进去。站在铺着考究地毯的宽大通道上，放眼望去，偌大的赌场一望无边，赌客们酣畅淋漓，好一个纸醉金迷的世界。漫步在逼真的人工苍穹下，站在威尼斯运河旁边，蓝绿色的运河摇曳着迷人的色泽，蓝天上的白云似乎在轻轻地移动，船上的人们欢快地笑着，岸边的行人犹如画中移动的风景，如梦似幻，恍然不知身在何方。

在威尼斯水城里面，跟在几位"女赌王"后面看了几把赌博，见她们在玩最简单的猜数字，多人押注，每次只有一个人能猜中，赢回一个小小的砝码。有个女孩很激动很豪迈的直接拍在桌子上一张五百元的港币，庄家把钱收了插到桌子里，十秒后，这钱就是赌场的了。几个女人瞬间输掉两万元，心便惊呼，天啦，谁家摊上这等败家娘们日子可怎么过？而几位女人脸不变色稳若泰山，换了桌子继续往下玩。就别替古人担忧了！忽然明白，赌场为何能支撑如此大的场面，挣下如此多的产业啊，就当小赌怡情，玩玩罢了！本团队好赌者包括导游在内，无不悻悻而归，多者输一万人民币，少者输三两千及五六百。如果大家心里有底，输点无所谓全当参与，当真的话，最终一定是输，不用相信财运，也别问手气，学学概率统计就知道了。

　　傍晚时分，坐在特区政府门前广场上等车，高高飘扬的五星红旗无声而庄严地昭告着澳门已经回到祖国母亲的怀抱，而这座前澳督府粉红色的葡式建筑又展示了这个不足 24 平方公里的南国小城独特的风情。

辑四　检察官经历

寻找生命的飞翔

他像是一丛骆驼蓬！

那是生长于山野的一种植物，春夏团状匍匐于地面，枝叶间缀着繁星似的小花，花色粉白相间，似散落在绿盘中的珍珠。骆驼蓬生性忘忧耐旱，用生命的质朴撑起一团一团的绿。

秋冬，它被农人一捆捆的扛回家，烧炕、烧饭，滋润光阴。

王建国是宁夏回族自治区检察机关基层院一名高级检察官，一米七八的个头英俊沉稳。俗话说：心美的人不老！他虽然已近花甲之年，一点都不像！大半辈子他从执法领导干到检察"二线"，但总是生气勃勃的。2002 年以来，全区开展"青少年维权岗"创建活动，王建国开办了"老王热线"。2006 年，这条热线服务范围扩大到自治区的许多领域，无论是青少年早恋、网瘾问题，还是企业用工纠纷、农民工维权，只要和群众利益有关的事儿，他都事事关心，以案说法，解疑释惑。大胆探索了一条检察机关化解矛盾纠纷，参与社会管理的新途径。不经意间，"老王热线"出了名，竟成为全区法律咨询的品牌，影响力遍及社会各层群众。据统计，王建国在维护青少年权益、法律咨询、预防犯罪方面，帮助了七百余人。走进校园开展法制宣传三十余场，受众面达二万多人次。"老王热线"成为对外折射检察工作的窗口。面对工作量的加大，王建国毫无怨言。

2010年，王建国该退休了，检察院返聘他继续主持"老王热线"。有些企业想高薪聘请他担当法律顾问，都被他谢绝了。在他的感召下，县检察院五十多名检察官成立了志愿者服务团队，积极参与法律志愿服务，让这份"爱心"事业得以传承下去。"只要人人都献出一点爱，世界将变成美好的人间。"就像歌词写得那样，这个世界正是因为有"爱"，才会变得如此温暖。

王建国还喜欢文学和书法，写的一笔好字一手好文章，2008年，在创建思想道德年里，他被普遍公认为德才兼备的人。

提起他，人们言语间流露着尊敬，可是，谈起他的家庭他的妻子，大家摇头叹气，那个疯起来满街乱跑，一个亲人也不认识的女人，难道是王建国的妻子？至今，王建国与妻子走过了四十三年的婚姻路。几十年来，王建国悉心照料着她那有精神障碍的妻子，为她做饭洗衣，端水喂药。人们总是不解，一个健康而有才气的男人，就那样与一个"疯"女人生活了一辈子？他是怎么熬过来的？

天上降下个靓妹妹有遗传的精神病

1969年王建国二十岁，急于抱孙子的父母开始给他张罗对象。经媒人撮合，沉静美丽的杨小兰（化名）被王家人相中。杨小兰没有父母，靠姐姐抚养。王家听说杨小兰的父母已经病逝，至于什么病去世的？媒人不交代，谁也想不起细问，只知杨小兰除了姐姐再无亲人。杨小兰的可怜身世引起了王家同情，一个月后，王建国与杨小兰举办了简单的婚礼，那时他刚从学校毕业参加工作，对于婚姻大事的理解十分单纯，很大程度上是带着传统而朴素的思想，他眼前站着细眉大眼纤纤弱弱的靓妹妹，就是他的新娘，一阵阵的欣喜涌上心头。

婚后不久，王建国要回单位上班，为点小事他与妻子争执了两句，就见她又哭又闹，说着一些癫狂的话语，扑向黑夜狂奔而去。瞬间的惊讶，善良的王家人以为杨小兰年龄小不懂事要小性子，便分头出动寻找，当连哄带劝把她领回家时天已大亮，那时，没人想到杨姑娘有精神病。

从外表看，杨小兰的确看不出精神异常，她长长的睫毛下，一双黑眼睛泄露着湖水般深不可测的神秘美，似乎雕刻的鼻子坚挺端庄，勾勒的十分动人的嘴唇充溢着魅力，布衣下浑圆而不滞钝的肩头曲线，使她显得清纯可爱。初嫁王家那几年，只要不犯病，她还是个能干的姑娘，做饭、挑水，孝敬公婆，她是个好姑娘。

可是，在杨小兰生过两个孩子后，生活的负担加重了她的精神压力，诱发了她的精神病发作。她从一般的举止失常发展到精神恍惚，目光呆滞，行动不能自控。一天，她将两个月的儿子抛弃在大街上，然后沉浸在自己的精神世界中独自游荡去了。当王建国闻讯找到杨小兰，劝她回家时，竟看见杨小兰横眉怒目向自己扑来，歇斯底里地对他又撕又咬。王建国震惊地将饿的哇哇哭的儿子塞给杨小兰，欲唤回她的神志。不料她夺过孩子摔扔路边，傻乎乎的张嘴笑着。此景让王建国大惊失色又痛心异常，他猛然联想妻子婚后一系列的反常行为，一个严酷的想法从他的脑海中闪过，妻子是个精神病患者！

可他又如何相信这个事实？这对他显然太不公平。疑惑之下王建国想起杨小兰父母的死，难道杨小兰有遗传的精神病？带着疑虑他从杨小兰的家族中进行了了解。结果令王建国欲哭无泪，杨小兰的父母的确有精神病，他们是在发病时，一个跳

河死亡，一个疯跑在外遇到车祸死亡。从遗传角度讲，杨小兰是个精神病患者。无情的事实令王建国捶胸顿足，他痛悔当初对婚事的草率，内心翻卷着极其痛苦凄楚的巨浪，同时他感叹命运对他的捉弄。怎么办啊怎么办？情绪坏到极点的王建国独自坐在黄河岸边陷入痛苦的思索，眺望滔滔喧嚣的黄河水，他想到自己许多的理想，想到自己对爱情的渴望。似乎生活欺骗了他，把一幅绝望的图景推在他的面前。想来想去理智告诉她，无论有多少惆怅，眼前这位精神不正常的女人是他的合法妻子，也是他两个孩子的母亲，而他，则是法律规定的杨小兰唯一的监护人。他联想杨小兰的无依无靠，由于医疗条件差和贫穷造成两代人的精神疾病没有得到根治，从而产生出个人与家庭的不幸，现在杨小兰把这不幸带给了他，难道为了个人的幸福他会抛弃她吗？不！他是个讲道德善良的男人，他要承担责任！可这份责任注定要毁掉他的幸福，把他和她的命运联系在一起，这年，他刚刚二十五岁，生活的道路还很漫长，想到此，他感到莫名的悲哀与恐惧。

过了几天，杨小兰恢复了神志。听丈夫向她讲起她的"疯"事，她像听天书一般摇着头，完全否认自己有精神病。她恼怒的斥责着王建国戏弄编排她，甚至伤心的掉泪。每当这时，深刻的怜悯便敲击着王建国的心灵，他告诫自己，杨小兰没有父母，无依无靠，无处可去，往后的人生他必须与她相伴，呵护她照顾她，他鼓励自己要治好她改变她，让她有自知有理智。

用有力的臂膀撑起事业与家庭的天空

很多时候，精神的强大并不等于所有困难都不存在。守着一个精神不正常的妻子度过一年又一年的日子，不是靠着信念能够解决所有问题的，其中的酸甜苦辣王建国天天都在尝试。妻子再次犯病举着菜刀砍着门窗家具，甚至抓住陌生人厮打，她把自己反锁在家里不吃不喝时，他们的一对儿女年幼无知，正嗷嗷待哺。王建国急忙放下手头工作将女儿寄养在亲戚家，抱起不满周岁的儿子带领妻子投奔西安一家有名的精神病院求医问药。这年，王建国缘于写作才能受到组织的重视培养，事业向他呈现出美好的前景。但生存却向他挑战，他不得不放下所有梦想去解决眼前的困难。

这个冬天寒冷异常，北风夹杂着雪花直往王建国的脖子钻，他裹紧单薄的衣衫，不停地跳着冻麻木的双脚，奔波于医院和住宿之间。为了省钱，他租住了郊区农民的一间房子，全家人挤在一个小土炕上。清晨，他起床捅开炉子，给妻子熬药，再把儿子尿湿的棉裤、毯子、被子放在火旁翻烤。每日操持做饭、洗涮他全能承受。最难忍受的是劝妻子吃药，通常是他将熬好的药端到妻子面前，千辛万苦哄着她服用，她却固执的拒绝着，甚至砸翻药碗。不知多少次，王建国强行把药灌进杨小兰的嘴里。他对妻子说："你难道不明白吃药治病的道理？我请一个月的假，借钱来这里给你治病，你拒绝吃药啥时病才能好？"杨小兰并不领情，她认为丈夫灌她药吃，是逼她害她，她凄厉地喊着不想活了。

刚来精神病院时，杨小兰的幻听幻觉很厉害，总听见窗外

有人骂她，看见夜色中有人不怀好意的逼近她。深更半夜她惊恐的大呼小叫，折腾的王建国无法睡觉。一天深夜，王建国累的实在挺不住了，和衣躺倒昏睡。突然，孩子的啼哭惊醒了他，他发现杨小兰不见了，急忙翻身抱起儿子去寻找。就在那个寒冷的冬夜里，他跑遍了村子的沟渠湖畔，水井野地，一切危险的地方他都找遍了，全没有。此刻，他的心情非常复杂，心想万一杨小兰寻死，他便可以解脱了，再也不用受现在的罪。但瞬间，他又责备起自己，如果是那样，回去怎么向亲友和单位的同志们讲起？将来他又怎么对儿女解释得清楚？怀中的儿子大概猜到了爸爸的心思，扭着小小的身子用哭声嘶喊妈妈，幼嫩的哭声划破夜空，像泄洪般冲击着王建国的感情堤坝，他心中的痛苦再也压抑不住了，朝天喊道："我可怜的儿子啊！"便抱着孩子蹲在田野上哇哇大哭。太阳出来了，暖暖的照着他们父子，有好心人报信，杨小兰归来了，他心里的石头才落了地。他想，冬天再冷，终究会被春天替代！只要有信心，妻子的病一定能治好，他绝不能被困难压垮。

剩下最后的几天了，杨小兰的病得到了缓解。王建国请求医生开些药让他们回去服用。医生说再坚持半个月他能使杨小兰的病治愈。王建国说天太冷，我的孩子太小，我已经没钱在西安住下去了，医生依了他。他们搭了一辆拉钢筋的货车往回赶，一家人钻在一堆稻草里面瑟瑟发抖。终于回家了，笑容浮在王建国的脸上，开朗的性格让他对生活再次升起无边的希望。

这天，是一个美丽的夜晚，墨色的天空布满了棋子似的星星，王建国拿起他久违的小提琴，翻开乐谱，琴弦便在他的指下发出一声明快的高音，像一群受惊的鸟儿腾空飞起。他拉完一曲又拉一曲，旋律轻柔忧郁，如怨如诉，但又充满放纵的热情。

回到单位，为忘记家事烦恼，他拼命地工作，还经常给报刊投稿，也成了单位的笔杆子。他在日记中写道："不要相信深沉的痛苦能让我心碎，即使忧愁将我压倒在地，我也会爬起来，我相信自己永远不会被困难摧毁。在工作中勤奋热情，在生活中坚强豁达，不知疲惫，不怕失败，这就是我！"

我贫穷却恪守君子爱财取之有道

1995 年，王建国由县政法委调到县检察院任副检察长，主管刑事工作，工作环境的变化没有改变他严谨认真的处事原则。严格执行国家法律，使各类刑事犯罪分子受到法律的严惩，为社会秩序的稳定与市场经济健康发展提供良好的法制环境，这是他对职责的崇高理解。他的肩上一头担着国家责任，一头担着家庭责任。工作中他充满自信，除过履行自己的工作职责外，他还充分发挥特长包揽了所有检务公开、国庆、党建等宣传展板的撰稿制作任务，一干十几年，他干的游刃有余心甘情愿。可是回家后他活得沉重而无奈。妻子清醒时可以照顾家务，犯病时六亲不认，把一个好端端的家折腾得乱七八糟。为了给她治病，他总是负债而行，没有暖气点着煤炉简陋的家一无所有，除去一台小小的电视机呈现着现代化的气息，其余一切家什陈旧不堪。

就在他的经济十分拮据的时候，他的一个朋友找到他，是为一起贩毒案说情。朋友说："毒品数量很低，对方很有钱，是我的亲戚，在你的权限里高抬贵手放他一马，他的家人愿意送你几万元钱。"几万元？这对王建国来说有着雪中送炭的意义，这一年，他所在检察院集资建房，个人出 3 万元即可分到一套有暖气有热水的三室一厅的楼房，他的两个孩子所在企业

不景气，已经双双下岗，妻子每天都在花钱吃药。假如他以这起贩毒案证据不足不构成犯罪，疏通一些关系轻描淡写的将案子化解掉给他的朋友送个人情，他就可以获得那笔钱，缓解家庭经济的冰冻或者改变他孩子的命运。

人情与法律的选择，金钱与良心的交织，使他一夜辗转反侧无法入睡。他深知这件事的严重后果，联想许多的家庭因为毒品家破人亡；毒品给社会和他人带来的巨大危害；他想到了自己站在执法战线的前沿，守护着法制水源的清浊，如果为了一己利益而枉法，那将会对国家人民犯罪！刹那间，他猛地打了一个激灵，翻身而起拉开窗帘，仰望着撒满清辉的晴空，阵阵凉风吹来抚摸着他的脸庞，他为自己曾经的私念羞愧不已，为自己差一点倒向犯罪玷污做人的清白而愧疚自责，他毅然决定维护法律。

当他严肃婉言的回绝了朋友，朋友愠怒的一声冷笑说："像你这么清高的人，只会一辈子受苦。"说完掉头而去。当他依照事实法律提出对此案的处理意见，批准将贩毒分子起诉法院审判后，他心里释然了。这件事让他丢掉了多年相濡以沫的朋友，落下了无情无义的名声失去了发财的机会。他跟自己说："熊掌鱼翅不可兼得，甘蔗哪有两头甜的？"

他果真就不通人情么？下属和一些老百姓可不这么看。他做班中，总能碰到一些情绪激动的上访者推门直入，为家庭纠纷为财产纠纷告那些不给他们解决问题的部门，以为检察院是法律监督机关，凡事全管。每当接待这些人，王建国从来不向人家要态度摆官架子，每次都耐心问清情况，急百姓所急，搞清属于哪个环节解决的问题便在哪个环节上帮助打电话联系，或把告状者亲自送到该去的部门，尽量把矛盾化解到最小程度。

他主持的"老王热线",本是为青少年开通的法律服务专线,结果随着他解答各类法律问题的影响扩大,城市居民、婚姻里的女人、农村党员、老人学生遇到被侵权的事都求助他,他始终耐心的倾听并给别人带去希望和办法。为此,许多老百姓都很敬重感激他。

有一年夏天,王建国正在开会,突然有人报信说杨小兰在菜市场与人打架,被一伙农民围住了。他匆匆赶往出事现场,得知杨小兰幻听作用认为几个卖菜的在辱骂她,便使出浑身的蛮劲将其中一个打伤了。不知底细的老百姓听说她是检察长的老婆,愤怒地围住王建国评理,他们大喊着要去告政府,你检察院的家属蛮横到随便出手伤人,检察院还算不算国家执法部门?王建国明白妻子的行为带来的后果十分糟糕,这已经不是第一回了,每一回的麻烦他必须出面去解决。此刻站在大街上,面对着情绪激昂的群众,他的心颤抖着。他先送伤者就医,然后将情绪激动的人请到办公室,向他们赔理道歉,他心情沉重的讲述了妻子的精神障碍,流露着自己难过的心境。这是他最不愿意启口和公示于人的事情,往往谈起妻子的疯病,他仿佛在揭自己的伤疤,一种疼痛难忍便从心而起。听者终于理解他原谅他了,他们带着同情的目光默默的散去,王建国的心却难于平静。他接下去要做的事是奔波于两个患者之间,一个是被妻子打伤的菜农需要赔钱慰问,一个是住进精神病院的杨小兰需要安抚照料。

结婚以来,王建国是第九次送杨小兰去精神病院治病,这次两个月的住院花去他辛苦积蓄的四千余元。

严峻的生活总是这么不断的折磨和考验着他。他在困境中曾经想过以死求解脱,他曾在一封遗书中写道:我想总有一天,

我被家庭的烦恼缠绕的无法脱身时，我会静静的离开人世，永远的摆脱痛苦。遗书中他对自己无力赡养父母愧疚不已，对自己没有给孩子留下丁点钱财而遗憾多多。遗书写好了，他习惯性的回顾一生时，忽然感到了自己的狭小软弱，男子汉大丈夫不能如此经不起风浪，不就是苦了一点吗？他想道：为什么要结束生命？自己是共产党员是国家培养的干部，怎么会轻生？他勉励自己扛着艰难的人生跋涉在岁月里。春去秋来，白发悄悄爬上了他的两鬓，青春与幸福逐渐远离他了，他不言懊悔，他说人不可以那样只顾自己。至于是否白活一回？他指着天上的飞禽说："鸟儿生来一无所有，不是照样拥有广阔的蓝天？"

依靠理想和读书让精神天地保持一片晴空

四十三年的感情煎熬与家境的压力，王建国撑过来了。检察院的领导为了减轻他的压力，将他的儿子安排到县检察院开车，县上的领导将他的女儿安排到某公司上班，下岗的儿女终于有了着落，王建国干工作的心气儿更大了。妇联的领导跟他开玩笑说："你是好男人，用一生的牺牲换来了我们妇女儿童的生活幸福！"县上的领导也开玩笑说："现在创建思想道德年，你是大家学习的典范呀！"别人说什么王建国只是笑笑而过。喜欢读书使他变的坚强豁达，心中拥有了一片晴空，支持他顽强走到如今的是开阔的精神世界。

多年以来，王建国保持着阅读的习惯，他读中国历史也读世界历史，读科普书籍也读文学名著。当他读过前苏联作家奥斯特洛夫斯基写的《钢铁是怎样炼成的》，读过维波、柯尔桑的《文艺概论》与法国作家雨果的作品后，他兴奋的鼓励自己道："要尽量多读书，把家里的图书馆的一切有价值的书籍通通读一遍。这不但能够增加知识，开阔视野，了解社会和自己，还能够让一个人明事理，通人情，变的完善起来、宽容起来、高尚起来。"

从书里，王建国贪婪地吸取着不尽的精神营养，沉醉在古往今来、国内国外的日月星辰里。他感慨书的世界包罗万象，生有涯而知无涯。有了如此境界，他虽然置身现实中的烦恼却可以处处超脱。

当了领导后，为了提高法律理论素养，他报名参加法律专科的业余学习，别人三年学完一个大本，他由于家事的干扰，六年才考完所有课程拿到毕业证。

日月如梭，往事如烟，王建国伴随着他那有精神障碍的妻子度过了大半生后，杨小兰显然也老了。四十三年做王建国的妻子，她时而清醒时而沉睡，时而疯的不知自己是谁。庆幸的是她生的儿子女儿很健康很孝顺，他们均已成家有了孩子。杨小兰的两个孙子时常拉着她的手嬉逗着，搂着她的脖子撒娇喊奶奶。每当过年过节，王建国的膝下围绕着儿孙，他们给王建国带来阳光带来欢乐带来无穷的希望。

2007年底，王建国与在检察院工作的儿子一起贷款购置了新房，生活又有了新的内容和活力。亲情使他感到生活的意义和希望，今后的日子，他说要这么过，爱读书、爱亲人、爱生活、做善事、当好人，让自己的心去感受五彩斑斓的生活，让自己去寻找生命的飞翔！

蒙集的呼唤

蒙集在哪里

蒙集是宁夏南部山区西吉县苏堡乡的一个村落，村里一千多户农民在恶劣的自然环境中靠天吃饭，他们祖祖辈辈在大山深处繁衍生息，过着仿佛与世隔绝的生活。今年春天，赴西吉的扶贫队又出发了，凝望满载物资的汽车离去，就想起蒙集人，惦念起他们的日子。

香港回归那年的春天，检察院派我随市上第一批扶贫工作队来到西吉。在西吉县政府礼堂内，来自四十个单位二百余名扶贫队员受到了当地政府隆重的欢迎。台上，领导们发表了热情洋溢的欢迎辞；街上，红旗漫卷，鼓乐喧天，扶贫行动被热烈的场面渲染的十分壮观。欢迎仪式之后，扶贫车队浩浩荡荡进了山，不大一会儿，在山连山、山迭山的行程中，只剩下驶往蒙集的两辆越野吉普艰难地行进着。

汽车在一面依着峭壁一面临着深沟悬崖的狭窄土路上行驶，绕来绕去走了两个小时还不到目的地。看着弯弯细细尘土飞扬的山路，蒙集让我感觉特别遥远，忍不住的感叹，蒙集、蒙集、你究竟潜伏在群山的哪里？随行的一位组织部负责人扬扬手中的名单说："看，这些叫党岔、沟峁、火石寨的村子肯定在深山大沟中，既偏远又穷苦，而叫蒙集的指定是山民贸易之所。这次分配扶贫点时，看你们单位领导的面子，我特意将这个村子划给你们。"他调侃道："这次你们乡也下啦集也赶啦，两全其美哩？"原来，他连苏堡乡都没来过，关于蒙集村他也仅从字面上进行了想象。

来时，听说蒙集缺水断电，吃储存在水窖里飘着老鼠虫子的水，点的是油灯。在都市住久了的我，担心受不了那个环境，带了两箱子矿泉水和一些饮料，买了许多的电池及一个特号手电筒备用。车上，我们像搬家一样拉来了行李、煤气灶、粮食蔬菜等，是单位专门配备的，有的单位还配备了烟筒炉子和取暖的煤。

当汽车行进在人烟稀少的苍凉中时，目睹像版画一般的山间梯田与天边飘来的缕缕白云正徜徉在山峦之间，心中便惊叹着大自然不可思议的创造，仿佛是谁将世界的黄土全堆积在这里。隔窗远眺，周围连绵起伏的山峦像是一群饥渴的牲口，徘徊在黄澄澄的尘土里。悬崖山道布满雨水冲蚀的痕迹，一切显得沉寂而荒凉，天空就那样平坦凄凉的挂在它的上面，让我的心郁结起来。当汽车像个蜗牛一样忽而在山顶爬行，忽而在沟底行进，所带手机在那个路段已经失去信号，一个完全陌生而浑厚的世界便呈现于我们面前。

到了党岔村才知道，党岔紧靠着一条数十里的长堰、那堰夹于旱山之间，堰深三十多米，几十里的水面波光荡漾，一丛丛芦苇一群群野雁，那景致足以让人留连忘返。据说党岔村因了这堰推动了公路的建设，要想富，先修路，这话不错，党岔算是西吉县经济状况较好的村子。而火石寨居于深山却因为奇特的山貌构造成为西吉著名的风景胜地，为此有柏油路，通公

交车，遗憾这么好的地方怎么就没有分给我们？

村名与现状的差距，让我想起一句名言：没有调查，就没有发言权。组织部的这位负责人显然犯了主观臆断的错误。

出了党岔从崎岖凹凸的山路出发，汽车颠簸着又行驶了大约四十多分钟才到达蒙集，蒙集距西吉县五十公里左右，从那个村子再翻过一道梁，便出宁夏入甘肃省了。

房子一面坡

村子不像我们想象的那么差，通电。由于电费昂贵，一部分人家用不起电灯点油灯。穷的富的农家一律四合院，房子盖的极特别，临高一望，崖畔沟卯全是人家。依着山地走向，建房位置高低不齐，邻居们或在山顶上住的，也有沟底下住的。所有的房子包括院墙全是黄土裸露，条件好些的用红砖贴着上房的正墙，古朴而简陋，每家的房顶一律是铺着蓝瓦的一面坡。

我见过川区农民的住房，房顶是平的，农民时常在房顶上翻晒种子或存放东西。陕西农村一带的房子房顶是两面坡，蒙集这边的房顶怎么盖成这样？压不住好奇心去打问，才知道任何房顶的设计都与经济状况气候特点有关，蒙集人之所以把房顶盖成一面坡，是为了节省材料又能防雨，据说这是南部山区农民普遍选择的住房类型。

四合院内，不少人家三代同住，每家必见占去半间房子的土炕，半年用炕取暖，屋内的墙壁烟熏火燎的暗黑。烧炕用晒干的牲畜粪便或草屑，烧煤取暖还算奢侈，就连村长家一个冬天也才买几百斤砟子煤取暖。

村民家家用拳头大小的瓷缸煮罐罐茶喝。饭食以土豆粗粮为主，也吃大米，但那是条件好的人家从山外买进来十天半月吃一回的精细粮。

穿戴很陈旧，男人大都穿裁剪不规范的解放装，衣裤打补丁者甚多；女人孩子多穿四个兜的黄制服，肩上压个黄杠杠，有点模仿警服。由于缺水，衣服长久不洗，看上去灰蒙蒙的。

当我们在牲畜粪便烧的热炕上舒舒服服睡了半个月第一次探家时，家里人总说我们身上散发着一股奇怪的味道。马粪味？至于么？倒是有种混合的膻煳味。在蒙集时，我们也学会了用马粪烧炕，习惯了那种味儿。山区的春寒，到了五月了还让我们依恋着热炕，炕的温暖确实是一种特别的享受。

山下那口井

集蒙有口井是村里唯一的生活水源，那口井远在山下，它不是人工挖出来的，而是上苍赐给这个村子的一个天然的泉眼。村民们用石头把这眼泉垒出一个圆圆的井台，还在井台附近做了几个水槽，井水清澈透明水流汩汩，许多年来人和牲畜都在此取水。

刚到蒙集时，看见村民吃水要翻过几道山梁，挑着一担子水在弯弯曲曲的山路上行走，比我们空手走平道儿还轻松。扶贫队员两人抬着一桶水在山梁上战战兢兢的挪动，中途休息两三回，才把一桶水弄回屋。抬水途中的狼狈模样常常引得村民们驻足笑望，我们更视这桶水格外珍贵，除去必要的用水之外，其余盖以节省为原则，最后索性把洗脸水也省了，反正要和村民打交道，土鼻子土脸的更能贴近当地人。

令我们最为惊奇的事是，每当夕阳西下，炊烟四起，孩子

们便挥动着树鞭，向自家的牲畜吆喝一声，各家的牲畜就乖顺的出了马厩，沿着山道左弯右拐的朝山下那口井走去。牲畜在井边的水槽里饮够水掉头向回走，边走还边站住等待贪耍的小主人，此景常让扶贫队员稀奇不已。

说起蒙集的牲畜，山区农民家中若有匹马已算富家了，上山耕种翻地，驮粮拉货不知要省多少人力。可我们看到的情景是，几十里的山路上，送粮买炭的农民在吃力的拉车驾辕，挨车跟随的高头大马却悠闲地走着。由此很为山区的人叹息，人的价值竟不如一匹马。慢慢得才懂得，不是山区的人舍不得用马拉车，而是山路太陡，为了安全可靠，车行下坡人驾辕，上坡路上马拉车。

山里的路就像是人体的血管一样，四通八达延伸到大山深处，蒙集人深更半夜从邻村看电影回来，再怎么难走的路也迷失不了，可扶贫队员大白天辨不清方向走错路，所以轻易不敢出村。一次，一位扶贫队员骑车跑到乡上邮电局给家人打电话，返回时在羊肠道上拐错了弯，竟不知不觉的沿着通往甘肃的山路急驶而去，幸亏一阵大风吹落了头上的帽子，眼看帽子滚落山底，这才发现此路不是来时的山路，蹲在路边等了一个时辰，问过行路人才知南辕北辙，急忙掉转车头向回赶，摸回扶贫点时已经鸡叫头遍。

蒙集的小学

蒙集有所五年制小学，学生二百余人，校长和教师统共六人。这几名教师每天自带干粮来教学，既教语文又教数学，星期天和节假日，他们又成为农民在承包地里种庄稼。

教室与课桌很破旧，断裂的墙壁以及又黑又烂的课桌令人震惊，不敢想象山村的孩子竟在如此恶劣的环境下接受教育。学校只开设语文、数学、政治课。蒙集的孩子们没有学过音乐、画画，在学校里听不到琴声。课余时，女生玩跳绳、布包，男生玩从田里捉来的黄鼠或松鼠。

考试时，每位老师自出题目刻钢板，推着墨滚子印卷子，那情景仿佛是遥远的过去。我是当过中学老师的，既然来扶贫，便主动要求在蒙集小学任教。第一次走进课堂，就看见课桌中间坐着村长、校长及全校的五名老师，他们说是想听听城里的老师怎样讲课。我让学生读课文，教室便响起悦耳的方言念唱声。我要求用普通话念书，学生们说不会，校长也说一直教孩子们唱着读书，从来没用过普通话，不知道普通话怎样说。我说我来教，大家便用好奇的神情注视着我。我开始以抑扬顿挫的音调带着孩子们朗读课文，教室便响起孩子们清脆的普通话。之后，我又教孩子们唱儿童歌曲《春天在哪里》，孩子们唱得很投入，很有乐感。我又教他们唱其他的歌，他们非常高兴，不但词记得好调也把的准，上学放学的路上都放开嗓子大声唱，我惊叹山里孩子接受力和模仿力竟有如此之强。

在扶贫的第二个月，我们带来了五十套课桌三千元的图书及三千元现金捐助给这所小学。当汽车抵达蒙集，正好是"六一"儿童节，山区的寒风刺骨，进山前我们已将扶贫的旧毛衣套在身上御寒。在距学校五里路之外，忽然，我们发现灰蒙蒙的山村变的色彩斑斓，视野里流动着十分生动的线条，原来满山坡都站着孩子们，他们穿着红红绿绿的新衣服，很多孩子带来了他们没有入学的弟弟妹妹，手里挥动着五颜六色的纸旗，像是迎接贵宾一样夹道迎接我们，孩子们中间站着西装革履的村长。

得知为了迎接这一天，村长带着所有的孩子已经操练了一星期，此刻，他们在寒风中冻了两个小时等我们，这样的隆重使我们觉得受之惶恐。

瞧着孩子们冻红的小脸展露着格外欣喜的笑容，围着新课桌打转的快活样子，一种深刻的感动便敲击着我的心灵，不禁对比城里的孩子们，山区的孩子们真是太多不幸，他们聪明活泼，却因为穷而失去了本该属于他们的东西；因为穷，他们得不到良好的教育，又被现代社会的文明所抛弃。

蒙集的女人

蒙集的女人生活的贫穷而封闭，不知道山外的世界，更不知道城里的女人如何生活？她们一生一世所生存的环境便是在连绵起伏的群山包围中，随着家中的男劳力在承包的山坡地里从春到秋的耕作与收获着。家里劳动力多经济条件好的，把自家的山坡地开垦改造成梯田，为好收成创造条件；家里劳动力少的，山坡田遇到连阴雨变成滑坡田，所种庄稼被冲得无影无踪，不要说收获了，连种子也赔了进去。山里女人吃着碜牙的糜面馍和煮土豆，乐观的等待来春，再把自己的幸福和希望深深的种下去。

除了翻山越岭去抚弄自家的土地，山里女人受恶劣的生存环境影响，不生儿子不罢休，有的女人连续生了九胎。不敢相信她们全是自己接生，坐月子不过是一只鸡或几十个鸡蛋而已。

蒙集的女人用一年时间养大一头猪，过年前宰了全家吃些鲜肉，然后将大部分肉腌在坛子里储存起来，一年的时间全家人的荤腥全靠那坛子腌肉。村长的女人说："我的家里还能养起八只鸡，用鸡蛋换些油盐酱醋针头线脑，条件差的人家别说喂鸡了，人吃的口粮还不够呢。"所以，条件差的女人生孩子连最起码的营养补充都没有。

就是这样的生活磨难，山里的女人依然嬉笑着下田，出一元钱参加邻里的婚丧活动，或在夜色中翻山越岭的去邻村看露天电影。就是下山挑水上山耕田能和乡亲们唠家常，也被她们视为一种娱乐，她们的快乐是和劳动紧密相连的。劳苦的女人回家时，不忘顺路捡起牲畜的粪便带回家储存起来作为冬天取暖的燃料，有时她们为挖到一堆干草根高兴，可以用来烧两天的饭菜了。

农闲的时候，常常看见蒙集的女人牵扯着鲜亮的丝线，绣鞋垫，绣桌布。她们用灵巧的双手，描绘出栩栩如生的"梅花怒放""鸳鸯戏水""牧童放牛"。女人们把她们对爱对美的向往全部融进绣活中，绣活儿把她们的心牵引到一个充满希望而快乐的境地，做绣活的女人在那一刻是最为靓丽和生动的女人。

蒙集的改变

蒙集的路十分简陋，很难有汽车开进村，每当扶贫队的汽车进了村，大人孩子便把汽车团团围住，摸车头摸车尾，车不走人不散。

起初，蒙集人以为扶贫队住一住就走了，他们对改变自己的生存状态不寄希望，对扶贫没有信心。但是工作队走了一批又来一批，经过一年又一年物质与精神的扶助，山区农民终于认识到，贫穷不可怕，怕的是对贫穷的漠视和麻木，对改变贫

穷缺乏进取心。在党的扶贫政策感召下，蒙集人终于醒来了，他们以从未有过的图强精神翻新了蒙集那所破烂不堪的小学。当党和政府投资修通了西吉县到蒙集的公路后，似乎一夜间，将与世隔绝的蒙集村与山外的经济文化衔接起来。有了柏油路，蒙集人便活跃起来，村民们把山里的土豆、荞麦、豌豆等土特产运出山外，将山外的大米、水果、蔬菜、布匹、日用品等运进山内。物资的交流促进了文化的交流，继而带来了观念的迅速改变。

2007年，再去蒙集，简直不敢相信眼睛，短短几年，蒙集人的生活方式已经发生了翻天覆地的变化。依旧是一面坡的房顶，一律四合院，家家都修建了现代化的储水井，吃水已经十分方便；院子里大都摆着两个"大锅"，一个是锅状天线，一个是太阳能锅状聚热器。跟城里人一样，蒙集人看上了彩色的电视，清晰的收转着全国各地几十个台的节目，在家中用热水洗澡。他们的住房明亮古朴，地上铺着瓷砖，有了新式家具、沙发，几乎家家都有摩托车、电话，日子过得温馨充实。他们不再封闭自己，而是把思想向山外放飞。党和政府退耕还林的政策给蒙集人的生存状态带来福音，蒙集人在那些光秃秃的黄土山上栽满了树，现在，蒙集已被一片绿色包裹，像世间呈现着生命的活力。绿色是春天，是希望、透过那绿，幸福和快乐的生活正向蒙集走去，蒙集已是真正意义上的春天。

苦行的囚徒

那是一个寒冷的清晨，我办公室桌上一份晚报标题牢牢吸引了我的目光亦牵住了我的心。《明天的早餐在哪里？》作者以沉重的笔调叙述了一位六十岁老人的境遇，他叫杨……。杨1959年从上海工程学院机电系毕业前夕，与其他三名风华正茂的同学给校方领导提意见，被1960年的一场政治运动打成右派。四名满脑子憧憬的热血青年，没拿到大学毕业证，每人戴了一顶右派帽子流向社会，工作没着落，到处遭排斥，处于悲伤绝望的他们，瞬间做出了一个错误决定，"偷渡"台湾，投靠亲戚！就那样天真的出走，很快被抓回来，酿成了一夜间由政治错误上升到刑事叛逃罪的严重后果。他们均被判处无期徒刑，由上海押送到宁夏某劳改农场服刑。

一晃，从青年至满鬓如霜的老人，杨六十岁刑满释放走出高墙铁网时，他并没为恢复自由兴奋，却无比惆怅，无比怀念监狱的生活。报道说："长期的监禁使他习惯了在管制中度日，监狱的一日三餐虽说粗淡却能果腹，岁月无情地带走了他的青春、健康和才智，面对竞争已经很强烈的现代社会，他茫然了，担忧自己下一顿的饭食由谁来管？为了能重返监狱继续衣食无忧的日子，他选择了继续犯罪，竟在光天化日之下多次盗窃自行车……"

这个人让我惊骇了，我百思不解！"把一辈子交给监狱还盼着回去？怎么会有如此愚昧不幸的人啊！"一整天下来，我都在思考着一个知识分子身临绝境和潦倒的一生，仅仅为了解决一顿饭菜出此下策，此情此景让我的心无法平静。

可巧，我去法院送一封文书时遇见了他，他高高的个子，清瘦沉毅，身上几乎没有肌肉，仿佛只有一张皱皱的皮粘在骨架上。他穿一条深灰色裤子，一件橘红色的高领棉毛衫掖在裤腰里，银色的鬓发，大大眼睛的神情挺安详、挺机灵。我立即询问他的现在，获悉由于那篇报道，方方面面的好心人伸出了援助之手，他被一位企业老总请去颐养，今天到法院特地感谢帮助过他的法官，这个结果令我欣慰。

与他攀谈中，我难以掩盖对他关切和理解的情绪。过了一段日子，他便隔三差五的找我，讲了他在监狱几十年来的经历和心态，坦言对于以往的苦难无怨无悔，唯一遗憾的是错过了国家改革开放的好时机，自己终无一用，他希望我写写他。

我很想写他，他的生活有戏剧般的内容，他的内心呢？我很想获悉他内心的想法。

他再找我时，一副欲言又止的样子。绕了半天弯子，终于卑下的请求我拿点钱给他看哮喘病。

像他这样无家可归历经坎坷，毫无社会保障的老人，这点请求算什么！我知道，有几位办过他案子的警官、法官、采访过他的编辑记者、甚至无名群众都在资助他，我岂能袖手旁观？我快乐地满足了他的请求。此后，他又来要钱，以各种理由。最后一次，当我把一张粉红色的百元钞票放在他手上时，他的眼神一跃，一份狡黠和得意泄露无余。顷刻间，一丝疑惑也浮上我的心头，送走他，脑子被一连串的问号填满。

后来，他好久没来，正纳闷儿着，忽然又一篇晚报报道横在我眼前，"杨在利用人们的同情骗取钱财！"我目瞪口呆。

难道他为监狱而生？他的灵魂永远丢在犯罪的深渊里追不回来？我扼腕叹息为他难过。

此事过去几年了，其实他的命运一直以来，都被我牵挂着，他究竟是活着？还是逝去？据他讲："劳改几十年，父母面都没见着；有哥有弟，已经晚年，无法依傍。当初几位同时入狱的同学，靠着后来发达父母的关系，早已成了富商或名人。他们也曾帮过他，可岂能永久帮他？他坐监狱落了一身病，活得很艰难。"我想，也许正是如此处境才让他一再干出那些龌龊的营生，他是否欲以残破人生了却终身？如果那样，重返监狱，至少有饭吃，有床睡，有病给医，有一帮人"关注"，能苟活。

他让我相信，每一个落魄的人都有值得同情和痛恨之处。而一个人的过错，常常纠结着很多原因，主要是自己难以坚守做好人的原则。

毕竟，人与人是不一样的，有人愿意生活的健康平安高尚，还有一种人，血液里与生就奔腾着一股魔性，如果不能以刚铁般的意志，成为一个驱魔者，他必然会走向堕落。

杨的命运，至今让我联想很多。

做主编与写作的过程

这一年，被领导推到本系统承办报刊主编的位置上，属于检察官当文人，放下正事忙闲事的角色。虽如此，依然喜欢做这份工作，舞文弄墨与当编辑的血缘最近，所以我编报刊，也算轻车熟路，对号入座了。办报亦始，没有培训没人传帮带，领导交代按时间出报，既能反映全市检察工作新闻动态，又要好读，版面清新活泼。报刊办的既让领导满意又体现专业水平。凡事说起来容易做起来难，现学现卖，将市面上流行的正式报纸杂志收集来揣摩研究，照葫芦画瓢儿。首先将征集的稿子图片分类归入各版面，四个版面分出四个内容，最后一版定位"检察文苑"，给自己的爱好兴趣留个位置，并充分调动同事们的文艺细胞，工作之余写诗、写随笔，让严肃的报纸有一块绿洲、一片想象的空间。忙了半个月，第一期报纸面世了。内容、色彩、标题、图片，嘿！还不错，与公开发行的报刊没什么两样。原来报纸是如此生出来的？我是主编我做主！独自承担稿件收集、栏目编辑、版面设计、与印刷厂编辑联络，看清样、校对改错、出报。最后印刷厂将成品送来，再联系邮局装信封发往党政领导、人大委员、政协委员，全国各地检察机关。不要小看这张报，它是检察工作动态的窗口，置于社会各层监督之下。发报任务完成后，最后的事情，便是统计发放作者的稿费，办报的一个周期宣告结束。周而复始，一期期报纸出手后，说忙也非常忙，说不忙就那么一点活儿，开心的是与作者与同事有了互动，投稿的人多了，看报的人多了，表扬的人也多了，自我感觉良好，办报的积极性更高了。

由主编促进了个人的写作，换个角度看待写作，我固执地认为，如果没有一颗孤独的心，曹雪芹就不会写出不朽之作《红楼梦》，李清照，苏东坡就不会留下千古流传可歌可泣的诗词来，还有古今中外许多诗人、作家、画家、音乐家、舞蹈家……正是他们长期执著地保持一颗孤独的心，才总结出精辟而独到的思想来，才让我们这些后来人有幸享受到他们一篇篇一行行优秀而精彩的文艺作品。

多么希望，我能长久的保持一颗孤独的心。

我孤独吗？恰恰相反，所以，我所书写的字里行间，缺乏人格和血脉，在发表的每篇文章里，每一个读者都能感受到我的爱无处不在，可惜孤独不在。

百年妇女节来临的时候，作为业余写作的女人，意外有了点收获。

摄影作品获全市摄影一等奖，受到了表彰！比我摄影更加专业的人说：你那是撞大运了！我承认几乎没参加过摄影比赛，第一次参与便获第一名，如果文学作品这么走运就好了。妇女节来临时，还有大运气撞来，文学刊物《朔方》女作家专号，刊载了我发表于网络后又修改的散文《和孔乙己在一起》，这篇文章实话说写的还算不错，网上点击率就极高。这期刊出的文学作品全部来自女作家之手，小说、散文、诗歌、报告文学以及文学评论。《朔方》编辑称这是一次女作家的集体亮相，一次女人制作的精神美宴。三月十二日下午，区文联专门召开

了女作家座谈会，《朔方》主编文联冯剑华副主席、作协余光慧主席、著名评论家郎伟、著名作家高耀山、小说家漠月、了一容、张学东、李凝祥、张爱玲、韩银梅等亲临会场发表感言。期间，对这期作品进行解读点评，《和孔乙己在一起》的散文被高主席和梦也编辑、杨梓副主编专门点评到，评价比较好。会后，摄影家协会副主席为到会人员集体拍照之后共同聚餐交流。这天的活动给我的写作注入了力量，增添了几分斗志和激情。感谢那些曾经只在作品中见过的名字，他们温暖有力的笑容和话语深刻的鼓励着我。

总结写作之路，在文学的路上一步步向前走，从全国的报告文学"金鼎奖"到散文"青年奖"以及各类小的奖项，足以满足和奖励我的写作过程。但在诸多专业写手和名人面前，还很羞怯惶恐，对文学的追求三心二意，写写看看。如郎伟先生评论的，"有些人的写作似乎是戏台上甩一把水袖的演员，甩完便不见了踪迹。写作就像在掘一口深井，执著的挖到最深处才见甘泉！"这话在文联开会时听得很受益。归纳写作，自"民族文学"选载我一篇散文被集中宣传评论后，前段文联开会，给一些作者赠送了一套中国作协在新中国成立六十周年期间征集的作品书籍，我的一篇报告文学被选载其中。就是说，只要努力，编辑一定会发现你。比如这本浅绿淡雅的书籍，翻开总目录，发现不少全国的名家，包括本地"三棵树"作家、以及蒙古族藏族维吾尔族作家，省政府王主席的文学作品也在其内。所以说，编辑选文章是不分名气和贵贱的，大编辑小编辑的职业精神是一致的，看重文章的质量。编报编刊物编书，名人也罢，官人也罢，作者凭着热爱文学热衷写作走到一处，编辑凭借好文章编出了一本本好读的书。

对编辑的理解，催促我急于完成几年前制定的写作计划，只是苦恼没有专门写作时间，慵懒、彷徨、观望的日子继续着。是的，好作品的完成是需要精打细磨，需要时间沉淀，不是心血来潮连夜赶出来的粗制滥造，更不是为赚取几个稿费糊弄读者的虚假文章。写作需要心灵的诚挚，需要纯真和责任，保持纯真，埋头学习思索，崇尚文字。

摄影也一样，捕捉瞬间的感觉。去年八月，机关组织上六盘山，虽然，已经是第五次上六盘山了，可一次和一次的感觉不同，这次动了创作之心，用文字表述和镜头表述，道理是一样的，想试试镜头创作的滋味。当六盘山绚丽的景色呈现眼前，兴致勃勃地举起索尼全自动相机不停地拍照，回来一张张的检索欣赏时，适逢一个摄影参赛的机会来临，便将拍摄的作品挑了几幅呈送过去凑个数而已，不想竟然得了第一名，就像不会打麻将却把麻将老手掀翻在地一样，虽然巧合，从辩证法来讲，机会总是给有准备者提供的。写作也一样，细微的观察生活，积累生活，坚持不懈的努力，熟能生巧！好文章总是人写的。就像一位著名作家归结的：写作说到底是一件照猫画虎、临池羡鱼的事情，什么时候照猫画出了虎，什么时候跌落梦境一样跌落水中，和鱼相融，鱼我不分，什么时候就算是写出了一篇好作品。

办公楼的搬迁

2009 年 10 月，所在机关第四次搬迁办公楼。

随着时代的步伐，个人住宅环境在变化着，办公环境也不断变化着。改革开放三十年间，亲人朋友的家三番五次搬家换环境，房子越住越大，居住环境像花园一般。与此同时，机关办公楼一路西迁，远离市中心，办公环境越来越优越。

说起八十年代中旬，机关第一个办公楼位于市中心玉皇阁北面，交通便利，上班期间偶尔溜出去吃早点逛街办点私事方便至极。但四层高的办公楼，面积狭小，挤着三家单位，办公楼没暖气，冬天靠点炉子取暖，三家单位各占一处存煤房，寒流来时，架烟筒生火炉，办公楼里烟熏火燎灰飞尘飘的。平日里，大家轮番值日，从楼下院子往办公室抬煤块，每个办公室上班生炉子下班封炉子，负责烧开水扒炉灰，办公环境常常乌烟瘴气的。我那间办公室只有十几平方米，靠墙五个书架，中央三张办公桌，门后是铁炉子，炉盖儿上冬天放个铁壶烧水喝，夏天放个脸盆洗手用。家远的，从家带饭放炉上热乎着当午餐，或者下把挂面解决午饭，十几平方米的空间即充当图书室又充当人事档案室，既是休息室也是食堂，三位干部挤在一起办公，进来出去都侧着身子走。其他办公室几乎如此，可想而知，工作环境是怎样的糟糕。

八十年代末，搬进第二个五层高的办公楼，向西移了两公里，依然在市中心办公。搬楼的时候，除过办公室的铁炉子烟筒烧水壶撤掉，所有办公家具文件档案包括陈旧的桌椅板凳一概搬迁过来。为了节省经费，搬家的体力活全靠干部自己完成，整整三天车拉人扛，进了新的办公环境。这幢楼是系统内两个单位一起办公，以楼梯为界，分为东楼西楼。兴许是人员结构既统一又有差别，上下班既有熟悉的面孔又有陌生的同僚，新环境的空气里总是充满活跃欢快神秘的气息，大家互为档案，藏不住秘密，锅大点事就传得沸沸扬扬。虽说五层高的办公楼宽敞有暖气了，但两个单位一百余人轮番占用会议室开会，每层楼共用一个卫生间，办公楼院子小，车辆无法停靠，上下级之间无论工作还是人际，依然是诸多不便。

九十年代中期，机关筹备着往出搬，在北京中路太阳神西侧盖了办公楼，顺带了一幢家属楼，一排车库，比上一个办公地址又向西移了几公里。虽说离开了市中心，独栋办公，从市中心骑车上班需要二十几分钟，但毕竟单门独户了，鸟枪换炮了！同事下班，骑车结伴而行，几乎穿越半个城，边聊天边观景边赶路，哪个街巷哪个建筑哪条马路被拆迁被改造，全部看在眼里记在心里。于是，眼界心情有了辽阔变化之感，感觉国家在变，生活的城市在变，工作的单位也在变，在不断发展着壮大着，一种喜悦和自信油然而生。

到了2009年，刚过了十三年，由于单位人员增编太快，办公配置低，赶不上时代需要，第四次搬迁了，继续向西搬。这年初冬来临时，新楼的电梯和暖气遥遥一个月后才能跟进，领导考虑取暖费用过高，决定停掉旧楼供暖搬入新楼。此次搬迁，与以前不同，领导观念发生了极大变化，各部门撤掉所有

旧的办公桌椅，只打包文件书籍电脑。迁址这天，机关雇了搬运公司工人从旧楼到新楼扛很重的箱子。我的办公室在第九层，两个工人扛箱子往九楼爬，很吃力的样子，问过每扛一次包到指定地方赚二十元，忽然心里不忍，赶紧买了几瓶水给他们。之后，听着当当的装修声把办公用品一点点移进办公室，忙碌了几天，一切就绪，零下十几度，抱个手暖袋开始办公。

新的十一层办公楼气势恢宏，雍容典雅，坐落于上海西路。楼内现代化通讯设备齐全，办公更加高科技化。每人一台电脑电话，办公室配备空调，各楼都有会议室，接待室；楼内增加了网吧、图书室、荣誉室、餐厅等等，还配了穿紫色服装的保安与保洁，一色的桌椅书架，落地窗，纯白纱帘，环境高雅洁净，工作环境优越，使服务方式，管理模式更加现代化。这会儿的干部被统一称为公务员，坐在高科技的办公楼更加惬意舒心，心气儿忽然被拔高了，更懂得责任重大，公务员的称号是代表国家形象工作着。

半个军人

新任检察长是转业军人，习惯用军人的思维管理检察官。毕竟，检察官算不得军人，撑死算半个军人。感受他军人的思想作风，是建军七十七周年之际，他把检察官带进军营当兵感受连队生活，与银川军分区举行军检联谊活动，重点进行军训。度过严肃紧张、活泼有序的军营一日，是检察长陈峰涛的创意。

这天是2004年7月13日，机关九十余人"庆八一，走军营，知国防"主题活动拉开序幕，此后，所属六个基层机关照此行动，依次走进军营接受短暂的军训。

正值伏天，烈日炎炎，尽管如此，阻挡不住检察官对军营的好奇与热情。早晨七点半不到，四位正副检察长一身军绿色迷彩服站成一溜出现在我们面前，俨然军人装束，我们紧随其后攀上部队派来的军用卡车，迎着早晨的太阳，抵达银川军分区民兵训练基地。

军营呈现眼前，特殊的气氛迎面扑来，雪白的围墙一行红字，"政治合格、军事过硬、作风优良、纪律严明"！肃穆的字眼儿，映照出我想象中军人威严、整齐，一成不变的刻板生活。

跨进军营大门，百十名身着戎装的解放军官兵喊着洪亮整齐的口号列队迎接，向我们致以标准的军礼。这阵势，挺吓人的，我们哪里见过？想必谁见了都会腿软心跳，甘拜下风。我

脑子里蹦出一声感叹，军人啊！保家卫国铜墙铁壁的代名词。列队走进部队陈列室，一位年轻的军人站姿端正，一脸庄重简要讲述了人民军队成长壮大的历程和建设预备役部队的重大意义。听的半懂不懂，检察官一改往日去其他纪念馆听讲解时的漫不经心，佯装严肃，不敢乱了方寸，保持着队形缓慢移动脚步，跟着讲解员凝神听讲，好歹也算半个兵嘛，自己调侃自己，别给咱丢人！顺便猫一眼检察长，检察长站的笔直，稍微侧头，正用余光扫描着身后的队伍。

参观兵器库仿佛做梦一般，电影电视剧里的长枪短炮摆在眼前，品种繁多样式新潮，摸上去冰凉的可是真家伙，爱枪的男人抚摸着那些家伙爱不释手。与几十种武器装备"零距离"亲密接触，聆听军人精彩的讲解，感受军营的神秘时，增加了许多的国防知识。最刺激眼球的是军人的卧室，仿佛是一副中规中矩的地图，宽敞明亮的房间里，一切物品摆放得整整齐齐、井然有序。草绿色的床铺草绿色的杯子，连牙刷都朝向一个方向，最让我叹为观止的是上下铺叠的被子，一块块一方方，固定的位置固定的方向，似是正方形的压缩饼干，平平整整、棱角分明。

接下来观看解放军战士精彩的军事技术表演，一招一式军人的训练素养，更加的让我目不暇接兴奋不止。望着年轻军人汗流浃背的身影，不禁感动的湿润了眼睛，对他们以及对养育他们的父母敬佩不已，他们双方的付出和刻苦忍耐，都是为了国家更加安宁，老百姓能幸福平安地生活，这些还长着娃娃脸的军人付出了多少辛勤与汗水，开展了多少的"魔鬼训练"？我感叹：伟大的祖国，之所以日益繁荣富强，并在南疆北国筑起强大的防线，完全仰仗穿着绿色军装的他们，是他们在不断训练中求学、求知、求新、求强！

与军人相比，检察官朝九晚五一成不变的机关生活，舒适松散式的工作环境，哪里堪称半个军人？与军人比奉献比纪律比生活全然是两个世界的人。于是，便对军人的训练过程佩服得五体投地。吃过午饭，检察官五人一组被编成队列按要求爬在草地上，由部队教练员讲解，手把手教着装弹瞄准，进入了真枪实弹的训练。每名检察官先对着靶子三点一线瞄好了，教练员一声命令射击！趴在地上的我们握住长枪扣动扳机，耳畔叭、叭叭似鞭炮炸响，枪托震得肩膀酸疼，五颗子弹瞬间打光了，期待前方靶子后边的战士报告射击成绩，战士钻出掩体摇动旗语，教练员转告"不着靶"！环顾两边，旁边的同事也得了零成绩，面面相觑，好生惭愧。而后，部队安排打手枪和机关枪。难度更大了，手枪机关枪托在手上射击，突突突一梭子，瘾还没过，子弹打光了，明明瞄准靶子打，子弹出膛时导致枪身剧烈震动，手里没工夫，仿佛对着空气打一样。看来，枪法不是一朝一夕练得来，把自己给累的，还白白浪费许多子弹。

整个下午近四小时的训练，天气似乎故意刁难，时而烈日暴晒，时而刮风下雨，检察官平日里哪里受过此等约束？此时在军人的影响下，也自觉遵守纪律服从指挥，趴在地上始终保持着有序、紧张的姿态。

短短一天？训练什么？检察长的意图固然要我们零距离与军人接触，接受军训，体验军人生活，训练检察官听从指挥能吃苦的精神吧？希望把军人日复一日的艰苦锻炼精神贯穿到检察官的日常工作里，关键时刻，成为拉的出来的一支检察官团队。无论怎样，一天的体验也获得了效应，在军检交流会上，检察官表示，军人的光荣饱含艰辛和磨炼，军人通过日常训练，

培养了坚强的意志和优秀的品质，成为有远大抱负和最有奉献精神的人，检察官进入军营体验军人的训练和生活，是为了学习军人的优秀品格与敬业奉献精神。

走出训练基地，夜已经深了。在愉快的气氛中，干警们满载着收获，告别了解放军官兵，不自觉的唱起"日落西山红霞飞，战士打靶把营回"的军歌，踏上归程。汽车沿着被摇曳的灯光所照亮的小路往前走，身旁是若有所思的同事。天气太热，偶尔吹来丝丝凉风。远处军营的灯光还在闪烁，犹如一个庄严的卫士，在提醒大家不要迷路。夜空如洗，星光明亮，仰头凝视点点繁星，似不时眨着的眼睛，那摇曳不定微弱的光亮给人以遐想。军营曾是多少人的梦想，又有多少人耐得下平凡而枯燥的训练成长为一名真正的军人？不知不觉中，我沉浸在一片美妙的想象中。

军营越来越远了，市区的繁华灯光已清晰再现，偶尔花草之香吹来，拂过面颊，便感到阵阵沁人心脾的舒适。树上的叶子在风中飒飒抖动，仿佛奏响的交响曲。知了在此时也显得可爱起来，不再发出"热啊、热啊"的叫声，周边安静的出奇。水池里，几朵荷花已收拢了花苞，静静等待明天的朝阳；此刻，那"一、二、三、四"嘹亮的口号声再次在脑海中深深回荡……

挂职干部小林

　　福建省检察院年年都派检察官来宁夏挂职。这年，三十八岁的小林被派到宁夏回族自治区固原检察分院挂职副检察长。

　　固原是全国出名的贫困地区，素有"贫穷甲天下"的称号，小林从经济发达、气候温热的西南城市来到"早穿皮袄午穿纱，晚守火炉吃西瓜"的西北城市，他能适应吗？谁都没有想到，他不但适应了，还能够入乡随俗，顺利度过了春夏秋冬，在圆满完成了挂职任务后，该回家的时候，在赶赴机场路上他出了车祸。

　　仿佛是前几天的事，身材魁梧的小林笑吟吟地与同志们握手，介绍自己叫林治荣，从福建泉州市检察院过来挂职锻炼，希望大家以后严格要求他。

　　小林来了不久，正赶上政府号召"退耕还林"，他二话不说与同志们一道上山植树。四月的山区，寒风料峭，小林长这么大，还没领教过这等恶劣的天气，风沙呜呜地叫嚣着，漫天黄尘似狂风暴雨般打在脸上身上，刀锋般切割着裸露的肌肤，小林竖起衣领，活动下手臂，甩开膀子干起来，一口气挖了三十多个树坑，累得手掌都磨出了血泡，还不停地和大家幽默地调侃着荤素段子，他的亲和力与凝聚力很得人缘。

　　转眼夏天到了，高原的空气像着火般炙烤，小林的宿舍是

东西朝向，经过一整天日晒，晚上房间像是蒸笼，又闷又热，床上热的无法入睡，他不愿给院领导添麻烦，悄悄打了地铺睡在水泥地上。来到固原，由于空气干燥水质较硬，小林不声不响地克服了流鼻血、嘴唇干裂、失眠等许多高原性生理反应，度过了生活上的一道道难关。他克服了多大的精神与肉体的痛苦？心里是保持着怎样的坚强忍耐？旁人只能通过想象来理解他。其实，生活的困难他并不以为然，重要的是他主管的法纪工作，需要处理一些敏感而复杂的问题。来到少数民族地区挂职，对民族问题稍微疏忽或对法律政策掌握不准，便会引发预想不到的后果。为此，小林特意调查了这里的风俗习惯，了解熟悉党的少数民族政策。

就在他挂职的第六个月，固原公安分局刑侦大队四名干警在审讯一名涉嫌犯罪的回族农民时，使用暴力逼供，致使该农民肾衰竭死亡。由于被告一方是警察，群众对检察机关能否依法办案十分怀疑，一些回族群众欲抬尸体上街游行，再集体上访。小林带了两个搞法纪的同志，一边做群众的思想转化工作，一边排除多方干扰，坚持秉公办案，及时将几名违法办案的公安人员送上审判席。

小林常说："既然来固原，这里便是家。"当得知院里干部老孙十三岁的独子因患骨瘤辗转外省几所医院治病，弄得债也台高筑时，他一边号召全院干部伸出援助之手给老孙捐款，自己及时送去一千元钱，鼓励老孙夫妇顽强面对困难，老孙夫妇知道小林这时的工资每月只有一千多，他的家里也有妻子儿子需要钱，为此，感动得热泪盈眶。

小林做的好事很多，固原分院许多干警随口都能讲出几件，他人太好，全体干警开过欢送会，依依不舍的送他上车，小林不仅圆满地完成了一年的挂职任务，与这里的人也结下了深厚的情谊。临行，固原分院的检察长接通了小林爱人的电话，半开玩笑地说，"你的老公人帅心肠好，我们都想留他在这里的，有不少漂亮姑娘看上他了，他不愿意，惦记你们要回去，人我给你送上车了，再过几小时他就飞回去了！"检察长将电话放在小林耳边，让他讲几句话，小林笑笑不好意思的简短说了几句，他哪里知道，这竟是他与妻子最后的诀别。难道是这片土地舍不得他？刚刚离开固原两个小时他乘坐的车不幸出了车祸，年轻的生命匆匆结束。噩耗传来，固原所有检察官都痛心疾首，甚至全区的检察官都为外省来支援西部而牺牲生命的小林痛惜着敬仰着。

可以说，小林为着检察事业的兴旺抛家别子千里迢迢来固原，他的灵魂仿佛永远留在了固原，他的名字也仿佛永远刻在了检察官的心碑上。

工作着是美丽的

记得谁说过一句话："工作着是美丽的。"以前对此说法没有感受，工作若干年后，竟实实在在地感到：当你对工作付出一份热情与奉献，却也真能换来一份美丽的心境，因为工作，你有了责任和期待，工作像是航标灯一样亮丽着你的人生。

一段日子，我履行了民事行政检察职责，与法官的联系紧密起来，时常刚上班椅子还没坐热，状告法官的人已经在对面絮叨起来，一把鼻涕一把泪的，哭得我几乎陪着落泪。这时，就放下手头事，倒杯茶递过去翻开记录本，示意对方讲下去，边听边记，使对方深感找到了能够讲理说话的地方。

一天，一名老头儿带了三名中年男子，推门进来围住我，声称法院徇私枉法，老百姓没地方讲理，管还是不管？不管就往上告，告到北京去。他们情绪激动，口无遮拦。原来几位申诉人各自购买了市内房屋建设发展总公司的商业用房，购房前签了合同付清房款，此合同中注明了"竣工后以实际面积为准"。申诉人认为，建设发展总公司采取强迫手段与他们又签订了第二份"补充合同"，将公用面积强行增加分摊给购房户。为此，他们请求此合同无效，归还不合理增收的购房款，官司颠簸了一番；法院判他们败诉。

此案存在申诉人讲的欺诈行为吗？为了弄清楚，几个同事带着申诉人提供的购房图纸复印件及所签合同，冒着大雨到最高工程造价局请专家进行测算，之后跑房管局，售楼部了解卖房有关政策。终于弄明白了原委，把那几个告状的叫到办公室，通过科学数据及有说服力的证据，详细答复了购房户分担的公用面积与使用面积的比例，并无超过应当承担的面积，因群体结构的特殊建筑构造，开发商向各购房户分摊的公用面积是正确的、增收房款是合法的，三级法院的判决裁定是正确无误的，检察院应予维持。

是的，作为法律援助渠道，在审查了事实真相后，依照法律，该维持法院正确判决一定要维持，真是法院判决有纰漏，一定会抗诉，检察院有抗诉权，而且立案不收费，许多不服法院判决的申诉人就是冲着这一点来找检察院。

毫无疑问，我们的解释不奏效，几位当事人批评我们官官相护，执意坚持告状。如何让他们息诉呢？劝了又劝无用，换位思考，他们倾其一生的积蓄买套房子不容易，因为公用面积多出钱觉得吃亏也情有可原。可是，公用面积每套房子都有，他们偏不接受，放任他们四处告状么？眼看他们耗钱费神到处碰壁？这几个固执的人啊！不行再跑跑路做些力所能及的说服工作，找房屋发展总公司经理，说服她退掉几位申诉人所购房屋，苦口婆心，终于得到了卖房方的支持协助，房子被退掉了，告状的几个人总算满意而又感激地离开了检察院。

不久，一位腿有残疾的男人推门而入，他自称姓包来自同心，几天前老婆去瞧出嫁的女儿，路上不幸被车撞倒导致大脑严重损坏，已经从同心医院转入自治区附属医院治疗。他借了几千元带着十五岁的儿子来银川交住院押金，却在医院门厅排队交费时被四名歹徒当众将钱抢去。由于报案及时歹徒被抓获，

钱被挥霍一空了，他最大的心愿是追回那笔被抢去的几千元钱。他悲哀地诉说："那是我的救命钱啊！"屋漏偏遇连阴雨，此刻，这男人穷得掏不出一角钱了，他听说检察院民行处不用交钱可以办事，便拄着一条棍找了来。他找了多久？碰过多少钉子？听着男人的诉说，几位同事心里沉甸甸的。怎么办？不过是履行职责的普通公务员，他的事情涉及公检法，涉及救助，怎么帮助他渡过难关？这么一位可怜的人，先喝杯热茶暖和暖和吧，再讲些宽慰的话，然后打电话帮助询问案子的处理进度。男人看我们忙碌着，情绪松缓下来，用希望的目光注视我们。终于问清了案件正在办理中，几个相关部门都在想办法资助他，民政部门安排了男人的住处。听见这个结果，同事们松了口气，送走贫困潦倒和愁容满面的残疾男人时，几位同事相互交换了眼神，默默掏出身上的钱，放在残疾男人的手中，用微小的温暖帮他走过暂时的危困，男子鞠了个躬，眼含泪水蹒跚离去。同事们目送他，虽不相识，心里却一千遍祈祷，明天，再过几个明天，他会摆脱眼下的困难，度过人生的关口，像多数人一样平安吉祥的过日子。

　　几年下来，经历不少这种事，便养成一种习惯，换位思考，急他们所急。人本善良，遇到弱势人群，免不了生出了几多牵挂，祝愿好人平安！遇到无理取闹的，便拿出十倍的耐心化解纠纷，把它看做人生的历练。可以肯定地说：一个人工作中不能带给他人满意、欣慰，不能从别人那里获得赞扬、获得感激，那么他的工作一定味同嚼蜡，生活也定然是暗淡无彩。

今夜飞雪

今冬雪来得快，来得急，来得大！入冬不久，已经洋洋洒洒飘了两场大雪。凌晨醒来，夜静得出奇，窗外沙沙的声音在天地间传递，若有若无，若远若近，忍着寒意打开窗户，哦！下雪啦！上场雪才间隔两天，今日又大雪纷飘。昏暗的路灯下，绵绵不断的雪花轻盈地飞舞着，晶莹而空灵，房顶、墙头、树枝全被大雪覆盖包裹着，满眼皆是厚茸茸的纯白，柔软洁净。

早晨上班的路上，看见一些店铺已经开张，店铺里的主人三五成群凑在一堆儿嘻嘻哈哈铲雪堆雪人，既清理了道路又增加了情趣。他们用铁锹或铲子拍打着雪人，有人找了胡萝卜充当雪人的鼻子，还有人把汽车小零件弄一个充当雪人的鼻子，眼睛一例是黑色的煤球，雪人的活泼生动即刻被凸现出来。远远的，一个挨着一个的雪人排着队站在人行道上极为有趣。路边停放的私家车已被厚厚的积雪遮盖成大大小小的雪堆，远看像是堡子，近看仿佛被白色的厚绒毯包住，汽车的轮廓只有一点点。上班的行人低着头踩着雪，小心翼翼的赶路，公交车也缓慢的行驶，车上挤满了人，出租车很少，这样的天气，打出租车很难，尤其那些送孩子上学的家长，抱怨不已。

瑞雪兆丰年么？这雪是好还是不好？想起两年前南方的雪灾，心里一阵阵发紧，那样的景况如果降临北方，多数老百姓

会叫苦不迭，比如孕妇，病人，老人，孩子会出现很多意想不到的困难。雪还在下着，大雪积在路上太久太厚了，对日常生活会造成障碍。于是，凝视灰蒙蒙的天，希望今晚停止下雪。

迎着雪花挤上公交，下车还有一段路才到单位，撑开伞缓慢行进。刚搬进新的办公楼，还没有供暖，办公室极寒冷，领导允许没有急事可办的在家取暖打电话保持联络，保障公务畅通。有急事办的到单位处理，我属于有急事办的人，便抱了暖手袋在电脑上写文件。幸亏星期天买双厚底登山鞋防冻防滑，棉裤也穿着，二毛皮背心加毛衣总算抵挡寒冷，一个上午完成了急办的工作。

过两天就是09年新年了，盼着大雪天潜伏在家睡觉，读书，上网，将是别样的舒适。

新年将至，与往常没什么不同，接到一个短信很幽默，恰好与头晚从电脑上看过的《让子弹飞》电影吻合，短信内容："继《让子弹飞》在中国热映之际，朝韩将联合上演本年度重头大戏《让炮弹飞》续集《让导弹飞》，终极版《让核弹飞》正在紧张筹备之中，而发改委前日凌晨紧急上映了《让油价飞》。至于证监会何时筹备《让股价飞》目前还没有时间表，热播长篇历史史诗巨制《让房价飞》表示毫无压力，只有社科院表示《让工资飞》的拍摄非常困难！由我编辑的《让新年祝福向你飞》正在火热发送中，新年快乐呦！"这条短信编的聪明符合民意，短短的内容覆盖了贺岁电影、年底朝韩紧张局势、调高的油价、动荡的股市物价上涨等，调侃中有嘲讽有轻松。

以前的年终，总是身不由己的感叹光阴荏苒，总结过去展望新年，抱着希望和期待，隐隐有种兴奋，是对新年春节的盼望还是什么也说不清。现在，这样的冲动忽然消失了，似乎一切归于平静，一切都少了盼望，内心有种消极的情绪涌动着，不知道有什么事情可以像从前一样，抱着快乐的心情去实践。面对飞雪敞开心灵，忽然发现自己已退化成沙漠，写作曾经带来醉心的快乐，练太极也带来过那样的快乐，做单位报刊的主编产生的快乐，之后也体验过做电视媒体，结识另一行朋友的快乐，那种自信、干劲、倔强仿佛忽然消失了。有种想哭的感觉，飞雪一样无声的语言告诉你，生命原本就是一场甜美的苦役，是枯燥空洞在世间孤独行走的感觉，本没有快乐，全是梦。

　　流年似雪，在孤独的光影里走了太长的路，是因为一场雪将昨天的足迹淹没。曾经，与飞舞的雪花一样，执著的寻找着陆点，执著的寻找栖息处。刚工作便在工厂拉煤运石头，一百斤的体重扛起一百斤的糖袋装卸于仓库间，无畏苦累，唯一的信念就是加入共青团，当一名光荣的共青团员，这样的理想与如今的年轻人有天壤之别。记得十九岁换了一家企业做铣工，似乎忘记是个女孩子，上班爬上几十米高的天梯开着天车吊起千斤重的汽车零件在车间里呼隆隆的奔跑，下班穿着油乎乎的工作服走在回家的路上，每月赚四十三元工资，心却充满自豪。在家的日子，无暇顾及飞逝的青春，搬出父亲收藏的旧课本，没日没夜的恶补，终于在高考制恢复后考进大学改变了人生的轨迹。之后，做了一名中学教师教书育人。本可以沉浸其中的，偶尔的机会转行进了机关，开始了漫长的历练。感受仕途复杂的人际，进入前所未有的困境。流泪中，把那当做一缕蛛丝轻轻抹去，继续明媚地笑着，像一朵朵雪花，不染纤尘，倔强旋转奋飞在凛冽的天空里，独自欣赏珍惜人生的美丽。所有的假日，女伴们去逛街买新衣了，唯你，有滋有味的读唐诗宋词，体味《红楼梦》《苔丝》《安娜卡列尼娜》《钢铁是怎样炼成的》。

时光旋转，不少同事染上急功近利、肤浅浮躁的现代流行病，诱惑潜移默化的腐蚀着每一个人，你鼓励自己，像沙枣花一般在盐碱地上生根开花结果。是书滋养了你，指引了你，生活中，醉心于穿着朴素的裙子，淡雅的妆容收听心灵的旋律。如今，似乎什么都被岁月改变了，那个不懂忧虑，不怕苦难的女孩子去了哪里？那样的灵魂最理解寒冷，理解漫天飞雪，在不停变换驿站的生命之旅中，信心满满。

雪终于停了，太阳灿烂的普照大地，湛蓝的天空映着地上的积雪，雪开始缓慢融化。真好！不向命运低头！脑海中突然冒出这样的信念，至少心中还有梦，尽管像蜗牛一样跻身窄狭的空间，可以不必耿耿于怀，无视他人攀云附凤，别墅靓车，只坚守自己的生存原则和方式就好。简单、自然、快乐、不逃避、不奢望，心静如水的去喜欢或不喜欢。

纷繁的飞雪，面对心灵，何须牵挂与苦，何须自足于甜？

理个头发去过年

政治部的工作一直忙到除夕，重点之一是慰问和访贫问苦。作为检察官，访贫问苦是市政府统一下派的任务，所以，走访中，获悉还有那么多人生活在温饱线之下，震撼较大的是老企业的滞后性。虽然，这个城市经济有很大发展，首府地区许多经济支柱已经进入发达行列，但老企业的人群，特别是下岗职工、低保户、还有进城的农民工，这些弱势群体的存在，加大了城市的负担。

访贫中看见，年龄较大家庭压力重的职工，身体有病，靠打临工卖力气维持生计，已经很困难了。有一些下岗职工，一天累死累活赚到几十元钱，仅能维持吃喝，不敢生病有其他问题。比如南门广场那些举着"土工""管工""木工""水钻"等牌子在劳务市场转悠找活干的人，看见招工的，一窝蜂围上来争抢。还有的在家具市场做搬运，日子过得很勉强。年前，走访的几个企业困难户，由政府安排送一些钱物和过年的慰问品，其实政府每年都是这样去关怀，将一些企业的低保户纳入名单，摊派到各个机关或事业单位去慰问，虽然解决不了根本问题却也雪中送炭。

有一户人家，60多岁的多病老太太和她多病的丈夫，守着一个三十多岁的下岗媳妇和上学的孙子，儿子去打工了，三辈

人挤在一套50多平方米的楼房里，看来交不起暖气费，暖气被停了，屋里极冷，阴暗着，没什么家具，每间屋子摆着床，床上堆着棉被，大白天床上躺着四个人，老头、老太太、儿媳妇、孙子。客厅旧茶几上乱七八糟摆着碗碟杂物，灰蒙蒙的方桌上小小的电视机，给人一副冰冷而绝望的图景。慰问的米面、油、牛奶送进去，老夫妻翻身下床，颤巍巍的面对摄像机很配合的和我握握手。还有一家，男的亡故了，女的半身不遂，靠出嫁的女儿过来照顾，东西送来老人千恩万谢，是知情达理的人家。

比起企业，机关的特困户要幸运得多，机关干部不操心医保房贴，一切由政府安排的妥妥帖帖，工资定位高生活有保障。而企业基本养老保险费、基本医疗保险、失业保险理论上由单位交付，有些单位寻找各类借口不愿交。对于那些"买断工龄"再就业应由用工单位缴纳，可绝大部分用工单位实际上根本不执行劳动法的规定，有的交，有的不交。按规定三险缴纳要有连续性，否则就不享受劳保。往往用人单位不给上三险，这部分费用实际上由下岗职工自己交纳，没有经济来源的下岗职工根本无法承担此笔费用，为了养老，他们省吃俭用缴纳三险，使本来不高的生活收入徒增很高压力。此外，医疗费和教育费，是这部分弱势群体的天文数字。访问中，不止一次听到千万别有病，小病还勉强看得起，大病享受不到医保那就干脆等死这样的话。即使有医保的，住院才能享受到，住院设置门槛，也就是自己承担那部分，所以一般人的生活费中根本没有这项支出，有病硬挺，身体越来越不好。

慰问机关里的困难户，情景便大不相同，虽困难，无非是配偶失去工作，个人生病或供养家庭老小造成的负担。慰问任务下达后，找几个达标的困难户真不容易，费劲的筛选了一通，

像企业那么困难的人家就寻找不到，终于选入两户，如上所讲，
配偶一方没工作，个人患了严重疾病，一户发放三千元的慰问
金，不是政府拨的钱，是上下级检察机关从财政经费里挤出来
的钱，来体现对困难检察官的关怀。再接下去，慰问退休厅职
干部，老红军、老党员，他们生活状况比企业困难户的生活就
好到了天上。

半年来，世界经济危机迅速席卷全球，报刊电视都在说经
济危机的事情，想着办法和对策。老百姓似乎对这些不太在乎，
因为对他们的波及不很直接，他们一如既往的保持本来就很低
调、稀松平常的生活，只要维持起码的生存也别无他求。而那
些富人们就不一样了，原来趾高气扬的样子因为经济危机的冲
击，资产缩水，压力增大，梦想破灭，所以心气比以前平和了
许多。据说美国跳楼的好几个，就奇怪，中国因贪钱进监狱的
不少啊？似乎活的风风光光的，之前没见有跳楼的。

中国人不管他危机不危机的，年啊还是要过的，大街小巷
过年的气息渐浓，各大商场把节间集中购物看成经营的商机，
商场买一送一，说是节日优惠，其实是倾销。转了几个小时才
把要买的东西弄全。中国人爱赶时髦，花钱买东西便把自己想
象成贵族似的，几个身着貂皮的富婆儿推着车子在商场穿梭，
满满推出来一车东西，神态倨傲，仿佛全世界的人都在注视她
们，可能她们错把银川当香港或者纽约，岂不知推出来的那些
东西，穷人一定鄙视，许多是不实惠的废物，也就是买虚荣凑
热闹，典型的自欺欺人的新贵心理。

怎么讲，周围过年气息渐浓时，各层人对过年都很重视，
收入不一样，过年各不同，旧企业的人们很乐观，说有钱没钱
理个头过年。过年喽！过年文化是在清贫与平淡中一代代传承

下来，人们之间讲情义，讲热闹，讲团聚。俗话讲过年不是过钱而是过人。钱多多花，钱少少花，"过人"把过年的日子体现的浓浓烈烈，色彩纷呈。

有朋自远方来

与远隔千山万水的你相识极偶然，2002年3月你从人民法院报上读到了诗人李劲松发表的"女儿亦自强"这篇文章，他写了银川检察院的我，彼此都是检察官的缘故，你在昆明检察院，喜欢写作以及共同在全国获奖的优秀论文名单，让我们少了些客套，你特意从昆明打长途电话到西北我居住的小城来。

那是一个春雨淅沥的周末，第一次听你的电话，陌生而略带川音的普通话，不失热情而昂扬，使我忽然联想云南的西双版纳、丽江古城。握着电话的瞬间，便展开思想的翅膀飞翔到四季如春的昆明，想知道你是怎样工作的？为什么穿越茫茫人海寻找我？但随即意识到人是需要朋友的，不是么？正如春风化雨，相同职业，意趣相同，相知何必曾相识？

原来，你也毕业于汉语言专业，热爱写作，又专修过法律，和我一样有过十几年的检察官生涯。

于是，信件往来，扯不完的职业话题，掩饰不住心间的豪情激荡。工作经历惊人的相似，历历往事，都经历过奋斗收获过成绩，并把它小心珍藏在记忆中。正是如此，使我们更加理解检察事业，也更加献身于检察职业，几十年啊！人生在检察的路上走过。

诚然，我们承认检察职业包含着艰辛清苦，薪水不多，在

岁月流逝中，目睹身边熟人做官、赚钱、买车，而我们始终如一的坚守在原地，至今带着维护司法公正的职业理想，默默无闻的把年华交给检察。懊悔么？你说：追求不同，乐趣也不同。是啊！成蝶者翩然飞舞，成蛹者甘愿奉献，还是敞开心胸，真切的做自己，爱生命爱父母，让精神充盈的笑迎每一天。

往后，像是已经结识许久的朋友，有了彼此的鼓励，从执法到写作，业余时间笔耕不辍。人与人相识是缘，这样的巧合，可有几人？

最终，探究到女人写作的意义。莫非你以为女人写作只是为了逃避厨房？或在模拟世界里顾影自怜？

我告诉你，好的文学作品是面镜子，让人看到真切的自己，能够避免职业涉及的社会阴暗面带来的思想迷惑，能够有更多的柔和与修养，让自己的言行举止常常掩藏不住一股儒雅，即便碰到欺负上门的事情，也懂得投鼠忌器，微笑关门。拿起笔来时常在心灵的田野上耕耘勤奋和正直，以诚实的声音呼唤、呐喊，希望更多受蒙蔽的赤子之心噗噗跳动，这样的追求，不仅有了深远空灵的精神境界，日子仿佛也滋润起来了。

你说女人的财富是什么？多数男人会说是青春美貌。我说男人的财富可以日积月累，女人的财富日积月累后便会受到剥蚀和损耗，所谓英雄末路，美人迟暮，多少可以概括男人女人不得意时的处境。但英雄可以不临末路，美人却无法避免迟暮。当明白这一点，便有了写作，便有了坚持！期望让精神的后花园日渐丰硕，女人充满学识和书卷气，岂不是获得了永久的年轻？

岁月真若浮云流水。此刻，漫步于长长的树荫下，四周静悄悄，烟雨蒙蒙漫天飘落，任雨水淋湿衣服和头发，透过雨幕，耳旁似乎响着一个声音，珍视这份情谊，莫让它落入万丈红尘。

山高水远，虽未谋面，可认识你有多久了？恍惚是隔世之缘了。也许你些许的傲慢与不经意的揶揄，还有深刻的执著，让我分明感到一份久违的情谊远在天涯近在咫尺，也总是恍惚觉得，彼此坐在茶艺馆古朴的木桌旁，握住手上的香茗，尽心品尝满屋弥漫的茉莉花与文学的清新，畅谈检察职业，交流热爱的文学。

应该说：检察官也喜欢严谨而幽雅的人生，心中拥有一份脱俗可心的浪漫。所以，就想启动心灵的双足，到达梦想的地方，让生命的奇遇变得更加完整与真实。

有朋自远方来，不亦乐乎？

如歌的岁月

在我的书架上，有本陈旧的检察业务书，虽住所几经更换，其内容也已过时，但我仍不舍将其丢弃，因为那是我从中学教师职业调进检察院报到的第一天，拿到的第一本业务书。

岁月真若浮云流水，当岁末的钟声在夜空中回响，检察机关已重建二十周年，而我从事检察工作也已经十四个年头了。1999 年到来之际，回望长长的来路、那如歌的岁月中包容了往昔的一切，从不懂"检察"到熟悉"检察"，做一名检察官，其间的过程虽漫长，但有追求，有探索。虽明白理想与现实之间必定存在差距，但却未料严肃的检察工作与想象中的情景相距甚远，平凡中渗透着太多太多的艰辛，尽管如此，漫长的来路中总是以坚定塌实的步履丈量经过的日子，在时光的幽谷中始终响着奋进的歌声。

1985 年秋天，下课的铃声响过，我抱着一堆作业本穿过操场向办公室走去，有位学生跑向我说校长有请。什么事呢？我揣度着叩响了校长室，便见两位穿警服的男人跟校长谈着什么，见到我，他们不说了，齐刷刷的目光扫向我。即刻惊心，家人出事了？迅疾在脑海里搜索，是谁最近惹上官司，做过坏事？强作镇静坐下来，片刻方明白，是检察院派来做人事调查的。校长一声一个道贺，恭喜我调入国家机关。天大的好事啊！原来有了孩子后，从家赶两公里路再乘公交车近一小时到学校，每天往返四趟，辛苦至极。父亲拖了一个关系，将我的资料送到人才中心，恰好检察院扩编缺办公室文秘，向人事局要人时看见了我的资料，看重我中文系毕业的学历，很快决定调人。我就是在这次外调后的两个月，第一次穿上极像军服的橄榄绿检察服，那种兴奋喜悦的感觉久久感染着全身心，一连几天我穿戴齐整又拍照片又找熟人，急于将自己穿"军装"的形象"曝光"。

开始的几年，一直在综合部门工作，跟文字打交道，并没有意识到橄榄绿的服装上，肩扛的国徽与红旗是何等的分量。直到若干年后参与了办案，从第一次提审，第一次调查取证，第一次执行死刑临场监督，第一次出庭公诉，才越来越体会到检察工作的艰辛与清苦，心灵获得提升。记得一次我办理一起经济案件，随车前往陕北子州调查取证，当汽车一路颠簸终于到达目的地，又渴又饿，疲乏的走下汽车，看见北京吉普盖了厚厚一层土，不但车像出土文物，我们人也像"兵马俑"，土头土脸，眼睫毛上都粘着灰尘，仿佛刚从土堆里钻出来的一样。几人互相取笑，拍拍土就近吃了碗汤水面，便立即投入到工作中。由于时间紧迫，个人的一切此时已不重要，下面取证的任务很重，哪有心思关顾个人形象？十几年来，耳闻目睹着同行们拿着低工资甘受清贫无私奉献，为了工作顾不上吃饭顾不上家，忘记自己病痛是常有的事。那次，去海南取证，每天八元的食宿交通补助标准，怎么节省都紧巴。财务制度规定超标自己贴钱，我们每月薪水刚一百零几，谁家没有老人孩子？省点钱回家还能给他们带点礼物。于是，住在鸽子笼一般的旅店里，每晚五元钱，吃一碗糙米饭就青菜，将差旅费降至最低坚持工

作。这样的精神状态在物欲横流的社会中，显得那样不合时宜，我却觉得崇高和真诚。正是这种精神时刻鞭策和鼓舞着我，让我能够自觉地将个人融入集体之中，并牢记着在心灵的田野上，永远去耕种奉公和正直，坚信收获的永远是工作着的美丽。

新年伊始，遥望脚下无限延伸的路途，想到检察事业的未来发展，便更加坚定地迈出奋进的脚步。

撑起一片天的女检察官

银川两市两县三区检察院，女检察官占了三分之一，她们知性大方，细致热情，美丽的外表下，有着泼辣干练的一面。这些女人在职场上拼搏，或清纯大方，或风情万种，或活力十足，丝毫不逊色于男性，用自己的奉献精神，撑起了一片法制蓝天。

群芳斗妍

银川市两级检察院担任中层女领导职务的四十九人，她们是一支年轻有知识、睿智有作为、特别能战斗的团队。比如大姐大刘慧，一贯装扮得体、嗓音脆亮、气质温柔……，被称做"有魅力的女人"。她是一名秀外慧中的女检察官，素以办事缜密果敢，作风严谨细腻著称，曾以骄人的工作业绩被最高人民检察院授予个人"一等功"，登上全国检察机关的红榜。届时，她担任银川检察院的副检察长、纪检组长。每年，她都在院党组领导下，把内部执法办案监督列入党风廉政建设大目标，当作整肃检风检纪、塑造检察机关良好形象的重要手段，确保检察权正确行使。同时，她又抓后勤跑基建，积极筹措资金、为推动市院"两房"建设奔波。

灵武院副检察长韩春梅有着质朴明媚的亲切感，主抓公诉

检察工作，先后推行了疑难案件研讨制度和案件流程管理及公诉人脱稿公诉制度，使起诉到法院的案件有罪判决率年年均达百分之百。西夏院张凤霞是系统的美女，举止优雅，笑容甜美，被誉为"手勤、腿勤、嘴勤"的组工科长；兴庆区院副检察长刘伟，号称"公文一支笔"，挖掘积累多年的先进典型，写出材料向检察系统推出学习活动，对提高检察队伍的凝聚力和战斗力发挥了极大的宣传作用。市院政治处副主任辛真聪慧委婉，公文行政兼做，主抓的工作连续被评先进，个人被授予"优秀公务员"称号；控申处处长闫凤贞，人退二线心不退，办理民行案件中，把爱心播向每位上访者，确定了"让当事人服气，让群众满意"的工作目标，起到了"减压阀"的良好社会效果；市院研究室副主任杨玉兰曾因办大要案两次荣立三等功，换岗后调查研究，审稿编报看卷审案一样不耽误，成为中层领导的女干将。另有"十佳优秀公诉人"张青，"严打"期间，母亲心脏动手术，孩子年幼，她大局观念强烈，十天审结十九人盗窃一百起的大案，仅去看守所提审就用了五天时间，以行动实现打击严重罪犯快捕快诉；老侦察员郭云霞，明艳的外表下，裹藏着泼辣睿智，奋斗在反贪反渎职战线十几个春秋，近年来办理八起大要案，为国家挽损一百余万元；五十岁的检察员谢永雄，曾因患癌症动过手术，但置身于工作最繁忙的公诉处，以较强的敬业精神带病坚持工作，在法庭上认真履行职权，以顽强的意志和娴熟的业务在公诉席上展现着一位检察官的风采……这些女人中间，还有宁夏作家协会会员、业余时间在省内外报刊发表过千篇文章，被誉为铁肩担道义，妙笔写文章的女检察官纳莺萍，著书写传的李玉梅，有全区"严打"先进工作者纳欣，精明的财务王小岚、办公室主任刘银、统计员郑宁丽等。女检察官们的自强不息，积极进取，撑起了检察事业，为检察工作发展立下了不可磨灭的功勋。

巾帼风采

高尚是心中涌动的追求，是群众认可的高雅，是用行动书写的座右铭。让高尚耸立，需要无数次的爱心付出！

在宁夏银川市贺兰县，有一支群众特别欢迎的"巾帼法制宣讲团"，她们是县检察院十二名女检察官自愿组成的团队。这些柔情似水的女人放弃相夫教子，奔忙于办案一线并投身社会搞法律咨询服务，旨在推动公民的法制意识，用爱心书写高尚。因此，"巾帼法制宣讲团"声名鹊起，成为检察系统一支特别能战斗的女检察官队伍。

十二名女检察官怎么凝聚到一起成立了"巾帼法制宣讲团"？如何辐射到乡镇、社区建立了八个法律服务站，把影响扩大到几十所中小学？女检察官们在讲台上情深意切，对下一代倾注了极大的爱心，有两万余名师生聆听法制课，有无数名受到暴力侵害的妇女寻找女检察官倾诉，并依靠她们撑腰。说起这一切，大家必然想起一位像寒夜中一堆火的女人。

那是 2002 年 7 月，刚到任不久的检察长杨宁萍，干了两件比较轰动的事，第一件是目睹县院极差的办公环境焦虑不安，恨不能一夜改变破旧的一切。她谋划一番，放弃休息跑钱，卯足了劲向财政争取资金二百多万元，硬是把新办公楼的资金缺口补上，紧锣密鼓盖起一幢高科技办公楼，使干部顺利搬进了环境优美配备先进的办公室。

第二件是对公安机关连续起诉的两起未成年学生团伙抢劫

案予以否定。从检二十余年来，她养成了做事果敢敏捷的性格，这次她反复翻阅着手上的案卷，心肠有些阵阵作痛。涉嫌抢劫的十几名孩子最小的只有十四岁，他们大多是偶犯或是独生子女，在成长中，犯罪的原因比较复杂，如果一次失足便一棍子将他们打死，说不定这些孩子今后自暴自弃，成为家庭和社会的重大隐患？此刻，她是检察长更是一位母亲！社会的责任与母亲的慈爱交织于胸。她意识到，加强和改进青少年犯罪预防，综合治理学校和周边地区的治安已经刻不容缓。

在她的重视协调下，各方联系会经过认真的讨论研究后，法院对构成犯罪的几名青少年判处缓刑，公安机关对年龄小的涉嫌青少年撤回起诉。接着，她率领党组一班人，带着食品去看守所与失足青少年谈话，用情与法感化鼓励他们，还出面找教育局和学校，落实这些孩子返校完成学业的事。

检察院挽救一帮失足青少年收到了良好的社会效果，"巾帼法制宣讲团"便是此时在女检察长的倡议下成立的。

十二位女检察官英姿飒爽的神情，好似茂密的映山红一样，闪动着夺目的光彩。女检察长说：县院一半是女人，打击犯罪，保护一方平安的重任都扛在女人肩上，我们还有什么不能做的？

在检察长杨宁萍的率领指挥下，十二名女检察官以强烈的政治责任感，围绕"青少年维权岗""预防青少年违法犯罪"，群众"告状难"，以及职业犯罪，家庭暴力等法律问题，寻找实践与理论的焊接点，编写出一篇篇生动有指导价值的演讲稿。演讲前，检察长和宣讲团的成员首先是听众，那一阵子，杨宁萍办公室灯光常常是亮到深夜，她在推敲着每一个细节。这位以院为家的女检察长，干什么事都有一股子不服输的劲头。

之后两年，适应群众的法律需求，从预防青少年犯罪宣传拓展到企业搞法律服务已成为十二名女检察官的崇高追求。在办理供电系统罪案中，她们去供电系统专门给职工上法制课，指出犯罪给个人和家庭带来的危害性，使供电系统职工深受教育，也为预防新犯罪起到良好的制约作用。

"巾帼法制宣讲团"中八位是年轻的母亲，有一位年轻的母亲忙的很久未见自己的孩子了，孩子见她就问："妈妈，你不要我了？"她搂着孩子哭的像个泪人一样。她知道自己不是不尽做母亲的责任，而是在检察官的责任和母亲的责任面前，她首先要选择检察官的职责。

回味不尽的竹韵

　　每每看见竹，对它四季翠绿，通直不弯，自持独立的生长姿态便心动不已。你看见了么？所有竹从破土之日起，便一直坚定地向上生长，干虽不粗壮，却始终扬首望青天，虚心又委婉地矗立在冰雪寒冬或者狂风骤雨中，有节骨有气势。

　　这使我联想起高级检察官郭功，认识他接近二十年，他的乐观幽默，顽强独立的性格总像个励志者，让同事领导敬重并喜欢他。他很有人缘，与纪检这个得罪人的差事联系不起来，他在自治区检察院纪检监察岗位工作十八年，查的尽是自己人，却波澜不惊的出了名。

　　最出名的是他患了癌症，十七天后笑着出现在大家面前。

放羊的孩子

　　郭功生于宁夏盐池县高沙窝郭记坑村，童年是在饥荒和穷困中度过的。苦难的往事在他幼小的心灵里留下了难以磨灭的印象。家里九个姊妹，他排行第五。因为穷，营养差，长到五六岁了，又黑又瘦不会说几句话，经常遭到大人孩子的嘲讽贬斥。他的哥姐弟妹跟他不一样，能说会笑的，到了上学年龄都背个书包进学校了，唯他傻呆呆地看着周围景色沉默寡言，对外界的冷嘲指责无动于衷。父母绝望的以为这孩子完了，此生既上不了学也活不出好人了。可总不能把这个不残不哑的孩子扔掉吧？父亲是生产队的羊把式，专门负责喂养公家的三百多头羊，他每天清晨傍着星星赶羊进山吃草，傍晚沿着落日赶着一群羊回家，父亲不忍心看着自己孩子受欺负，决定带在身边一起牧羊。于是，六岁的郭功怀揣糠米窝窝，裹着破衣烂衫，开始了放羊生涯，这一放，便是八年。

八年时间，在少年的心里，似乎充满艰辛。

有时，苦难限制了人的视野，压抑了人的个性与梦想，苦难可以造就一个人亦可以毁掉一个人。卑微的人在苦难面前有两种表现，一种是绝望、逃避、自暴自弃；另一种是坚忍顽强，呈现生命的倔犟。事实证明，郭功属于后者。

跟着父亲放羊的第三年，母亲病重，父亲把三百多只羊交给郭功，摸着他的头伤心地抬头看天，生活的重担压在十岁孩子肩上，可以么？父亲盘算放一天羊能够挣十五个工分，全家人的口粮就靠这些工分啊！可父亲必须去照料家里另一个生病的人，那是他的妻子，全家的另一根顶梁柱，他不得不走。

随即，父亲又放心了，放羊的日子，父亲发现郭功较真用心，哪里草肥水美，哪只羊在哪里吃草？他全知道。几年来，在他眼里傻乎乎的儿子，还编了顺口溜："放羊一条棍，回家一条线"。即让羊儿上山时竖直紧挨着走，回家时横着排成排，这样，便于牧羊人看得清楚，羊儿不易丢失。眼下，羊儿长的又壮又欢实，儿子可以独自挑担子！父亲把羊鞭放到儿子手上，头也不回地离开了。之后，年少的郭功早出晚归独自牧羊。

谁也无法相信，放羊的日子里，空旷的天地间，郭功学会

了看天气；学会背诵百家姓；学会了识字写字，学会了算术，还学会了放声唱歌。一次闲暇，郭功看见父亲比平时兴奋，哼着歌儿干着活儿。他仿佛明白父亲为什么高兴？每年只有提前拿到队里分的一点工分钱，父亲才会如此手舞足蹈，这钱全家可以买点急用的东西或者添补饥馑的生活。他凑上前问：爹爹你有好事了？父亲瞥他一眼随口说：你懂个啥？他也随口说：队里给咱家分了预分款了！父亲惊讶：分了多少？见他迟疑，父亲说两元的票子二十二张，猜吧！郭功立即答曰四十四元。父亲张大了嘴，一百个不相信地打量着儿子，这孩子竟然会算术？他欣喜地喊来全家人：快来看，出怪事了。郭功为了让父亲更加高兴，他往全家人面前一站，扬起笑脸自豪的表白：一百之内的加减乘除我全会，我还会写字！他蹲在地上，一口气在土地上写了三十几个字，把父母和哥姐全震住了。父亲急切而好奇地问：跟谁学的，如何会的？郭功得意地说：跟那个上过私塾，家里有书的堂哥学的。

原来，另一个队里住的堂哥也在山上放羊。每天，羊儿卧在草坡上，哥俩躺在草地里，堂哥用树枝画一个粗粗的竖线，中间踩个脚印儿教郭功：看，这是萝卜的"卜"；将胳膊一伸说：这是大，大小的大！郭功起初学的是象形字，逐渐，他不用图形也会认字了，是从堂哥教他背诵"百家姓"，教他"人之初，性本善"开始的。

堂哥是他的启蒙老师，而郭功对知识的渴求和今后不断的努力进步，即从此时起步。

常常是将羊儿撒在山坡上，他便反复练习学过的字，大声念、天天写。将羊儿加起来再减掉，堂哥告诉他三个五是十五，十五除去五便是三，整天用这个方式数羊，郭功的"数学"滚瓜烂熟。父亲懊悔了，早知你如此聪明，早该送你去念书。十二岁，他被送去上学，是班里是最大的孩子。上了两年学，遗憾的是"文革"来了，学校停课了，他被迫再去放羊，转眼十七岁。

偶然的机会，公社中学招学生，郭功悄悄去考试，作文考第一，他被录取了。上中学时他除了学习课本知识以外，还广泛阅读政治、历史、文化书籍，愿意独立思考，渴望发现问题，探索真知，追求真理。又是两年，仿佛命运只给他两年的学校时间，又将他遣回到劳动中。

给梦一把梯子

人生既有灿烂的阳光，也有凄冷的风雨，关键在于你是否有勇气面对。苦难有非凡的意义，生命有崛起的尊严。

有梦想便有动力，回乡挖渠、整地、拉粪、播种、收割。郭功样样干在别人前头，农闲时，他给乡亲们念报纸办墙报，编节目，唱毛主席语录歌，自娱自乐，表现出卓越的文艺组织才能。他内心一直欲在亲朋乡邻面前证明，自己不傻，是最聪明最能干的青年。

之后，随着日月推移，他当会计、当农业学大寨专业队队长、民兵营长，调到公社当干部，任团委书记，获银南团地委表彰，成为盐池县知名团干部，加入党组织，一切都顺理成章。

1981年，盐池县检察院恢复重建，第一任检察长从报纸上发现了一个叫郭功的小伙子，会写文章才华超众，便想方设法把他调到了检察院。

写新闻，报道检察院的工作，把郭功推到了党支部书记和

办公室主任的位置上。他没有辜负组织的信任，一件一件把琐碎的行政工作干踏实干圆满，让盐池检察院摘得了全区基层检察院基础建设第一名桂冠，他个人连续三年获先进工作者。

1986年，反贪局办的一件行受贿案子赃款找不到，关键证据拿不下来，嫌疑人是位有权有人脉的人，因为受贿事发已被刑拘，法定期限逼近，如果无证据撤案，检察院没法对社会交代，会蒙黑！检察长急了，把郭功叫来说：这个案子你去办！

郭功没有办过经济案件，缺乏经验。难道知难而退？这不是他的风格。他翻阅着办案材料陷入沉思，一遍遍考虑着可行性办案计划，不得其果。旋即，他想到了直击要害的办案措施，搜家！他明白私闯民宅如果一无所获，后果依然严重。没有犹豫，他组织力量即刻搜家。俗话说一人藏物百人难觅，他的犟劲上来了，不放过任何细节，终于从一个破自行车的车把中搜出了捆成卷的三千元现金。证据面前，嫌疑人低下了头，交代了受贿的事实。案件起诉后，被告被判三年徒刑。此案的成功，让郭功名声大噪，县组织部要调他，检察长不放，把他推到了反贪局长的位置上。

六年中，郭功专啃硬骨头，拿下了几十件大要案。其中端了一个窝案，贪污数额大，被告人数多，涉及多名领导，阻力之大，超出他的想象，各种关系时常缠绕着他，送礼的要求手下留情的白天黑夜骚扰他，害的他东躲西藏。为了顺利拿下案件，经常三天顾不上睡觉，回趟家吃着妻子端来的揪面片，吃着吃着便睡着了。实在太累了，他甚至坐在椅子上便进入梦乡。儿子病了，顾不上！父亲病逝，顾不上！他一次次将家事推给妻子和弟妹照管，自己冲在办案一线，直到犯罪人被执法判刑，这才缓一口气进入下一轮工作。

　　他的刚正不阿拼命工作，被宁夏电视台直至中央电视台报道过，理所当然，他被选为全区优秀侦查能手，荣誉纷至沓来。此时，他不知道年轻气盛，也会遭到小人的排斥暗算。

　　1988年秋天，郭功参加了成人高考，被北京政法大学录取。两年后毕业回来，领导换了，处境似乎也变了。他被调离反贪局，接受另一份工作，接着被派到盐池最贫困的麻黄山井孜村搞社教。只要是金子，埋在哪里都会闪光！郭功懂农村更懂庄稼人的心思。他专注的投入工作，经常在农村一呆就是几个月，半年时间只回家两次。期间，他几乎走遍了村民家，同群众交朋友、谈心。他认为，一个干部最重要的是要懂得民情、民心、民意，而民心向背决定政权的存亡，衡量政策好坏的标准只有一条，就是群众高兴不高兴、满意不满意、答应不答应。这时，他已经懂得，中国乃至世界上，穷人占多数。一个政府、一个社会应该更多地关爱穷人，不懂得穷人，不懂得农民和城市贫困阶层，就不会懂得穷人的思想，更不可能让穷人积极地投入社会主义经济建设。

　　他的拼命三郎劲儿又上来了，看见群众吃不到水，田里旱的收成无望。便找关系到当地采油三分队，左磨右泡从那里拉水解决了水的问题。接着他带领群众抓发菜、种草、种胡麻、养羊、栽果树，联系销售，想尽办法让群众发家致富，让多数群众的生活好起来。一次，村里一名妇女难产大出血，抢救需要输血，郭功第一时间跑去献血500cc。

　　那一日清晨，雪下的大，他离开工作队该回去了，他舍不得这里的群众和土地，欲悄悄离开，免得难过。推开宿舍门，眼前的景象把他惊呆了，二十几个乡亲默然站在门外，提着自家磨得香油，拎着活鸡和鸡蛋等着送他。这边他推辞着热情的

群众，那边群众执意的往他包里塞礼物，此情此景，让郭功感动的热泪盈眶，更加坚定了他舍弃自我为他人着想的做人信念。

1993年，自治区连续发生了几起经济大案，急需办案能手，郭功有幸被上级领导相中。

演绎生命的美丽

抓住人生的每一寸时光，努力创造丰盛的人生！在死亡来临之前，充分演绎生命的美丽，这是郭功的人生价值观。

1995年，郭功从宁夏盐池县检察院调入自治区检察院从事纪检监察工作，一干就是十八年。十几年的纪检监察工作经历，对人生是一种历练。在这个没有硝烟的战场上，郭功经历了一个个难忘的日日夜夜，度过了人生最为刻骨铭心的岁月。查处自己的干部，他痛心惋惜；听到干部群众赞扬，他充满激情。作为一名纪检监察干部，党的忠诚卫士，有人统计过，他累计初核举报反映检察干警违法违纪线索一百四十六件，立案查处三十九件，指导、督办基层检察院初核、立案八十八件。

在这看似平凡而又简单的数据背后，是郭功对工作日复一日、年复一年的执著和认真，还有对身体一次又一次的亏欠。他热爱工作敬业精神强，单位人手少，工作量大，长期的加班加点，超负荷工作使他积劳成疾。2012年2月，郭功在宁夏医科大学附属医院泌尿内科住院治疗糖尿病时，大夫在他的送检样本中发现了血尿，诊断为膀胱癌的主要症状之一。

医生怀疑他的膀胱组织有病变，规劝他立即转泌尿外科住院就诊。那天，恰逢处里案子多，工作忙。郭功想了想：要是再住院，耽误工作不说，又得给大家添麻烦。自己生病不是一天两天了，高血压、糖尿病、冠心病、痛风，哪个病也不至于让我上不了班啊。他一掂量，反正现在不疼不痒的，把体检结果先"放放"，等忙完了手头要紧事再说。就这样，他向领导和同事隐瞒了病情，回单位继续工作。

7月30日清晨，郭功开始出现尿血症状，他没当回事，照常上班。8月6日上午，郭功讯问了两个当事人后，又约好了一位同事下午讨论案件，可中午再次出现大量尿血。老伴实在不忍心让他继续带病工作，强硬和儿子把他"拽"到了医院。经诊断，郭功患的是膀胱癌。

然而，令所有人没有想到的是，9月初的一个清晨，郭功在刚刚做完手术十七天后出现在办公室里，笑呵呵地跟同事们开玩笑：我还健在！我回来了！他的笑声爽朗一如从前，只是略显中气不足。这时郭功已经五十八岁了，两年后退休，他需要接受每周一次的化疗，领导担心他的身体顶不住，允许他在家休养。郭功不干，仍是每天按时上下班。领导见状又嘱咐他，来上班也行，不过要注意休息，少承担一些工作，工作由其他同事分担。他应允着，心早跑到工作中了。

事实上，由于郭功患有严重的糖尿病，手术造成的伤口直到上班半年后还没有完全愈合，且膀胱充血，甚至快走几步都会疼痛。尽管如此，他忍住疼痛查办案件，照常撰写材料，并认真向纪检组、监察处领导及时汇报案件进程。同事们都劝他先休息一段，可强烈的责任感支撑他像上紧了发条的钟表，奔波不停。

有人认为，纪检工作就是个虚套子，干得再好也不容易出成绩，干不好还容易给大家添麻烦。可干了十八年纪检监察工作的郭功却能把虚事做实，能把得罪人的工作干得让大家口服

心服。2011 年 7 月，一封来自西吉县的实名举报信摆在了自治区检察院检察长王雁飞的案头。"王检察长，我要控告检察院的张民（化名）！他是我儿子案件的办案人，他收了我的财物，他知法骗钱……请组织调查清楚给我退钱。"落款处控告人马某的名字上，摁着一个鲜红的手印。

经过初查，2010 年 2 月，马某的儿子鸽子因涉嫌盗窃罪被西吉县公安部门逮捕，爱子心切的父亲到处托关系"铺路子"，希望儿子得到从轻处理。就这样，他认识了刘某，一个夸口认识西吉县检察院张民的人。

在刘某的要求下，马某从银川购买了一对价值一千五百元的音响，亲眼看着自称叫张民的人开车把音响带走。随后，他东拼西凑借了一万多元交给刘某，委托刘某转送给张民。

事与愿违，鸽子还是被检察机关批准逮捕、提起公诉，并于当年被判处有期徒刑一年。为了救儿子，马某再次找到刘某，给他五千元钱希望继续疏通关系。一个月后，鸽子被患有传染病为名办理了保外就医。出来的鸽子在接下来的半年里两次犯盗窃罪被公安机关抓获，再次被办理了保外就医。直到 2011 年 6 月，鸽子因累犯被法院判处有期徒刑 4 年零 10 个月。这时候，已经送给刘某两万多元钱的马某才意识到上当受骗了，遂将张民举报至自治区检察院和固原市检察院。

固原市检察院接到举报后，立即进行初查。事情很快被查清，张民在办理鸽子盗窃案件的过程中没有收受任何财物，办案过程也符合法律规定，不存在违法违纪现象。

水落石出了，不少同事认为这件事可以就此了结。但是郭功却不肯罢休：难道是马某诬告？既然张民没有收过钱，那些财物现金被谁收了？鸽子属于累犯，为什么多次被保外就医？

由此，郭功向院里建议重新调查此事，他说不查清楚没法向老百姓交代！

郭功和同事来到西吉县，对这起案件进行深入调查。他从价值一千五百元的音响入手，很快查明：当地法院有人在审判时为鸽子提供了帮助，看守所还有人为鸽子违规办理了保外就医。期间，马某从未见过张民，只听信了刘某，他以为所有钱物都送给了检察院的张民。

最终，受贿者被法办，马某被骗走的钱物也追回了一部分。事后，马某后悔地说：我的钱被哄骗光了，娃娃也法办了，还差点冤枉了检察官。

郭功常说：我是一名纪检干部，是检察官的监察官，违纪案件我要查，损害群众利益的不正之风我们更要监督、要管、要查，我不能让任何一个违法违纪的人漏网，也绝不能让我们的好干警蒙冤。郭功面相黑，查起案子来也是铁面无私。有这样一个小故事：在一次全区检察机关工作会议召开间隙，郭功和基层检察院的同事们在休息室里聊天，有人开玩笑提议曾经被老郭查过的人举手。说来也巧，在场的十几个同事里竟然有八位都举起了手。其中有西吉县检察院的检察官张民。

2011年下半年，郭功在身体情况并不很好的情况下开始编辑《执法不规范典型案例》一书。他从自治区检察院和五个市级检察院近年来所查办的各类案件中精心选取了二十九个案例作为执法不规范的典型，在此基础上，他从办案基本情况、存在的执法不规范问题、存在问题的原因以及应吸取的教训四个方面对每起案件进行了细致的剖析。

大约是年纪大了，眼睛不好使，电脑用得也不灵，为了编好这本书，他手写完成了全部的书稿，并三次进行全面校对。

历时三个多月，这本七万字的《执法不规范典型案例》终于成书，誉写用掉的稿纸摞起来有二十几公分高。

本书选择的案例代表性强，覆盖面广，对存在的问题剖析得既尖锐又准确，宁夏回族自治区检察院纪检监察处梁处长如是说。随后，这本案例汇编被印发给全区每一位检察人员，成为大家规范执法的一面镜鉴。

那段日子，郭功还承担了其他工作。2011年8月，宁夏回族自治区政法委组织对全区公安、检察、法院、司法执法活动及纪律作风暗访。第一站同心县，郭功的痛风病突然发作，脚趾红肿，疼痛难忍。同事们见状，多次劝他提前回银川休息，但被他拒绝，他往嘴里塞了几粒药，二话不说，跟同事们继续工作。

由于右脚趾关节剧烈疼痛，脚掌无法着地，郭功只好用脚跟踮着地面跳着走路。在十几天的暗访中，他就是以这样一种看似"滑稽"的姿势"跳"遍了每一个暗访单位。回到银川，疲惫的郭功下车后几乎连路都走不动了。

在郭功早些年撰写的一篇文章中，有这样一段话：作为一名检察官，一名纪检监察工作人员，我常常要在法纪与人情面前抉择，难免会得罪一些人，但是我一直认为只要堂堂正正、清清白白做人做事，坚持原则、公道正派，得罪的是个别人，受益的是检察事业，身后赞扬你、支持你的肯定是党组织与大多数同志，是人民群众。

他是这么说的，也的确是这么做的，从事检察工作三十多年，执著付出换来的是同事们的肯定和组织上的信任与嘉奖。郭功曾先后被评为全国检察机关纪检监察先进个人、区直机关工委优秀共产党员、全区检察系统先进个人。今年年初，他又因工作表现突出被自治区检察院荣记个人二等功一次，全区人民满意的公务员，据统计，参加工作以来，他先后获得各项表彰奖励四十余次。谈起获奖和立功，郭功谦虚的说是组织上给的荣誉太多，而同事们则心服口服地说他是"实至名归"。

大多数人认为，不凡只属于那些遥不可及的人。而郭功却常说：把平凡的事情做好就是不平凡，把简单的事情做好就是不简单。

继续想说的

写到此处，微风吹红了晚霞，大地肃穆，云团瑰丽。郭功还有多少我不知道的事情？我想，那么熟悉他，觉得再平凡不过，为人和善，做事正直，身边许多检察官几乎如此。忽然阅读到检察日报、宁夏日报、银川晚报对他的报道，便忆起他一直就是这么一个有着强烈责任感的好人，发生过许多感人肺腑的事迹。可越熟悉他越让时间和忙碌掩盖了这个人？忽然汗颜！身为他的同仁一个多年写作的人，明知同类们随风迁徙，忠于职守成为他的唯一，同类们给世界洒下软弱的矫情时，操守正直成为他崇高的坚持，郭功的为人做事至少代表了这个社会基层工作者的人品道德主流方向，不写这样的人写谁？即刻捉笔，我不能不写！

可惜浓缩不了郭功的全部好，只能绕到开篇写的竹，古往今来，多少文豪墨客咏竹画竹，无数仁人志士探求竹的生命意义，一生宁静淡泊，一世高风亮节。恰好书房的墙上挂着一幅竹图，观竹之体，以笔直的姿态站的自然坚定；听竹之声，悠远有天籁之音；察竹之气，远离浮躁与轻薄，割舍了庸俗与消沉；

赏竹之韵，遇劲风而不折，逢惊雷而相迎。郭功的人生在磨炼、付出和追求中，所从事的检察事业已从年轻的梦想成为他毕生的信守。如今，他用自己的人生践行了检察官的使命，用自己的品格凸显了竹的品质和精神，郭功，一位令我敬佩与感动的检察官。

后 记

　　春天的时候，原文联主席高耀山相邀出书，谈起十人丛书的出版发行，这是我期待已久的事。写了十几年，给机关编纂过两本业务书，也曾做过机关报刊主编，却没有个人的一本集子问世，并非没有作品，而是胆怯推销自己的书。据悉，这次出版社包售一部分书，太好了！要知道每次去文联开会，捧着熟悉的或陌生文友赠送的新书，不免眼热心跳，即刻想出一本，但隔夜便打退堂鼓，就是担心售书的问题。感谢高主席与王佩飞老师组织的此次出书，实现了我出书的愿望。

　　我可以吗？整理完书稿，忐忑的自问，出书是何等的神圣？

　　人生苦短，文章苦长。回忆写作的来路，发表在不同刊物上的文章，获奖和未获奖的，欣喜而羞涩的心情同在。自小喜欢文学，梦想当个编辑或者专业作家，有足够的氛围与时间从事写作与阅读，却入错行从事了法律职业。喜欢的文学割舍不下，便穿插于执法与写作之间，喜欢用文字说话，用文字表达内心，和自己的心灵对话，把自己对于生活与生命的体验写进文字，来坚守心灵那片小小的绿荫。

　　记得某次朋友问我，一篇一篇文章写的时候，是什么感觉？其实这个问题，我曾经问过自己多次，为什么写作？是感觉使然么？也许，只能用文字来诉说我的生活，经历，感受和心情。

文字带来内心的喜悦、兴奋、沮丧，失望，什么都有，重要的是释然豁达，它像一味滋补品久久滋养着我，有写作陪伴，生活有滋味有色彩，人生有梦想有精神。尤其是在人生低谷的时候，写作缓解了精神的焦虑、苦闷、心灵得以净化升腾，思想得以梳理充实。二十几年来，写作涉足多种文体，诗歌、散文、小说，报告文学，法制通讯。从小报到权威报，从综合刊物到专业刊物，从获小奖到获国家奖。每一次，文章写完的时候，都有快乐的感觉，写作带来的意外收获至今让我感激我的爱好。可是，依然不敢结集出书，害怕亵渎一本书。

二十几年来，工作在执法圈子里，那个环境似乎距离文学很远很远，呆的久了，心便显得更加孤单。文学像茫茫大海里的航标灯，指引着我的方向，带给我无限的希望。尽管不是专业作家，却从来不敢疏忽懈怠，躲在冷峻的背后，追随着写作的脚步向前冲，写亲人写朋友、写环境变迁写时代的变革、写山水写人生、写职场写感触，由所见、所闻产生联想抒发感受。期间，没人鼓励你写脱离现实的诗情画意的东西，没人逼你非写不可，明摆着，身为检察官心系文学，会被误认为不务正业。可偏偏是，对文学生出不尽的眷恋与深情，始终无法放弃。常常于深夜、节假日，所有业余时间，嗅着一缕文字的墨香，铺开稿纸奋笔疾书，仿佛有铁定的责任，又仿佛约会情人一般与文字相拥，再后来是坐于电脑前，几小时盯着显示屏敲击键盘催生一篇篇文章。

坚守的过程五味杂陈。

因为，既要像其他人一样，承受生命的酸甜苦辣、生活对于个人的重压；又要用清晰、敏锐的目光感受这个世界，承受着社会的冷漠、横强。写作是为了诠释自己，寻找光明的出口。

然而，眼前见到的却是无休止的灰暗，那么多的不平事。如果说有的艺术家是为了生活而艺术，而写作是在为艺术而生活。那么，与所有热衷文学的人一样，我几乎是用常人无法想象的力量与眼前无所不在的世俗抗衡着。往往感觉自己就像沙漠里一棵孤单的树，或者大海里一只即将沉没的船，当竭尽全力发出自己的声音时，周围冷酷的没有任何回响。时常，相信自己置身于一种自生自灭的生长中，于是，做好了最坏的打算，在最后的荒野里自生自灭。

纳莺萍

2013 年 4 月 23 日于银川